OBSEQUIO PARA:

_____

DE:

_____

FECHA:

_____

UN CLÁSICO
CRISTIANO
ILUSTRADO

El Progreso del Peregrino

JOHN BUNYAN

El progreso del peregrino

© 2020 por Grupo Nelson®
Publicado en Nashville, Tennessee, Estados Unidos de América.
Grupo Nelson es una marca registrada de Thomas Nelson.
www.gruponelson.com

Texto en español de dominio público, a partir de la edición de 1935 de la Editorial Juan de Valdés, basada a su vez en la edición de 1877 de la Librería Nacional y Extranjera de Madrid. Por fidelidad al texto, mantenemos la ortografía, la puntuación y la gramática de la edición de 1935.
Se siguió la distribución de capítulos del original en inglés.

Título en inglés: *The Pilgrim's Progress*
© 2019 por Thomas Nelson
Publicado por Thomas Nelson
Thomas Nelson es una marca registrada de HarperCollins Christian Publishing, Inc.
Anotaciones de Carrie Marrs.

Editora en Jefe: *Graciela Lelli*
Traducción de las Anotaciones: *Alejandro Pimentel*
Adaptación del diseño al español: *Setelee*

ISBN: 978-1-40022-031-1

Impreso en China
22 23 24 25 Imago 9 8 7 6 5 4 3 2

CONTENIDO

VIAJE DE CRISTIANO A LA CIUDAD CELESTIAL
BAJO EL SÍMIL DE UN SUEÑO

Viaje de Cristiano a la Ciudad Celestial bajo el símil de un sueño

Prólogo apológetico

del autor

N o fue mi plan, cuando tomé la pluma
Para empezar la obra que te ofrezco,
Hacer un libro tal; no, me propuse
Escribir una cosa de otro género,
La cual, estando casi concluida,
Esta empezaba, sin fijarme en ello.

     Y era que al escribir sobre el camino
Por donde van los santos de este tiempo
Empleé con frecuencia alegorías
Sobre la senda que conduce al cielo,
En más de veinte cosas que narraba,
Y otras tantas después se me ocurrieron.
Brotaban de mi mente estas figuras
Como chispas sinnúmero del fuego,
Y dije: Si tan pronto aparecéis,
En orden os pondré con justo método,
No vayáis a llegar a lo infinito,
Y a consumir el libro ya compuesto.

Anticipando las críticas que pudiera suscitar esta obra, Bunyan incluyó un prólogo apologético, ofreciendo razones por las que había decidido emprenderla. Sus amigos puritanos, por lo general, no valoraban las historias alegóricas y desconfiaban de cualquier doctrina que no fuera clara y que no se derivara directamente de las Escrituras.

Lo hice así; mas no me proponía
Mostrar al mundo mis escritos nuevos;
Lo que pensaba yo, no lo sabía;
Sólo sé que no tuve por objeto
Buscar de mis vecinos los aplausos,
Sino dejar mi gusto satisfecho.

En componer el libro mencionado
Sólo empleé de vacación el tiempo,
Por apartar mi mente, al escribirlo,
De importunos, ingratos pensamientos.

Así con gran placer tomé la pluma,
Y pronto consignaba en blanco y negro
Las ideas venidas a mi mente,
Sujetas todas al fijado método,
Hasta tener la obrita, como veis,
Su longitud, su anchura y su grueso.

Cuando se publicó *El progreso del peregrino*, en 1678, alcanzó un éxito editorial inmediato. En su primer año se imprimieron tres ediciones y quince años después ya se habían vendido cien mil copias. En los siguientes siglos, tanto en Inglaterra como en Estados Unidos, se convirtió en un clásico de lectura obligatoria y aún sigue siendo la obra más popular en el mundo cristiano. Aparte de la Biblia, ha vendido más copias y ha sido traducida a más idiomas que cualquier otra obra. Además, se convirtió en un recurso literario indispensable para la obra misionera: los antiguos misioneros tenían la costumbre de traducir la Biblia al idioma nativo que les correspondiera e inmediatamente traducían también *El progreso del peregrino*.

Cuando estaba mi libro terminado,
A varios lo mostré, con el intento
De ver de qué manera lo juzgaban:
Unos, Viva; otros, Muera, me dijeron.
Unos me dicen: «Juan, imprime el libro».
Otros me dicen: «No». Según criterio
De varios, puede hacer un beneficio;
Otros opinan con distinto acuerdo.
En esta variedad de pareceres,
Yo me encontraba como en un estrecho,

Y pensé: Pues están tan divididos,
Lo imprimiré, y asunto ya resuelto.

Porque —pensaba yo— si unos lo aprueban
Aunque otros avancen en canal opuesto,
Con publicarlo se somete a prueba
Y se verá quién tiene más acierto.
Y pensaba también: Si a los que quieren
Tener mi libro, a complacer me niego,
No haré más que impedirles lo que puede
Ser un placer muy grande para ellos.
A los que no aprobaban su lectura
Les dije: Al publicarlo no les ofendo;
Pues hay hermanos a los cuales gusta,
Aplazad vuestros juicios para luego.

¿No lo quieres leer? Déjalo: algunos
Comen carne, mas otros roen el hueso,
Y por si puedo contentar a todos,
A todos hablo en los siguientes términos:

¿No conviene escribir en tal estilo?
¿Por escribir en él, acaso dejo
De hacerte bien cual yo me proponía?
¿Por qué tal obra publicar no debo?
Negras nubes dan lluvia, no las blancas.
Más si unas y otras a la vez llovieron,
La tierra con sus plantas las bendice,
Sin lanzar a ninguna vituperio,

Y recoge los frutos que dan ambas
Sin distinguir de dónde procedieron.
Ambas convienen, cuando está la tierra
Estéril por falta de alimento;
Más si está bien nutrida, las rechaza
Porque ya no le sirve de provecho.

Cuando Bunyan se presentó ante el impresor con *El progreso del peregrino*, le dijo: «tengo un manuscrito que vale muy poco».[1]

Mirad al pescador cómo trabaja
Para coger los peces; qué aparejos
Dispone con astucia; cómo emplea
Redes, cuerdas, triángulos y anzuelos;
Mas aun habiendo peces, no lograra
Pescarlos con sus varios instrumentos,
Si no los busca, los atrae, los junta
Y les enseña el codiciado cebo.
        ¿Y quién dirá las tretas y posturas
Que tiene que adoptar el pajarero,
Si quiere coger caza? Necesita

Red, escopeta, luz, trampa, cencerro,
Según las aves que coger pretenda,
Y son innumerables sus rodeos.
Mas no le bastan; con silbido o toque
Atraerá tal pájaro a su cepo;
Pero si toca o silba, se le escapa,
Tal otro, que se coge con silencio.
Suele hallarse una perla en una ostra
O quizá en la cabeza de un escuerzo.
Pues si cosas que nada prometían,
Cosa mejor que el oro contuvieron,
¿Quién desdeña un escrito, que pudiera
Ayudarnos a buen descubrimiento?
Mi libro (aun desprovisto de pinturas
Juzgadas por algunos como mérito)
No carece de cosas que superan
A otras muchas tenidas en aprecio.

Bunyan afirmó que no se propuso escribir una alegoría y que se topó con el tema cuando escribía otra obra (es muy posible que fuera *The Heavenly Footman*) y que inicialmente lo hizo para satisfacción personal. Sin embargo, defendió el valor de esta obra, señalando que la Biblia contiene metáforas y parábolas, y que tanto Jesús como los profetas enseñaron verdades en muchas ocasiones. Bunyan también supo reconocer que las historias se retienen mejor y que nos ayudan a entender y recordar la verdad de una manera más profunda.

«Bien juzgado ese libro —dice alguno—
Yo desconfío de su buen suceso».
¿Por qué? «Porque es oscuro». ¿Qué más tiene?
«Es ficticio». ¿Qué importa? Yo sostengo
Que algunos, con ficciones y con frases
Oscuras, cual las mías, consiguieron
Hacer que la verdad resplandeciese
Con hermosos y fúlgidos destellos.
«Pero le falta solidez». Explícate.
«Esas frases, al corto de talento
Le turban, y a nosotros las metáforas,
En vez de iluminar, nos dejan ciegos».
Solidez necesita quien escribe
De las cosas divinas, es muy cierto;
¿Pero me falta solidez porque uso
Metáforas? ¿Acaso no sabemos
Que con tipos, metáforas y sombras
Vino la ley de Dios y su Evangelio?
En estas cosas el varón prudente

No encuentra repugnancia ni defectos;
Los halla sólo el que asaltar pretende
La excelsa cima del saber supremo.
El prudente se inclina, reconoce
Que Dios habló por diferentes medios
Con ovejas, con vacas, con palomas,
Con efusión de sangre de corderos,
Y es feliz al hallar la luz y gracia
Que puso Dios en símbolos diversos.

«Las alegorías encajan mejor en las doctrinas religiosas. Nacen de un sentimiento de que el mundo no lo es todo. Al contrario, hay una realidad que trasciende este mundo y que a éste se le interpreta mejor como si fuera un sistema de señales de verdades espirituales [...] [La alegoría] es necesaria para darle sentido y orden a este mundo».[2]

No seáis presurosos en juzgarme
Falto de solidez, rudo en exceso:
Lo que parece sólido, no siempre
Tiene la solidez que nos creemos,
No despreciamos cosas en parábolas;

A veces recibimos lo funesto,
Y privamos al alma de las cosas
Que le pueden hacer grande provecho.
Mi frase oscura la verdad contiene,
Como el oro la caja del banquero.

    Solían los profetas por metáforas
Enseñar la verdad: sí, quien atento
A Cristo y sus apóstoles estudie,
Verá que la verdad así vistieron.
¿Temeré yo decir que la Escritura,
Libro que a todos vence por su mérito,
Está lleno doquier de analogías,
De figuras, parábolas y ejemplos?
Pues ese libro irradia los fulgores
Que nuestra noche en día convirtieron.

La publicación de *El progreso del peregrino* logró abrir paso a la Biblia inglesa en la literatura, más que cualquier otra obra hasta ese momento y logró servir de inspiración a grandes escritores posteriores como, por ejemplo, Robert Louis Stevenson, Charles Dickens, Mark Twain, George Eliot, Jane Austen, Charlotte Brontë, William Makepeace Thackeray, Harriet Beecher Stowe, Samuel Johnson, Benjamin Franklin, Louisa May Alcott y Nathaniel Hawthorne.

Vamos, que mi censor mire sus obras,
Y hallará más oscuros pensamientos
Que en este libro; sí, sepa que tiene
En sus mejores cosas más defectos.

Si apelamos ante hombres imparciales,
Por uno a su favor, yo diez espero
Que prefieran lo dicho en estas líneas
A sus mentiras en brillante arreo.
Ven, Verdad, aun cubierta de mantillas,
Tú informas el juicio, das consejo,
Agradas a la mente y haces dócil
La voluntad a tu divino imperio;
Tú la memoria llenas con las cosas,
Que la imaginación ve con recreo
Y a la vez dan al ánimo turbado
Preciosa paz y bienhechor consuelo.

Sanas frases, no fábulas de viejas,
Manda San Pablo usar a Timoteo;
Más en ninguna parte le prohíbe
El uso de parábolas y ejemplos,
Que encierran oro, perlas y diamantes,
Dignos de ser buscados con empeño.

Una palabra más. Hombre piadoso
¿Te ofendes? ¿Era acaso tu deseo
Que yo diese otro traje a mis ideas,
O que fuese más claro, más expreso?

Déjame proponer estas tres cosas,
Y al fallo de mis jueces me someto.

1. ¡Hallo que puedo usar, nadie lo niega,
Mi sistema, si abuso no cometo,
Con palabras, con cosas, con lectores;
Si en el uso de símiles soy diestro
Y en aplicarlos, procurando sólo
De la verdad el rápido progreso.
¿Negar he dicho? No; tengo licencia
(Y también de hombres santos el ejemplo,
Que agradaron a Dios en dichos y obras
Más que cualquiera del presente tiempo)
Para expresar las cosas excelentes
En sumo grado que pensadas tengo.
2. Hallo que hombres de talla cual los árboles
En diálogos escriben, y por eso

Nadie los menosprecia; quien merece
Maldición es quien usa su talento
En abusar de la verdad, que debe
Llegar a ti y a mí, según los medios
Que Dios quiera emplear; porque, ¿quién sabe
Mejor que Dios, el que enseñó primero
El uso del arado, cómo debe
Dirigir nuestra pluma, y pensamiento?
Él es quien hace que las cosas bajas
Suban a lo divino en raudo vuelo.

    3. Hallo que la Escritura en muchas partes
Presenta semejanza con mi método
Pues nombrando una cosa, indica otra;
Se me permite, pues, sin detrimento
De la verdad, que con sus rayos de oro
Lucirá como el sol en día espléndido.

    Y ahora, antes de soltar la pluma,
De este mi libro mostraré el provecho,
Y él y tú quedan en la mano que alza
A los humildes y hunde a los soberbios.

Charles Spurgeon escribió: «Junto a la Biblia, el libro que atesoro con más aprecio es la obra de Juan Bunyan, *El progreso del peregrino*». «Creo que lo he leído por lo menos unas cien veces. Es una obra que no me canso de leerla; y el secreto de su originalidad es que consiste mayormente de una compilación de las Escrituras».[5]

Este libro a tu vista pone al hombre
Que va buscando incorruptible premio:
Muestra de dónde viene, a dónde marcha,
Lo que deja de hacer y deja hecho;
Muestra cómo camina paso a paso,
Hasta que llega vencedor al cielo.

Muestra, además, a los que van con brío
Esa corona, al parecer, queriendo;
Más veréis la razón por la cual pierden
Sus trabajos y mueren como necios.

Mi libro hará de ti fiel peregrino,
Si te quieres guiar por sus consejos;
El te dirigirá a la Santa Tierra,
Si de su dirección haces aprecio;
El hará ser activos a los flojos,
Y hará ver cosas bellas a los ciegos.

¿Eres algo sutil y aprovechado?
¿Quieres una verdad dentro de un cuento?
¿Eres olvidadizo? ¿Desearas

En todo el año conservar recuerdos?
Pues lee mis ficciones, que se fijan
En la mente, y al triste dan consuelo.
Para afectar al hombre indiferente
Está escrito este libro en tal dialecto;
Parece novedad, y sólo encierra
Sana y pura verdad del Evangelio.

El teólogo J. I. Packer leyó *El progreso del peregrino* por más de cincuenta años y lo hizo por lo menos una vez al año. Lo consideraba «un clásico de la vida cristiana, superior a todos los demás».[6]

¿Quieres quitar de ti melancolía?
¿Quieres tú, sin locura, estar contento?
¿Quieres leer enigmas explicados,
O contemplar absorto y en silencio?
¿Quieres manjar sabroso? ¿Ver quisieras
Un hombre que te habla en nube envuelto?
¿Quieres soñar, mas sin estar dormido?
¿Quieres llorar y reír al mismo tiempo?
¿Quieres perderte sin que sufras daño,

Y encontrarte después sin embeleso?
¿Quieres leer tu vida, sin que sepas
Que la estás en mis páginas leyendo,
Y ver si eres bendito, o todavía
No has alcanzado bendición del cielo?
Oh, ven acá, coge mi libro y ponlo
Junto a tu corazón y a tu cerebro.

John Bunyan.

Básicamente, el prólogo muestra que la intención de Bunyan al escribir *El progreso del peregrino* fue influenciar «a aquellos que sufren de aburrimiento y dejadez en su fe [...] y presentar el evangelio con tal urgencia y advertencia, que los perdidos lleguen a arrepentirse delante de la cruz». Su relato simbólico acerca del viajero que sobrevive a un viaje peligroso en una tierra extraña haría que sus lectores se convirtieran también en viajeros y así podría guiarlos a su verdadera patria celestial.

—CAPÍTULO PRIMERO—

PRINCIPIA EL SUEÑO DEL AUTOR

aminando iba yo por el desierto de este mundo, cuando me encontré en un paraje donde había una cueva; busqué refugio en ella fatigado, y habiéndome quedado dormido, tuve el siguiente sueño:

Vi un hombre en pie, cubierto de andrajos, vuelto de espaldas a su casa, con una pesada carga sobre sus hombros y un libro en sus manos.

Fijando en él mi atención, vi que abrió el libro y leía en él, y según iba leyendo, lloraba y se estremecía, hasta que, no pudiendo ya contenerse más, lanzó un doloroso quejido y exclamó:

— ¿Qué es lo que debo hacer?

La cueva a la que se refiere Bunyan en *El progreso del peregrino* es la cárcel de Bedford en Inglaterra. Escribió por lo menos ocho obras más durante los doce años que pasó encarcelado (veinte por ciento de su vida, desde los treinta y dos hasta los cuarenta y cuatro años) por causa de predicar sin permiso y por negarse a dejar de predicar.

En este estado regresó a su casa, procurando reprimirse todo lo posible para que su mujer y sus hijos no se apercibiesen de su dolor. Mas no pudiendo por más tiempo disimularlo, porque su mal iba en aumento, se descubrió a ellos y les dijo: —Queridísima esposa mía, y vosotros, hijos de mi corazón; yo, vuestro amante amigo, me veo perdido por razón de esta carga que me abruma. Además, sé ciertamente que nuestra ciudad va a ser abrasada por el fuego del cielo, y todos seremos envueltos en catástrofe tan terrible si no hallamos un remedio para escapar, lo que hasta ahora no he encontrado.

El hombre se viste de andrajos, como los trapos de inmundicia de nuestra propia justicia, la cual jamás podrá alcanzar la santidad que Dios demanda de nosotros (Isaías 64.6). Su referente es la Biblia. Ella le ha mostrado su pecado y le ha convencido de que «es más cortante que toda espada de dos filos; y penetra hasta partir el alma y el espíritu, las coyunturas y los tuétanos» (Hebreos 4.12). Su carga es que ahora conoce su pecado. Ahora vive lo mismo que el salmista: «Porque mis iniquidades se han agravado sobre mi cabeza; Como carga pesada se han agravado sobre mí» (Salmo 38.4). Para Bunyan, el mensaje de salvación empieza cuando, por medio de las Escrituras, reconocemos nuestro propio pecado y cuán grave es.

Grande fue la sorpresa que estas palabras produjeron en todos sus parientes, no porque las creyesen verdaderas, sino porque las miraban como resultado de algún delirio. Y como la noche estaba ya muy próxima, se apresuraron a llevarle a su cama, en la esperanza de que el sueño y el reposo calmarían su cerebro. Pero la noche le era tan molesta como el día; sus párpados no se cerraron para el descanso, y la pasó en lágrimas y suspiros.

Interrogado por la mañana de cómo se encontraba, —Me siento peor —contestó— y mi mal crece a cada instante.— Y como principiase de nuevo a repetir las lamentaciones de la tarde anterior, se endurecieron contra él, en lugar de compadecerle. Intentaron entonces recabar con aspereza lo que los medios de la dulzura no habían conseguido; se burlaban unas veces, le reñían otras, y otras le dejaban completamente abandonado. No le quedaba, pues, otro recurso que encerrarse en su cuarto para orar y llorar, tanto por ellos como por su propia desventura, o salirse al campo y desahogar en su espaciosa soledad la pena de su corazón.

En una de estas salidas le vi muy decaído de ánimo y sobremanera desconsolado, leyendo en su libro, según su costumbre; y según leía le oí de nuevo exclamar: —¿Qué he de hacer para ser salvo?— Sus miradas inquietas se dirigían a una y otra parte, como buscando un camino por donde huir; mas permanecía inmóvil, porque no le hallaba, a tiempo que vi venir hacia él un hombre llamado Evangelista, y oí el siguiente diálogo:

EVANGELISTA. — ¿Por qué lloras?

CRISTIANO (tal era su nombre). — Este libro me dice que estoy condenado a morir; y que después he de ser juzgado, y yo no quiero morir ni estoy dispuesto para el juicio.

Evangelista está basado en su querido pastor y consejero, a quien Bunyan llamaba «el santo Señor Gifford». La predicación de Gifford sobre el amor de Cristo, junto a su recomendación del comentario de Lutero sobre Gálatas, ejerció bastante influencia en la conversión de Bunyan. Este personaje revela el verdadero significado del término *evangelista*, «mensajero de las buenas nuevas»,[1] porque sufre por los perdidos y les muestra el camino al Salvador por medio de las Escrituras.

EVANG. — ¿Por qué no has de querer morir, cuando tu vida está llena de tantos males?

CRIST. — Porque temo que esta carga que sobre mí llevo me ha de sumir más hondo que el sepulcro, y que he de caer en Tofet (lugar de fuego). Y si no estoy dispuesto para ir a la cárcel, lo estoy menos para el juicio, y muchísimo menos para el suplicio. ¿No quieres, pues, que llore y que me estremezca?

EVANG. — Entonces, ¿por qué no tomas una resolución? Toma, lee.

CRIST. (Recibiendo un rollo de pergamino y leyendo.) — «¡Huye de la ira venidera!». ¿Adonde y por dónde he de huir?

EVANG. (Señalando a un campo muy espacioso.) — ¿Ves esa puerta angosta?.

CRIST. — No.

EVANG. — ¿Ves allá, lejos, el resplandor de una luz?.

CRIST. — ¡Ah!, sí.

EVANG. — No la pierdas de vista; ve derecho hacia ella, y hallarás la puerta; llama, y allí te dirán lo que has de hacer.

Tal como le sucedió a Bunyan, Cristiano se embarca en un largo y tortuoso camino hacia su conversión. Bunyan sufrió la carga de su pecado durante años y no pudo librarse de su culpable consciencia, dejar de vivir bajo el pecado o escapar de su miseria. Cuando Cristiano dice que le es imposible ver la pequeña puerta, Evangelista le señala la luz y le aconseja que siga buscando la luz de la Palabra hasta que Dios se revele por medio de ella.

Cristiano echó a correr en la dirección que se le había marcado; mas no se había alejado aún mucho de su casa, cuando se dieron cuenta su mujer e hijos y empezaron a dar voces tras él, rogándole que volviese. Cristiano, sin detenerse y tapando sus oídos, gritaba desaforadamente: «¡Vida!, ¡vida!, ¡vida eterna!». Y sin volver la vista atrás, siguió corriendo hacia la llanura.

A las voces acudieron también los vecinos. Unos se burlaban de verle correr; otros le amenazaban, y muchos le daban voces para que volviese. Dos de ellos, Obstinado y

Flexible, pretendieron alcanzarle para obligarle a retroceder, y aunque era ya mucha la distancia que los separaba, no pararon hasta que le dieron alcance. —Vecinos míos— les dijo el fugitivo—, ¿a qué habéis venido?

—A persuadirte a volver con nosotros— dijeron. —Imposible —contestó él— la ciudad donde viven y donde yo también he nacido, es la Ciudad de Destrucción; me consta que es así, y los que en ella moran, más tarde o más temprano, se hundirán más bajo que el sepulcro, en un lugar que arde con fuego y azufre. Ea, pues, vecinos, ánimo y vengan conmigo.

OBSTINADO. — Pero, ¿y hemos de dejar nuestros amigos y todas nuestras comodidades?

CRIST. — Sí, porque todo lo que tengan que abandonar es nada al lado de lo que yo busco gozar. Si me acompañan, también ustedes gozarán conmigo, porque allí hay cabida para todos. Vamos, pues, y por ustedes mismos infórmense de la verdad de cuanto les digo.

OBST. — ¿Pues qué cosas son esas que tú buscas, por las cuales lo dejas todo?

CRIST. — Busco una herencia incorruptible, que no puede contaminarse ni marchitarse, reservada con seguridad en el cielo, para ser dada a su tiempo a los que la buscan con diligencia. Esto dice mi libro, léanlo si gustan, y se convencerán de la verdad.

OBST. — Necedades. Déjanos de tal libro. ¿Quieres o no volver con nosotros?

CRIST. — ¡Oh!, nunca, nunca. He puesto ya mi mano al arado.

OBST. — Vámonos, pues, vecino Flexible, y abandonémosle. Hay una clase de entes, tontos como éste, que cuando se les mete una cosa en la cabeza, se creen más sabios que los siete famosos de Grecia.

Obstinado representa a aquellos que testarudamente se niegan a considerar la perspectiva de los demás, que se mofan de las convicciones cristianas y confían en lo que el mundo les ofrece. Flexible representa a aquellos que fácilmente se inclinan hacia el bien o el mal. Al no estar consciente de su propio pecado, Flexible decide acompañar a Cristiano por simple curiosidad y egoísmo. Los brillantes premios del destino final han cautivado temporalmente su atención, pero no tiene la intención de soportar ningún sufrimiento.

FLEX. — Nada de insultos, amigo. ¿Quién sabe si será verdad lo que Cristiano dice? Y entonces vale mucho más lo que él busca que todo lo que nosotros poseemos; me voy inclinando a seguirle.

OBST. — ¡Cómo! ¿Más necios aún? No seas loco, y vuelve conmigo. ¡Sabe Dios adonde te llevará ese mentecato! Vámonos, no seas tonto.

CRIST. — No hagas caso, amigo Flexible; acompáñame, y tendrás no sólo cuanto te he dicho, sino muchas cosas más. Si a mí no me crees, lee este libro, que está sellado con la sangre del que lo compuso.

FLEX. — Amigo Obstinado, estoy decidido; voy a seguir a este hombre y unir mi suerte con la suya. Pero (dirigiéndose a Cristiano), ¿sabes tú el camino que nos ha de llevar al lugar que deseamos?

CRIST. — Me ha dado la dirección un hombre llamado «Evangelista»; debemos ir en busca de la puerta angosta que está más adelante, y en ella se nos darán informes sobre nuestro camino.

FLEX. — Adelante, pues; marchemos.

Y emprendieron juntos la marcha. Obstinado se volvió solo a la ciudad, lamentándose del fanatismo de sus dos vecinos. Estos continuaron su camino, hablando amistosamente de la necia terquedad de Obstinado, que no había podido sentir el poder y terrores de lo invisible, y la grandeza de las cosas que esperaban: —Las concibo —decía Cristiano—; pero no hallo palabras bastantes para explicarlas. Abramos el libro y leámoslas en él.

FLEX. — Pero, ¿y tienes convencimiento de que sea verdad lo que el libro dice?

CRIST. — Sí, porque lo ha compuesto Aquel que ni puede engañarse ni engañarnos.

FLEX. — Léeme, pues.

CRIST. — Se nos dará la posesión de un reino que no tendrá fin, y se nos dotará de vida eterna para que podamos poseerle para siempre. Se nos darán coronas de gloria y unas vestiduras resplandecientes como el sol en el firmamento. Allí no habrá llanto ni dolor, porque el Señor del reino limpiará toda lágrima de nuestros ojos.

FLEX. — ¡Qué bello y magnífico es esto! ¿Y cuál será allí nuestra compañía?

John Bunyan nació en 1628, el seno de una familia pobre, en un pueblo llamado Elstow, cercano a Bedford, Inglaterra. Luego de que su familia ya no pudiera vivir del trabajo agrícola, su padre se dedicó a hojalatero, reparando ollas y calderos. Era un oficio normalmente asignado a las clases más pobres y los marginados, oficio que John aprendió y se dedicó años más tarde.

CRIST. — Estaremos con los serafines y querubines, criaturas cuyo brillo nos deslumbrará: encontraremos también allí a millares que nos han precedido, todos inocentes, amables y santos, que andan con aceptación en la presencia de Dios para siempre. Allí veremos los ancianos con sus coronas de oro, vírgenes y santos cantando dulcemente con sus arpas de oro, tantos hombres a quienes el mundo descuartizó, que fueron abrasados en las hogueras, despedazados por las bestias feroces, arrojados a las aguas, y todo por amor al Señor de ese reino, todos felices vestidos todos de inmortalidad.

FLEX. — La simple relación de esto arrebata de entusiasmo mi alma. ¿Pero es verdad que hemos de gozar de todas estas cosas? ¿Y qué hemos de hacer para conseguirlo?

CRIST. — El Señor del reino lo ha consignado en este libro, y, en suma, es lo siguiente: «Si verdaderamente lo deseamos, El nos los concederá de balde».

FLEX. — Bien, buen amigo. Mi corazón salta de alegría; sigamos adelante, y apresuremos nuestra llegada.

CRIST. — ¡Ay de mí! No puedo ir tan de prisa como quisiera, porque esta carga me abruma.

En tal conversación iban agradablemente entretenidos cuando los vi llegar a la orilla de un cenagoso pantano que había en la mitad de la llanura, y descuidados se precipitaron en él. Se llamaba el Pantano del Desaliento. ¡Pobres! Los vi revolcarse en su fango, llenándose de inmundicia, y Cristiano, por su parte, hundiéndose en el cieno a causa de su pesada carga. —¿Dónde nos hemos metido? —exclamó Flexible. —No lo sé —respondió Cristiano. —¿Es ésta —repuso aquél muy enfadado— la dicha que hace poco ha tú me ponderabas tanto? Si tan mal lo pasamos al principio de nuestro viaje, ¿qué no podemos esperar antes de concluirlo? Salga yo bien de ésta, y podrás tú gozar sólo la plena posesión del país tan magnífico.

Hizo después un supremo esfuerzo, y de dos o tres saltos se puso en la orilla que estaba más inmediata a su casa. Se marchó, y Cristiano no le volvió a ver ya más. Este, por su parte, seguía revolcándose en el fango, cayendo unas veces y levantándose, y volviendo a caer; pero siempre adelantando algo en la dirección contraria a la de su casa, aproximándose a la de la puerta angosta; pero la pesada carga que llevaba sobre sí le impedía mucho, hasta que llegó una persona, llamada Auxilio, quien dirigiéndose a él, le dijo:

AUXILIO. — Desgraciado, ¿cómo has venido a parar aquí?

CRIST. — Señor, un hombre, llamado Evangelista, me señaló esta dirección, y me añadió que por esa puerta angosta yo me vería libre de la ira venidera. Seguí su consejo, y he venido adonde me ves.

AUXILIO. — Sí; pero ¿por qué no buscaste las piedras colocadas para pasarlo?

CRIST. — Era tanto el miedo que de mí se apoderó que, sin reparar en nada, eché por el camino más corto, y caí en este lodazal.

AUXILIO. — Vamos, dame la mano. Cristiano vio los cielos abiertos; se asió de la mano de Auxilio, salió de su mal paso, y ya en terreno firme, prosiguió su camino, como su libertador le había dicho.

Bunyan recibió poca instrucción escolar en una escuela primaria rural hasta que, a temprana edad, empezó a trabajar junto a su padre. Nadie habría apostado que lograría escribir una obra tan importante en la historia de la literatura y que serviría de guía a tantos millones de cristianos. C. S. Lewis dijo al respecto: «Una de las principales razones de que no se necesita de una educación especial para ser cristiano es que el cristianismo es en sí mismo una educación. Es por ello que un hombre sin letras como Bunyan pudo escribir un libro que dejó pasmado a todo el mundo».[2]

Entonces yo me acerqué a Auxilio y le pregunté: —¿Por qué siendo éste el camino directo entre la ciudad de Destrucción y esa portezuela, no se manda componer este sitio en bien de los pobres viajeros?

—Es imposible —me respondió—: es el lodazal adonde afluyen todas las heces e inmundicias que siguen a la convicción de pecado; por eso se llama el Pantano del Desaliento. Cuando el pecador se despierta al conocimiento de sus culpas y de su estado de perdición, se levantan en su alma dudas, temores, aprensiones desconsoladoras, que se juntan y se estancan en este lugar. ¿Comprendes ya por qué es tan malo e incapaz de composición?

No era seguramente la voluntad del Rey que quedase tan malo; sus obreros han estado por espacio de muchos siglos, y bajo la dirección de los ingenieros de S. M., haciendo cuanto estaba en su poder para componerlo. ¡Cuántos miles de carros y cuantos millones de enseñanzas saludables se han hecho venir aquí de todas partes y dominios de S. M.! Y a pesar de que los inteligentes dicen que estos son los mejores materiales para componerlo, ni se ha podido lograr hasta hoy, ni se logrará en adelante. El Pantano subsiste y subsistirá.

El Pantano del Desaliento representa el sentimiento de preocupación, vergüenza y desánimo que aparecen cuando estamos conscientes de la santidad de Dios y de nuestro propio

pecado. Situaciones particulares del momento como las pruebas, las tentaciones y confusiones, pueden agravar la situación. Los pasos que habrían ofrecido un buen trayecto son
las promesas de Dios por el perdón de nuestros pecados. A
Cristiano le cegaba tanto su temor y le paralizaban tanto su
ansiedad y «desesperada situación»[3] que no se daba cuenta de
que estaban allí presentes. El Rey no desea ver a nadie atas-
cado en el lodo ni incluso que exista el Pantano del Desaliento.

Lo único que se ha podido hacer, está hecho. Se han colocado en medio de él, por orden del Legislador, unas piedras buenas, sólidas, por donde se podría pasar; pero cuando el lodazal se agita, y esto sucede siempre que hay variación de tiempo, despide unas mias- mas que exhalan a los pasajeros, y éstos no ven las piedras y caen en el fango. Por fortuna, cuando logran llegar a la puerta, ya tienen terreno sólido y bueno.

Después de esto vi que, habiendo llegado Flexible a su casa, sus vecinos fueron en tropel a visitarle. Unos alababan su pru- dencia, porque se había retirado a tiempo de la empresa; otros le censuraban, porque se había dejado engañar de Cristiano, y algunos le calificaban de cobarde, porque, puesto una vez su pie en el camino, algunas pequeñas dificultades no debie- ran haber sido bastante para hacerle retroceder. Flexible se sintió abatido y avergonzado; pero se repuso muy pronto, y entonces todos a coro se burlaban de Cristiano en su ausencia. Con esto ya no pienso volver a ocuparme más de Flexible.

El personaje Auxilio representa al cristiano maduro, que conoce la voluntad de Dios y sabe por experiencia propia que sus promesas son ciertas. Este personaje afirma la fe de los débiles recordándoles que pueden confiar en el Dios de gracia y bondad, y que los pecadores pueden confiadamente depositar sus vidas en las manos de Dios. La escena donde Auxilio rescata a Cristiano del lodazal es una alusión a Jesús cuando salvó a Pedro (Mateo 14.31), al «brazo» del Señor que salva (Isaías 59.16), a las palabras del salmista: «Y me hizo sacar del pozo de la desesperación, del lodo cenagoso; puso mis pies sobre peña, y enderezó mis pasos» (Salmos 40.2).

Cristiano, aunque solo ya, emprendió con buen ánimo su marcha, y vio venir hacia sí, por medio de la llanura a uno que al poco trecho se encontró con él en el punto en que se cruzaban sus respectivas direcciones. Se llamaba Sabio-según-el-mundo, y habitaba en una ciudad llamada Prudencia-carnal, ciudad de importancia, a poca distancia de la ciudad de Destrucción. Había oído hablar de Cristiano, pues su salida de la ciudad había hecho mucho ruido por todas partes, y viéndole ahora caminar tan fatigado por su carga, y oyendo sus gemidos y suspiros, trabó con él la siguiente conversación:

SABIO. — Bien hallado seas, buen amigo; ¿adonde se va con esa pesada carga?

CRIST. — En verdad que es pesada; tanto, que, en mi sentir, nadie jamás la ha llevado igual. Me dirijo a la puerta angosta, que está allá delante, pues se me ha informado que allí me comunicarán el modo de deshacerme de ella.

SAB. — ¿Tienes mujer e hijos?

CRIST. — Sí, los tengo; pero esta carga me preocupa y me abruma tanto, que no siento ya en ellos el placer que antes tenía, y apenas tengo conciencia de tenerlos.

SAB. — Vamos, escúchame, que creo poder darte muy buenos consejos sobre la materia.

CRIST. — Con mucho gusto, pues estoy muy necesitado de ellos.

SAB. — Mi primer consejo es que cuanto antes te deshagas de esa carga; mientras así no lo hagas, tu espíritu carecerá de tranquilidad, y no te será posible gozar, como corresponde, de las bendiciones que te ha concedido el Señor.

CRIST. — Eso es precisamente lo que voy buscando, pues ni yo puedo hacerlo por mí mismo, ni se encuentra en nuestro país quien pueda; he aquí lo que me ha movido emprender este camino en busca de tanta ventura.

SAB. — ¿Quién te lo ha aconsejado?

CRIST. — Una persona al parecer muy respetable y digna de consideración. Recuerdo que se llamaba Evangelista.

Sabio-según-el-mundo representa a todos los que depositan su fe en sus propias obras y truecan la santidad de la cruz por una común decencia humana. Rechazan la doctrina del pecado y el evangelio y optan por seguridad y comodidad en contraste con la paz de Dios. Sabio-según-el-mundo demuestra ser más refinado, hábil y sutil en sus críticas que Obstinado, y logra convencer a Cristiano de que debería deshacerse de su carga por medio de sus propios esfuerzos y asentarse en una cómoda vida en el mundo.

SAB. — Maldición sobre él por tal consejo. Precisamente este camino es el más molesto y peligroso del mundo. ¿No has empezado ya a experimentarlo? Te veo ya lleno del lodo del Pantano del Desaliento, y cuenta que eso no es más que el primer eslabón de la cadena de males que por tal camino te esperan. Soy más viejo que tú, y he oído a muchos dar testimonio en sus personas de que en él encuentran cansancio, penalidades, hambre, peligros, cuchillo, desnudez, leones, dragones, tinieblas, en una palabra: muerte con todos sus horrores. Créeme: ¿por qué se ha de perder un hombre por dar oídos a un extraño?

CRIST. — Señor mío: de muy buen grado sufriría yo cuanto usted acaba de decirme a cambio de verme libre de esta carga, más pesada y más terrible para mí que todo eso.

SAB. — ¿Y cómo vino sobre ti esa carga?

CRIST. — Leyendo este libro que tengo en mis manos.

SAB. — Ya me lo figuraba yo así. Uno de tantos imbéciles, que por meterse en cosas para ustedes demasiado elevadas, vienen a dar en tales dificultades, que les trastornan el seso, y los arrastran a aventuras desesperadas para lograr una cosa que ni aun saben lo que es.

CRIST. — Pues yo por mi parte sé muy bien lo que quiero, es echar de mí tan pesada carga.

SAB. — Lo comprendo, sí; pero, ¿por qué has de buscarlo por un camino tan peligroso, cuando yo puedo enseñarte otro sin ninguna de tales dificultades? Ten un poquito de paciencia y óyeme: mi remedio está a la mano, y en él, en lugar de peligros, hallarás seguridad, amigos y satisfacciones.

CRIST. — Háblame, pues, pronto, señor, que se lo pido con mucha necesidad.

SAB. — Mira: en ese pueblo próximo que se llama Moralidad, vive un caballero de mucho juicio y grande reputación, llamado Legalidad, muy hábil para ayudar a personas como tú, habilidad que tiene acreditada con muchos; sobre esto tiene también suerte para curar a personas tocadas en su cerebro. Ve a él, te aseguro un pronto y fácil alivio. Su casa dista escasamente un cuarto de legua, y si el no estuviese, tiene un hijo, joven muy aventajado, cuyo nombre es Urbanidad, y que podrá servirte tan bien como su mismo padre. No dudes en ir allá. Y si no estás dispuesto como no debes estarlo, a volver a tu ciudad, puedes hacer venir a tu mujer y tus hijos, pues hay en ese pueblo las casas vacías, y puedes tomar una de ellas a precio muy barato. Otra cosa muy buena encontrarás ahí: vecinos honrados, de buen tono y de finos modales. La vida también muy barata.

Cristiano, al oír esto, estuvo por algunos instantes indeciso, mas pronto le vino este pensamiento: si es verdad lo que se me acaba de decir, la prudencia manda seguir los consejos de este caballero. Dijo, pues, a Sabio-según-mundo:

CRIST. — ¿Cuál es el camino que lleva a la casa de ese hombre?

SAB. — Mira, tendrás que pasar por esa montaña alta, y la primera casa que encuentres es la suya. Cristiano torció inmediatamente su camino para ir a la casa del Sr. Legalidad en busca de auxilio. Nunca lo hubiera hecho. Cuando llegó al pie de la montaña, le pareció tan alta y tan pendiente, que tuvo miedo en avanzar, no fuese que se desplomase sobre su cabeza; se paró sin saber qué partido tomar. Entonces también sintió más que nunca lo pesado de su carga, a la vez que vio salir de la montaña relámpagos y llamas de fuego, que amenazaban devorarle. Le asaltaron, pues, grandes temores y se estremeció de terror.

— ¡Ay de mí! —exclamaba—. ¿Por qué habré hecho caso de los consejos de Sabio-según-el-mundo. Y cuando era presa de estos temores y remordimientos vio a Evangelista que se le acercaba. ¡Qué vergüenza! ¡Qué estremecimiento sintió en todo su ser, al ver la severa mirada de Evangelista!, quien le interpeló así:

Luego de seguir el consejo de Sabio-según-el-mundo y dirigirse a Moralidad, Cristiano se encuentra con una alta montaña que representa el monte Sinaí y la ley de Moisés. La ley causa que el pecado salga a la luz y la carga de Cristiano se vuelve aún más pesada y también se percata más de su propio pecado. Seguir en esta senda legalista termina siendo algo imposible de cumplir; es imposible que fabrique su propia justicia, no hay forma de escapar de la condenación y la esclavitud. Se encuentra en una senda que lo llevará a la muerte en vez de ir por el camino de la vida. «Jesús le dijo: Yo soy el camino, y la verdad, y la vida; nadie viene al Padre, sino por mí» (Juan 14.6).

EVANG. — ¿Qué haces aquí, Cristiano?

Cristiano no supo contestar; la vergüenza le tenía atada lengua.

EVANG. — ¿No eres tú el hombre que encontré llorando fuera de los muros de la ciudad de Destrucción?

CRIST. — Sí, señor; yo soy.

EVANG. — ¿Cómo, pues, tan pronto te has extraviado del camino que yo te señalé?

CRIST. — Así que hube pasado el Pantano del Desaliento me encontré con uno, que me persuadió de que en la aldea de enfrente hallaría un hombre que me quitaría mi carga. Parecía muy caballero, y tantas cosas me dijo, que me hizo ceder, y me vine acá; mas cuando llegué al pie de la montaña y la vi tan elevada y tan pendiente sobre el camino, de repente me detuve, temiendo que se desploma sobre mí. Ese caballero me preguntó adonde iba, y se lo dije; también quiso saber si tenía yo familia, y le respondí afirmativamente; pero añadiéndole que esta tan pesada carga me impedía tener en ella el gozo que antes disfrutaba. A toda prisa, pues —me dijo—, es preciso que te deshagas de esa carga; y en lugar de ir en dirección de esa portezuela, donde esperas obtener instrucciones para ello, yo te indicaré un camino mejor y más derecho, y sin las dificultades con que tropezarías en el otro. Este camino —añadió— te llevará a la casa de un hombre hábil en eso de quitar cargas. —Yo le creí, dejé el camino que usted me había marcado, y tomé éste; mas habiendo llegado aquí, tuve miedo al ver estas cosas, y no sé qué hacer.

EVANG. — Detente un poco y oye las palabras del Señor. (Cristiano, en pie y temblando, escuchaba.)

«Mirad que no desechéis al que habla; porque si aquéllos no escaparon, que desecharon al que hablaba en la tierra, mucho menos escaparemos nosotros si desecháramos al que nos habla desde los cielos». «El justo vivirá por la fe; mas si se retirare, no agradará a mi alma». Y haciendo aplicación de estas palabras a Cristiano, dijo: —Tú eres ese hombre que vas precipitándote en tal miseria; has empezado a rechazar el consejo del Altísimo y a retirar tu pie del camino de la paz, hasta el punto de exponerte a la perdición.

Cristiano cayó entonces casi exánime a sus plantas, exclamando: —¡Ay de mí, que soy muerto!— Al ver esto, Evangelista le asió de la mano, diciendo: —Todo pecado y blasfemia será perdonado a los hombres. No seas incrédulo, sino fiel.

Repuesto algún tanto Cristiano, se levantó; pero siempre avergonzado y tembloroso delante de Evangelista, el cual añadió:

La madre de Bunyan murió cuando este tenía dieciséis años; su hermana murió unos meses más tarde. Un mes después, el padre de Bunyan se volvió a casar, lo cual causó un distanciamiento entre padre e hijo. Luego, dejó su hogar para unirse al ejército de Cromwell durante la Guerra Civil inglesa, en la que Cromwell luchó contra Carlos I para lograr la libertad religiosa (entre otras libertades y derechos políticos). Durante su servicio en el ejército, Bunyan entró en contacto con el pensamiento puritano, que valoraba la experiencia individual de la gracia de Dios en contraste con las tradiciones religiosas de carácter público.

—Pon más atención a lo que voy a decirte: yo te mostraré quién era el que te engañó, y aquél a quien ibas dirigido. El primero se llama Sabio-según-el-mundo, y con mucha razón, porque, en primer lugar, sólo gusta de la doctrina de este mundo, por lo cual va siempre a la iglesia de la villa de la Moralidad, y gusta de esa doctrina porque le libra de la

Cruz, y en segundo lugar, porque siendo de este temperamento carnal, procura pervertir mis caminos, aunque rectos. Por eso, tres cosas hay en el consejo de ese hombre, que debes aborrecer con todo tu corazón:

1. El haberte desviado del camino.
2. El haber procurado hacerte repugnante la Cruz.
3. El haberte encaminado por esa senda, que conduce a la muerte

Primero. Debes odiar el que te haya extraviado del camino, y que tú hayas consentido en ello, porque eso era rechazar el consejo de Dios por el consejo del hombre. El Señor dice: «Procurad entrar por la puerta angosta». Era la puerta hacia donde yo te dirigí. «Porque estrecha es la puerta que lleva a la vida, y pocos son los que la hallan». De esa puerta y del camino que a ella conduce te ha desviado ese malvado para llevarte al borde de tu ruina. Debes, pues, odiar su conducta, y odiarte también a ti mismo por haberle prestado oído.

Segundo. Debes aborrecer el que haya procurado hacerte repugnante la Cruz, cuando debes preferirla a todos los tesoros de Egipto. Además, te ha dicho el Rey de la Gloria que «aquel que quiera salvar su vida, la perderá», y si «alguno quiere venir en pos de mí, y no aborrece a su padre y a su madre, a sus hijos y hermanos y hermanas, y aun su propia vida, no puede ser mi discípulo». Por esto te digo que un hombre que procura persuadirte de que es muerte aquello sin lo cual ha dicho la Verdad que no se puede obtener la vida eterna, debe ser para ti abominable.

Tercero. Debes también aborrecer el que te haya encaminado a la senda que conduce al ministerio de muerte. Calcula, pues, si la persona a quien ibas dirigido sería capaz de librarte de tu carga.

Esa persona se llama Legalidad, y es hijo de la esclava que actualmente lo es y se halla en esclavitud con sus hijos; y que misteriosamente es ese monte Sinaí que tú has temido cayese sobre tu cabeza. Si, pues, ella y sus hijos están en servidumbre, ¿cómo puedes esperar que puedan ellos darte la libertad? ¡Ah!, nunca: no es quién Legalidad para librarte de tu carga. Ni ha librado hasta hoy a nadie, ni podrá nunca librarlo. No puedes ser justificado por las Obras de la Ley, porque por ellas ningún ser viviente puede ser librado de su carga. Debes saber que el Sr. Sabio-según-el-mundo es un embustero, y el Sr. Legalidad otro semejante; y en cuanto a su hijo Urbanidad, a pesar de su afectada sonrisa, no es más que un hipócrita, incapaz de darte ayuda. Créeme, todo cuanto has oído a este insensato no es más que una asechanza para apartarte de la salvación, desviándote del camino en el que yo te había puesto.

Esto dijo Evangelista, y clamando en alta voz a los cielos, les pidió una confirmación de cuanto había dicho, y en el mismo momento salieron palabras y llamas de fuego del monte que pendía sobre Cristiano, de manera que se le erizaron los cabellos de espanto.

Las palabras decían. «Todos los que son de las obras de la ley, están bajo la maldición. Porque escrito está: Maldito todo aquel que no permaneciere en todas las cosas que están escritas en el libro de la ley para hacerlas».

Al oír esto, Cristiano sólo esperaba la muerte y comenzó a gritar dolorosamente: hasta maldecía la hora en que se encontró con Sabio-según-el-mundo; llamándose mil veces loco, por haberle hecho caso. Se avergonzó también al pensar que los argumentos tan carnales de aquel hombre hubiesen prevalecido contra él, hasta el punto de hacerle abandonar el camino verdadero.

CRIST. — Señor, ¿hay todavía esperanza? ¿Puedo ahora retroceder, y dirigirme a la puerta angosta? ¿No seré abandonado por esto, y rechazado de allí con vergüenza? Me arrepiento de haber tomado el consejo de aquel hombre. ¿Podré obtener el perdón de mi pecado?

EVANG. — Tu pecado es muy grande porque has hecho dos cosas malas. Has abandonado el buen camino y has andado en veredas prohibidas. Sin embargo, el que está a la puerta te recibirá, porque tiene buena voluntad para con todos. Solamente ten cuidado de no extraviarte de nuevo, no sea que el Señor se enoje y perezcas en el camino cuando se encendiere su furor.

Luego de su servicio militar, Bunyan retornó a su pueblo natal, empezó a trabajar como hojalatero y se casó. Si bien su esposa provenía de una familia pobre, trajo consigo bendiciones espirituales que cambiarían la vida de Bunyan para siempre: dos libros puritanos (su modesta dote), memorias de la vida piadosa de su padre y su propia fe dinámica que demostró tener delante de él. El interés de Bunyan por el cristianismo tuvo un despertar. Su conocimiento de la Biblia empezó a mejorar, pero desafortunadamente pasó muchos años con dudas, que lo hacían pensar más en la ira de Dios que en su gracia. No fue hasta que conoció al «santo señor Gifford» y su iglesia (que estaba llena de gente que conocía el amor de Dios y testificaba de su gracia que transforma) que llegó a comprender que la gracia de Dios también lo alcanzaba a él de una manera personal y que de hecho era mayor que su pecado.

La Puerta Angosta y las instrucciones de Intérprete

Entonces Cristiano empezó a separarse para retroceder; y Evangelista, sonriendo lo besó y lo despidió, diciendo:

—El Señor te guíe.

Con esto Cristiano echó a andar a buen paso, sin hablar a nadie, ni contestar las preguntas que se le hacían en el camino. Iba como uno que anda por terreno vedado, sin creerse seguro hasta llegar al camino que había dejado por el consejo de Sabio-según-el-mundo.

Después de algún tiempo Cristiano llegó a la puerta, sobre la cual estaba escrito: «Llamad y se os abrirá». Llamó, pues, varias veces diciendo:

—¿Se me permitirá entrar? ¡Abrid a un miserable pecador, aunque he sido un rebelde y soy indigno! ¡Abrid y no dejaré de cantar sus eternas alabanzas en las alturas!

Al fin vino a la puerta una persona seria, llamada Buena Voluntad, le preguntó:

—¿Quién está allí? ¿de dónde viene? ¿qué quiere?

CRIST. — Soy un pecador abrumado. Vengo de la Ciudad de Destrucción, mas voy al monte de Sión para ser librado de la ira venidera; y teniendo noticia de que el camino pasa por esta puerta, quisiera saber si me permitirán entrar.

BUENA VOLUNTAD. — Con mucho gusto.

Diciendo esto, le abrió la puerta y cuando Cristiano estaba entrando Buena Voluntad le dio un tirón hacia sí. Entonces preguntó Cristiano:

Evangelista no le restaba importancia al pecado de Cristiano: «tu pecado es muy grande». Al haberse alejado del «consejo del Altísimo» y haber hecho el mal, ofendió al Dios santo, entristeció el corazón de Dios y se afectó él mismo. Sin embargo, es indudable que Buena Voluntad, que representa a Jesús, estaría dispuesto con todo su corazón a perdonar y recibir a Cristiano. Evangelista le dijo a Cristiano que crea esto, y así lo hizo. En la puerta angosta (que se refiere a la puerta angosta que Jesús describe en Mateo 7) finalmente Cristiano recibe por la fe, en un momento importante de conversión, la generosa gracia de Dios.

—¿Qué significa esto?

El otro le contestó:

—A poca distancia de esa puerta hay un castillo fuerte del cual Belcebú es el capitán: él y los suyos tiran de flechazos a los que llegan a esta puerta, para ver si por casualidad pueden matarlos antes de que estén dentro.

Entonces dijo Cristiano:

—Me alegro y tiemblo a la vez.

Tan luego que estuvo dentro, el hombre le preguntó quién lo había dirigido allí.

CRIST. — Evangelista me mandó venir aquí, y llamar, como hice: y me dijo que usted me diría lo que debía yo hacer.

BUENA VOL. — Una puerta abierta está delante de ti, y nadie la puede cerrar.

CRIST. — ¡Qué ventura! Ahora empiezo a recoger el fruto de mis peligros.

BUENA VOL. — Pero, ¿cómo es que viniste solo?

CRIST. — Porque ninguno de mis vecinos vio su peligro como yo vi el mío.

BUENA VOL. — ¿Ninguno de ellos supo de tu venida?

CRIST. — Sí, señor; mi mujer y mis hijos fueron los primeros que me vieron salir, y me gritaron para que volviese. También varios de mis vecinos hicieron lo mismo, pero me tapé los oídos y seguí mi camino.

BUENA VOL. — Y ¿ninguno de ellos te siguió para persuadirte?

CRIST. — Sí, señor; Obstinado y Flexible; mas cuando vieron que no podían lograrlo, Obstinado se volvió enojado; pero Flexible vino conmigo un poco más en el camino.

BUENA VOL. — ¿Pero por qué no siguió hasta aquí?

CRIST. — Vinimos juntos hasta llegar al Pantano de la Desconfianza en el que ambos caímos de repente. Entonces mi vecino Flexible se desanimó, y no quiso pasar delante. Saliendo pues del pantano por el lado más próximo a su casa, me dijo que me dejaba poseer solo el dichoso país: así se fue él por su camino y yo me vine por el mío: él siguió a Obstinado y yo seguí hacia esta puerta.

BUENA VOL. — ¡Ah pobre hombre! ¿Es la gloria celestial de tan poca estima para él, que no la considera digna de correr unas pocas dificultades para obtenerla?

CRIST. — Ciertamente le he dicho a usted la verdad con respecto a Flexible, pero si dijese yo también la verdad con respecto a mí, poca diferencia vería usted entre los dos. Flexible, es verdad, volvió a su casa, pero yo dejé el camino bueno para irme en el de la muerte, porque así me persuadió un tal señor Sabio-según-el-mundo, con sus argumentos carnales.

BUENA VOL. — Conque, ¿te encontraste con él? Y quería hacerte buscar alivio de las manos del señor Legalidad sin duda. Ambos son embusteros. Pero ¿seguiste su consejo?

CRIST. — Sí, hasta donde tuve valor, fui en busca del señor Legalidad. Cuando estuve cerca de su casa creí que se me venía encima el cerro que estaba allí: y esto me hizo parar.

BUENA VOL. — Aquel monte ha causado la muerte de muchos, y causará todavía la muerte de muchos más. Bien, escapaste de ser aplastado.

CRIST. — Por cierto no sé lo que hubiera sido de mí en mi perplejidad si Evangelista por fortuna no me hubiera encontrado otra vez, pero por la misericordia de Dios él llegó a mí, de otra manera no hubiera llegado acá. Mas he venido tal como soy, que merezco más ser aplastado por aquel cerro, que estar hablando con mi Señor. ¡Oh! ¡Cuan grande es la no merecida honra de ser admitido aquí!

BUENA VOL. — Aquí no se ponen dificultades a nadie, quienquiera que haya sido; ninguno es echado fuera. Por tanto, buen Cristiano, ven conmigo un poco y te enseñaré el camino que debes seguir. Mira adelante: ¿Ves ese camino angosto? Pues por ese camino has de ir. Fue compuesto por los patriarcas, profetas, Cristo y sus apóstoles; y es tan recto como una regla. Este es el camino que tienes que seguir.

CRIST. — ¿No hay vueltas o rodeos que le hagan a un forastero perder la dirección del camino?

BUENA VOL. — Sí, hay muchos caminos que cruzan con éste, y son tortuosos y anchos: más en una cosa puedes distinguir el bueno del malo, porque el bueno es el único recto y angosto.

Entonces vi en mi sueño que Cristiano le preguntó si no podía aliviarlo de su carga; porque todavía llevaba ese peso, y no podía de ninguna manera quitárselo.

Buena Voluntad le contestó:

—Con respecto a tu carga, debes conformarte a llevarla hasta que llegues al lugar de alivio; pues se caerá de tus hombros por sí misma.

La carga de Cristiano no fue quitada de inmediato luego de su conversión; esa carga no era su pecado en sí, pero servía para hacerle recordar su pecado. Cuando por primera vez creemos en Jesucristo, somos justificados inmediatamente y luego el poder del Espíritu Santo, que mora en nosotros, empieza a hacer la «buena obra» (obra que en última instancia llegará a terminar, Filipenses 1.6), y perfeccionará nuestra fe (Hebreos 12.2). Algunos de nosotros nos cuesta un poco más llegar a comprender plenamente la gracia de Dios y a experimentar sus efectos. Cristiano seguirá llevando ese sentimiento de culpa hasta que llegue a alcanzar el lugar de su liberación —la cruz— lo cual refleja la experiencia de Bunyan.

Cristiano ahora ciñó sus lomos y se preparó para el camino. El otro le dijo que a poca distancia de la puerta, llegaría a la casa del Intérprete y que allí debía llamar para que le enseñaran cosas notables y buenas. Con esto Cristiano se despidió de su amigo el cual le deseó buen viaje y la compañía del Señor.

Cristiano siguió su camino hasta que llegó a la casa del Intérprete, donde llamó varias veces. Al fin alguien acudió al llamamiento y le preguntó quién era.

CRIST. — Soy un viajero enviado acá por un conocido del buen dueño de la casa.

Llamaron, pues, al señor de la casa, el cual en poco tiempo vino a Cristiano, y le preguntó qué cosa quería.

CRIST. — Señor he venido de la Ciudad de Destrucción, y voy caminando al Monte de Sión. El hombre que está de portero a la puerta que da entrada a este camino, me dijo que si pasaba yo por aquí, usted me enseñaría cosas buenas y provechosas para mi viaje.

Intérprete representa al Espíritu Santo, cuya tarea consiste en enseñar la vida cristiana a nuevos creyentes. Así como Dios se reveló a sí mismo por medio de la persona de Cristo, revela su mente, voluntad y amor por medio del Espíritu de verdad, el Consolador. Intérprete lleva a Cristiano hacia un conocimiento más profundo de la verdad por medio de siete visiones.

INTERPRETE. — Pasa adentro; y te mostraré lo que te será de provecho.

Mandó a su mozo encender una luz e invitó a Cristiano a que le siguiese. Conduciéndole a un cuarto privado, el Intérprete mandó al criado que abriese la puerta, lo cual hecho, Cristiano vio colgado en la pared un cuadro que representaba una persona venerable, con los ojos levantados al cielo, el mejor de los libros en sus manos, la ley de la verdad escrita en sus labios, y la espalda vuelta al mundo. Se hallaba de pie, en el ademán de razonar con los hombres, y una corona de oro se veía en su cabeza.

CRIST. — ¿Qué significa esto?

INTER. — El hombre representado en esta pintura es uno entre mil. Uno que puede decir en las palabras del apóstol: «Aunque tengáis diez mil ayos en Cristo, no tenéis muchos padres; porque en Cristo Jesús yo os engendré por el Evangelio». Y como lo ves con los ojos mirando al cielo, el mejor de los libros en sus manos, y la ley de la verdad escrita en sus labios, es para enseñarte que su misión es saber y explicar las cosas profundas a los pecadores: está en pie como para suplicar a los hombres. El tener

la espada vuelta al mundo y una corona en la cabeza, es para hacerte entender que con despreciar y hacer poco caso de las cosas presentes, por amor al servicio de su Señor tendrá la corona como premio en el mundo venidero.

Te he enseñado este cuadro primero —añadió el Intérprete—, porque el hombre en él representado, es el único autorizado por el Señor del lugar que buscas, para que sea tu guía en todos los lugares difíciles que has de encontrar: por lo tanto pon cuidado a lo que has visto, no sea que en el camino te encuentres con alguno que con pretexto de dirigirte bien, te encamine a la muerte.

En seguida el Intérprete tomó a Cristiano de la mano y lo condujo a una sala grande, llena de polvo, porque nunca había sido barrida.

La imagen del hombre serio señala las cualidades que hay que buscar en un maestro confiable de la Biblia y que será de ayuda para que el creyente pueda identificar a los verdaderos y falsos maestros.

Después de que la hubieron examinado un poco de tiempo el Intérprete mandó a uno que la barriese. Luego que comenzó a barrer, el polvo se levantó en nubes tan densas que Cristiano estuvo a punto de sofocarse. Entonces el Intérprete llamó a una criada que estaba cerca:

—Trae agua y rocía la sala.

Hecho esto ya fue barrido sin dificultad.

CRIST. — ¿Qué significa esto?

INTER. — Esta sala es como el corazón del hombre que nunca fue santificado por la dulce gracia del Evangelio. El polvo es su pecado original y su corrupción interior que ha contaminado todo el hombre. El que comenzó a barrer al principio es la ley; pero aquella que trajo el agua y roció la sala, es el Evangelio. —Y como viste que tan pronto como el primero comenzó a barrer, el polvo se levantó de tal manera que era imposible limpiar la sala y estuviste a punto de. sofocarte; esto es para enseñarte que la Ley, en lugar de limpiar el corazón de pecado, lo hace revivir, le da más fuerza y lo aumenta en el alma, por la razón de que la Ley descubre el pecado y lo prohíbe sin poder vencerlo. Y como viste que la moza roció la sala con agua y así se facilitó el barrerla, es para demostrarte que cuando el Evangelio entre en el corazón con sus influencias tan dulces y preciosas, el pecado es vencido y subyugado, y el alma queda limpia por la fe, por tanto, apta para que habite en ella el Rey de Gloria.

Vi también en mi sueño que el Intérprete tomó a Cristiano de la mano, y le condujo a un pequeño cuarto donde estaban dos niños, sentados cada uno en su silla. El nombre de uno era Pasión, y el del otro Paciencia. Pasión parecía estar muy descontento, mas Paciencia estaba muy tranquilo. Entonces preguntó Cristiano:

— ¿Por qué está descontento Pasión?

El Intérprete contestó diciendo:

—El ayo quiere que Pasión espere hasta el principio del año venidero para recibir sus mejores cosas; mas Pasión todo lo quiere al momento. Paciencia al contrario, está resignado a esperar.

> La escena de la sala llena de polvo, que contrasta la ley y el evangelio, se relaciona a la experiencia de Pablo descrita en Romanos 7.7-10. La ley señala el pecado, y vivir solamente ciñéndose a la ley aumenta el poder del pecado en nuestras vidas y la conciencia que tenemos de este. La ley es incapaz de quitar nuestro pecado; solamente el agua del evangelio nos puede purificar.

Luego vi que vino un hombre a Pasión y le trajo un saco de tesoros y lo vació a sus pies, y el niño los recogió con gusto y se divirtió con ellos, haciendo burla al propio tiempo de Paciencia. Más vi que en poco tiempo todo lo había desperdiciado y no le quedaron más que andrajos.

CRIST. — Explíqueme usted, señor Intérprete, el significado de esto.

INTER. — Estos dos muchachos son figuras: Pasión, de los hombres de este mundo, y Paciencia de los del venidero; porque como has visto que Pasión todo lo quiere en este mismo año, es decir, en este mundo, así son los hombres mundanales; quieren gozar de todas sus cosas buenas en esta vida y no pueden esperar hasta la vida venidera. Aquel dicho: «un pájaro en la mano vale más que cien volando», les es de más autoridad que todo el testimonio Divino sobre los bienes del mundo venidero. Mas como viste que él pronto malgastó todo, y nada le quedó sino andrajos, lo mismo sucederá con tales hombres en el fin de este mundo.

CRIST. — Veo que Paciencia tiene la mejor sabiduría, y eso por dos razones: primero, porque espera para recibir sus cosas buenas; y segundo, porque él recibirá sus tesoros cuando el otro no tendrá más que andrajos, por haber malgastado lo que tenía.

INTER. — Y bien puedes agregar otra razón, a saber, la gloria del mundo venidero nunca se acabará; mientras que los bienes de este mundo se desvanecerán pronto. Por lo tanto Pasión, aunque recibió sus buenas cosas, desde luego, tenía menos razón de reírse que Paciencia, puesto que este recibirá sus tesoros al fin. Así el primero tiene que ceder paso a lo que viene después, cuando llegue la hora; mas lo que es último no cede paso a nada; porque nada hay que le siga. Por esta razón el que recibe su parte al último de todos, lo tendrá para siempre. El que tiene su porción al presente, con el tiempo la va gastando hasta que no le queda nada; el que tiene al fin, la tendrá para siempre, porque no habrá más tiempo que se la gaste. Así se dijo al rico avariento: «Hijo, acuérdate que recibiste tus bienes en tu vida, y Lázaro también males; mas ahora él es consolado aquí y tú atormentado».

CRIST. — Según esto no es lo mejor afanarse por las cosas presentes, sino poner la esperanza en las venideras.

INTER. — Esa es la verdad: «Las cosas que se ven son temporales; mas las que no se ven son eternas». Pero sucede, desgraciadamente, que teniendo tanta conexión entre sí las cosas presentes y nuestros apetitos carnales, se hacen muy pronto amigos; lo cual no pasa con las cosas venideras, que están a tanta distancia del sentido de la carne.

> Los dos niños, Pasión y Paciencia, nos ofrecen una lección respecto a desarrollar deseos piadosos y una visión de la eternidad. Los que pertenecen a Dios no negociarán «las mejores cosas» —las bendiciones de Dios y los tesoros del cielo, su hogar verdadero— por una recompensa inmediata y los bienes temporales de este mundo.

Después de esto, tomando Intérprete de la mano a Cristiano, lo introdujo en un lugar donde había fuego encendido junto a la pared, y uno echando agua sin cesar con intento de apagarle; mas el fuego continuaba cada vez más vivo y con mayor intensidad. Sorprendido de esto nuestro hombre, preguntó su significado, y entonces Intérprete respondió: —Ese fuego representa la obra de la gracia en el corazón, y ese que ves echando agua es Satanás; pero su intento es vano. Ven conmigo y comprenderás por qué en lugar de extinguirse el fuego se hace cada vez más vivo. ¿Ves esa otra persona? Continuamente está echando aceite en el fuego, aunque secretamente, y de esa manera le da cada vez más cuerpo. Esa persona es Cristo, que con el óleo de su gracia mantiene la obra comenzada en el corazón, a pesar de los esfuerzos del Demonio. Y el estar detrás de la pared te enseña que es difícil para los tentados ver cómo esta obra de la gracia se mantiene en el alma.

La visión del fuego encendido representa la manera en que se aviva la vida interior del creyente. Las tentaciones de Satanás, el antagonismo del mundo y los apetitos carnales amenazan con apagar la llama en el corazón del creyente. Pero una fuente secreta vuelve esa llama débil en una más fuerte. Con el aceite de su infinita gracia y amor, que tiene más poder que cualquier otra amenaza, Dios reaviva al creyente y le da el poder de cumplir su voluntad.

En seguida llevó a Cristiano a un sitio muy delicioso, donde había un soberbio y bellísimo palacio, en cuya azotea había algunas personas vestidas de oro y a cuya puerta vio una gran muchedumbre de hombres, muy deseosos, al parecer, de entrar; pero que no se atrevían. Vio también a poca distancia de la puerta un hombre sentado a una mesa, con un libro y recado de escribir, y tenía el encargo de ir apuntando los nombres de los que entraban. Además vio en el portal muchos hombres armados para guardar la entrada, resueltos a hacer todo el daño posible a los que intentasen entrar. Mucho sorprendió esto a Cristiano; pero su asombro subió de punto al observar que mientras todos retrocedían, por miedo a los hombres armados, uno que llevaba retratada en su semblante la intrepidez se acercó al que estaba sentado a la mesa, diciéndole: «Apunte usted mi nombre», y luego desenvainando su espada y con la cabeza resguardada por un yelmo acometió por medio de los que estaban puestos en armas, y a pesar de la furia infernal con que se lanzaron sobre él, empezó a repartir denodadamente tajos y golpes. Su intrepidez fue tal que, aunque herido y habiendo derribado a muchos que se esforzaban desesperadamente por detenerle, se abrió paso y penetró en el palacio, al tiempo que los que habían presentado la lucha desde la azotea, le vitoreaban, diciéndole: «Entrad, entrad y lograréis la gloria eterna». Después de lo cual le recibieron gozosos en su compañía y le vistieron con vestiduras resplandecientes, semejantes a las suyas.

—Todo esto lo comprendo —dijo entonces Cristiano sonriéndose—: dame ahora permiso para continuar mi camino.

La imagen del guerrero que sale victorioso de la batalla describe el conflicto y la oposición que el creyente debe esperar en la vida cristiana. Los creyentes han recibido órdenes de participar en la derrota del Enemigo, bajo el poder del que han vencido al mundo. Solo los que se hayan vestido con toda la armadura de Dios y que no hayan abandonado la buena batalla de la fe podrán entrar en el reino.

—No —le respondió Intérprete—; aún tengo que mostrarte algunas cosas.— Y tomándole de la mano le llevó a un cuarto oscuro, donde había un hombre encerrado en una jaula de hierro. Su semblante revelaba profunda tristeza; sus ojos estaban fijos en la tierra; sus manos cruzadas, al mismo tiempo que profundos suspiros y gemidos indicaban la tortura de su corazón.

— ¿Qué es esto? —dijo asombrado Cristiano.

— Pregúntaselo a él mismo —le respondió Intérprete.

CRIST. — ¿Quién eres tú?

ENJAULADO. — ¡Ah! En otro tiempo hice profesión de cristiano, y prosperaba y florecía a mis propios ojos y a los ojos de los demás. Me creía destinado a la Ciudad Celestial, y esta idea me llenaba de grande regocijo. Pero ahora soy una criatura de desesperación; encerrado en esta jaula de hierro, no puedo salir, ¡ay de mí!, no puedo salir.

CRIST. — Pero ¿cómo has llegado a este estado tan miserable?

ENJ. — Dejé de velar y de ser sobrio, solté la rienda a mis pasiones, pequé contra lo que clara y expresamente manda la palabra y bondad del Señor; entristecí al Espíritu Santo, y éste se ha retirado; tenté al Diablo, y vino a mí; provoqué la ira de Dios, y el Señor me ha abandonado; mi corazón se ha endurecido de tal manera, que ya no puedo arrepentirme.

CRIST. — ¿Pero no hay remedio ni esperanza para ti? ¿Habrás de estar encerrado siempre en esa férrea jaula de desesperación? ¿No es infinitamente misericordioso el Hijo bendito del Señor?

ENJ. — He perdido toda esperanza. He crucificado de nuevo en mí mismo al Hijo de Dios, he aborrecido su persona, he despreciado su justicia, he profanado su sangre, he ultrajado al Espíritu de gracia; he aquí por qué me considero destituido de toda esperanza, y no me restan sino las amenazas terribles de un juicio cierto y seguro, y la perspectiva de un fuego abrasador, de cuyas llamas he de ser pasto. A este estado me han traído mis pasiones, los placeres e intereses mundanos, en cuyo goce me prometí en otro tiempo muchos deleites, pero que ahora me atormentan y me corroen como un gusano de fuego.

INTER. — Pero, ¿no puedes aún al presente volverte a Dios y arrepentirte?

ENJ. — Dios me ha negado el arrepentimiento; en su palabra no encuentro ya estímulo para creer; es el mismo Dios el que me ha encerrado en esta jaula, y todos los hombres del mundo juntos no me podrán sacar de ella. ¡Oh, eternidad, eternidad! ¿Cómo podré yo luchar con la miseria que me espera en la eternidad?

INTER. — Cristiano, nunca eches en olvido la miseria de este hombre; que te sirva siempre de escarmiento y de aviso.

CRIST. — ¡Terrible es esto! Concédame el Señor su auxilio para velar y ser sobrio, y pedirle que no permita el que yo llegue algún día a ser presa de tamaña miseria. Pero, Señor, ¿no le parece a usted que ya es tiempo de que yo me marche?

INTER. — Aún no. Tengo una cosa más que mostrarte.

El personaje Enjaulado nos señala las enseñanzas que leemos en Hebreos 6.4-6 y 10.26-39. Una vez que hayamos disfrutado de la familia de Dios y disfrutado de sus beneficios, debemos evitar volvernos atrevidos y arrogantes y olvidarnos del camino de Dios. Aquellos que así lo hacen, desprecian a Cristo, manifiestan su incredulidad y no serán justificados en el juicio final. El mensaje para los creyentes es: no seas relajado respecto al pecado, amar a Dios significa que el pecado no se debe desear. Mantente firme en tu fe. Guarda un corazón arrepentido, sé sensible al amor de Dios, participa con el Espíritu en tu santificación y esfuérzate por retribuir su amor por medio de tu obediencia.

Y tomándole de la mano lo pasó a una habitación, donde se veía a uno, en el acto de levantarse de la cama, y que, según se iba vistiendo, se estremecía y temblaba. Intérprete no quiso explicar por sí mismo el significado de esto, sino que mandó al que se vestía que la diese, el cual dijo así:

—Esta noche he soñado que tinieblas espantosas se difundían por todo el cielo, al mismo tiempo que se sucedían tales y tan terribles relámpagos y truenos, que me pusieron en la mayor agonía. Vi también que las nubes chocaban violentamente unas contra otras, agitadas por un impetuoso huracán. Vi un hombre, sentado en una nube, acompañado de millares y millares de seres celestiales, todos en llamas de fuego; los cielos parecía que estaban ardiendo como un horno, y al mismo tiempo oí la voz de una terrible trompeta, que decía: «Levantaos, muertos, y venid a juicio»; en el mismo momento vi que las rocas se hendían, se abrieron los sepulcros y salieron los muertos en ellos encerrados, unos levantando muy contentos los ojos al cielo, y otros, avergonzados, buscando esconderse debajo de las montañas. Entonces vi al hombre de la nube abriendo el libro y mandando que todos se aproximasen a él; pero a una respetuosa distancia, cual suele haber entre el juez y los reos que por él van a ser juzgados, pues de la nube salía fuego que no permitía a ninguno acercarse a ella. En seguida oí al hombre de la nube que intimaba a sus servidores: «Recoged la cizaña, la paja y la hojarasca, y arrojadlo todo al lago ardiendo». Y en el mismo instante, precisamente cerca de donde yo me hallaba, se abrió el abismo, de cuya boca salían con horrible ruido nubes espantosas de humo y carbones encendidos. Luego volvió a decir: «Allegad mi trigo en el alfolí»; y entonces muchos fueron arrebatados por las nubes, pero yo quedé donde estaba. En esto yo buscaba donde esconderme; pero no me era posible, porque los ojos del hombre de la nube estaban fijos en mí; entonces mis pecados se amontonaron en mi memoria y mi conciencia me acusaba por todas partes, y con esto me desperté.

CRIST. — Pero, ¿y por qué tanto temor a la vista de todo esto?

HOMBRE. — Porque creí que el día del juicio había llegado, y yo no estaba preparado para él; pero más aún: porque al ver a los ángeles recoger a muchos, me dejaron a mí, y precisamente a la boca del abismo; al mismo tiempo mi conciencia me atormentaba, pareciéndome que el Juez tenía en mí fijos sus ojos y su rostro lleno de indignación.

La escena final muestra un hombre asolado, que ha soñado que encara el juicio de Dios y que no ha recibido el perdón por sus pecados porque jamás se arrepintió de ellos. Nos sirve de recordatorio de que debemos prepararnos para el día en que Dios, quien conoce todos los corazones, pedirá cuentas a todos. Es una invocación a que tomemos en serio las advertencias de las Escrituras, que Dios recibirá en su reino solamente a los que se hayan arrepentido y unido a Cristo por medio de la fe.

Entonces dijo Intérprete a Cristiano: —¿Has considerado bien todas estas cosas?

CRIST. — Sí, y me infunden temor al par que esperanza.

INTER. — Grábalas, pues, en tu memoria, y sean ellas un estímulo para que continúes avanzando en el camino que debes seguir. Marcha ya; el Consolador te acompañe, y sea él siempre el que dirija tus pasos hacia la ciudad.

Cristiano marchó, y por el camino repetía sin cesar estas palabras: —Cosas muy grandes y muy provechosas acabo de ver; al par que terribles, son también para mí de mucho aliento. Quiero pensar siempre en ellas, que no en balde se me han enseñado. Gracias al buen Intérprete, que ha sido tan bondadoso conmigo.

Si bien Cristiano se encuentra en la gracia de Dios, es obvio que sus problemas no han desaparecido; estará viajando en ese difícil camino que conduce a la vida, camino que todo el que obedece a Dios debe transitar desde el presente hasta la eternidad (Mateo 7.14). «En este camino, todos nos enfrentamos a pruebas, tentaciones y enemigos parecidos», sin embargo, debemos «conducirnos con arrepentimiento, autosacrificio, fe y amor».[1] El aviso del Intérprete le permite a Cristiano prepararse para el difícil viaje que tiene por delante y lo ayuda a conducirse con sabiduría y discernimiento, valor y precaución, fortaleza y perseverancia.

──TRES──

La Cruz y el collado
Dificultad

Después, en mi sueño, vi a Cristiano ir por un camino resguardado a uno y otro lado por dos murallas llamadas Salvación. Marchaba, sí, con mucha dificultad, por razón de la carga que llevaba en sus espaldas; pero marchaba apresurado y sin detenerse, 'hasta que lo vi llegar a una montaña, y en cuya cima había una cruz, y un poco más abajo un sepulcro. Al llegar a la cruz, instantáneamente la carga se soltó de sus hombros, y rodando fue a caer en el sepulcro, y ya no la vi más.

¡Cuál no sería entonces la agilidad y el gozo de Cristiano! «¡Bendito El —le oí exclamar—, que con sus penas me ha dado descanso, y con su muerte me ha dado vida!» Por algunos instantes se quedó como extático mirando y adorando, porque le era muy sorprendente que la vista de la Cruz así hiciese caer su carga; continuó contemplándola, pues, hasta que su corazón rompió en abundantes lágrimas. Llorando estaba, cuando tres Seres resplandecientes se pusieron delante de él, saludándole con la «Paz». Luego, el primero le dijo: —Perdonados te son tus pecados. Entonces el segundo le despojó de sus harapos y le vistió de un nuevo ropaje, y el tercero le puso una señal en su frente; le entregó un rollo sellado, el cual debía estudiar en el camino, y entregar a su llegada, a la puerta celestial. Cristiano, al ver todo esto, dio tres saltos de alegría, y continuó cantando:

Cuando Cristiano llega a la Cruz, la carga de su conciencia que lo acusa es liberada, la cual cae en una tumba y jamás vuelve a ser vista. También vive los efectos de haber depositado su fe en la obra redentora de Cristo: ha recibido el perdón de sus pecados y todo el castigo y la culpa que provienen de ellos han sido clavados en la cruz. Se deshace de sus harapos de desobediencia y se viste con la túnica de la justicia de Cristo. Recibe una marca en la frente y un rollo con un sello, que indica que ahora pertenece a Dios, y que le garantiza su salvación y ciudadanía en el cielo.

Vine cargado con la culpa mía
De lejos, sin alivio a mi dolor;
Mas en este lugar, ¡oh, qué alegría!,
Mi solaz y mi dicha comenzó.
Aquí cayó mi carga, y su atadura
En este sitio rota, yo sentí.
¡Bendita cruz! ¡Bendita sepultura!
¡Y más bendito quien murió por mí!

En esta parte, Spurgeon ofrece una crítica de la narración: «La cruz debería estar al frente de la puerta angosta; y al pecador se le debería decir: "arrójate allí y encontrarás seguridad; pero no estarás seguro hasta que te deshagas de tu carga y te coloque al pie de la cruz donde encontrarás la paz de Jesús"».[1] Sin embargo, Bunyan escribió esto para reflejar su propia experiencia. Años después de su conversión, Bunyan experimentó un momento crucial cuando la misericordia de Dios finalmente caló hondo en su alma, lo cual produjo en él una paz duradera. Tuvo un súbito despertar que hizo que se diera cuenta de que necesitaba tan solo «recurrir a Jesús». También encontró alivio al leer Hebreos 12.22-24, que se refiere a que debemos acercarnos a Jesús, el mediador del nuevo pacto y el que ofrece redención. La antigua vida de tinieblas en la que Bunyan vivía, fue finalmente reemplazada por una vida de «gozo, paz y victoria por medio de Cristo».[2]

Pasada esta escena, vi en mi sueño que Cristiano continuó su camino, y llegando a una hondonada, vio algún tanto desviados del camino, entregados a un profundo sueño y con grillos en sus pies, a tres sujetos que se llamaban Simplicidad, Pereza y Presunción. Se acercó a ellos, con objeto de despertarlos, y les dio voces diciendo: —Despertad, que sois como los que duermen en lo alto de un mástil, que tienen debajo de sus pies el mar muerto, que es un abismo sin fondo. Levantaos y venid conmigo; yo os ayudaré también a quitaros esos grillos, porque si pasa por aquí el león rugiente, indudablemente caeréis en sus terribles garras. Los tres se despertaron, fijaron sus miradas en Cristiano, empezando a contestarle del modo que sigue. Simplicidad dijo: —Yo no veo aquí peligro alguno. —Pereza añadió a su vez: Aún un poco más de dormir. —Y Presunción se quejó por meterse en lo que nada le importaba; y con esto se entregaron de nuevo al sueño, dejando a Cristiano que siguiese su camino. Así lo hizo éste, aunque profundamente entristecido y lastimado de ver aquellos hombres, puestos en riesgo tan inminente, rehusar testarudos al que generosamente se había brindado, después de despertarlos de su funesto sueño y darles saludables consejos, a ayudarles a deshacerse de sus ligaduras.

Al pie de la montaña, Cristiano se encuentra con tres hombres que duermen y que demuestran cómo la ignorancia (Simplicidad), la apatía (Pereza) y la arrogancia (Presunción) pueden causar que los viajeros se vuelvan apáticos y confíen demasiado en sí mismos. Llevan grilletes debido a su autocomplacencia; no se mueven pero están contentos; se han convencido de que no hay enemigo alguno que los quiera destruir.

Absorto en estos pensamientos marchaba nuestro buen hombre, cuando, con gran sorpresa, vio saltar la muralla que guardaba el camino angosto dos seres que a pasos muy apresurados se dirigían hacia él: sus nombres eran Formalista e Hipocresía. Llegados al encuentro de Cristiano, se trabó entre ellos la siguiente conversación:

CRIST. — Señores, ¿de dónde venís y adonde vais?

FORMALISTA e HIPOCRESÍA. — Somos naturales de la tierra de Vanagloria, y nos dirigimos en busca de alabanzas al monte Sión.

CRIST. — Pero, ¿cómo no habéis entrado por la puerta que está al principio del camino? ¿No sabéis que está escrito: «El que no entra por la puerta, mas sube por otra parte, el tal es ladrón y robador?».

FORM. e HIP. — Los naturales de nuestro país consideran, y con razón, que para buscar la puerta necesitan dar un gran rodeo, y les es más corto y más fácil saltar por la pared. Es verdad que con esto traspasan la voluntad revelada del Señor; pero han adquirido ya esa costumbre, que data de más de mil años, y que tiene, por tanto, los derechos de prescripción. Seguramente, llevada la cuestión a un tribunal, un juez imparcial fallaría a nuestro favor. Además, la cuestión es entrar en el camino; el por dónde es lo de menos; usted ha entrado por la puerta, nosotros lo hemos hecho por la pared; pero uno y otros estamos en el camino, y no vemos en usted ventaja alguna sobre nosotros.

CRIST. — No puedo en manera alguna ser de vuestro parecer. Yo sigo la regla del Maestro, al mismo tiempo que vosotros seguís nada más que el tosco impulso de vuestros caprichos, y sois, con razón, mirados como salteadores por el Señor del camino. Estoy cierto que al fin de vuestro viaje no seréis mirados como hombres de verdad y de fe. Habéis entrado sin la anuencia del Señor, y saldréis sin su misericordia.

FORM. e HIP. — Será lo que dices todo lo verdad que quieras suponer; pero cuídese cada uno de sí mismo y deje en paz a los demás. Sabe que las leyes y ordenanzas las guardaremos tan escrupulosamente como tú; nada, pues, nos distingue de ti sino ese vestido, que, sin duda, te ha dado algún vecino para cubrir la vergüenza de tu desnudez.

CRIST. — En grande equivocación estáis, creyendo que os salvarán las leyes y ordenanzas, pues no habéis entrado por la puerta angosta. Este vestido que llama vuestra atención me fue dado por el Señor para cubrir así la vergüenza de mi desnudez, y lo tengo por gran señal de su bondad, pues antes no tenía más que andrajos. Cuando yo llegue a la puerta de la ciudad, El me reconocerá como bueno y merecedor de ser en ella admitido por este vestido que de su voluntad me dio el día que me limpió de mi miseria. Además, llevo en mi frente una señal, que sin duda no habéis visto, puesta sobre mí por uno de los socios más íntimos del Señor el día en que se cayó de mis hombros la carga que me tenía tan abrumado. Después de esto, tengo también un rollo, que entonces mismo se me dio, con el doble objeto de que su lectura me consolase durante mi viaje y su presentación me facilitase la entrada a la puerta celestial. Sospecho que todas estas cosas os han de hacer falta, y carecéis de ellas porque no habéis entrado por la puerta.

Nada respondieron los dos a estas observaciones de Cristiano; únicamente se miraron uno a otro y se sonrieron.

Formalista e Hipocresía intentan tomar atajos inventados por ellos mismos a la Ciudad Celestial, atajos que los alejan de la puerta angosta (Cristo) y la ayuda del Intérprete (el Espíritu Santo), es decir, de la salvación que Dios ha revelado. Al confiar en su tradición religiosa, Formalista se mantiene ocupado en obligaciones y rituales. A Hipocresía le concierne que los demás vean cuánta piedad demuestra tener. Ambos no están conscientes de su pecado, confían en su aparente piedad externa y sus corazones están alejados de Cristo. Además, esperan recibir honores en el reino celestial en vez de haber dado honor al prójimo. Se han engañado al creer que llegarán a la meta final.

Los vi después a todos tres siguiendo su carrera. Cristiano iba delante de ellos hablando consigo mismo, unas veces triste, consolado y alegre otras, y muchas leyendo el rollo que se le había dado y que le proporcionaba mucho aliento.

De esta manera llegaron al pie de un collado, llamado Dificultad, en el que había una fuente, y además del camino que venía desde la puerta, había otros dos, uno hacia la izquierda y el otro hacia la derecha, por el llano, llamados el primero Peligro y el segundo Destrucción. El camino angosto subía derecho por el collado Dificultad. Cristiano se acercó a la fuente, bebió y se refrigeró. Emprendió después collado arriba por el camino angosto, cantando:

> Llegar quiero a la cima del collado,
> Aunque tenga que subir dificultad;
> El camino de vida aquí trazado,
> Seguiré sin temor ni desmayar.
> Arriba, pues, valor, corazón mío;
> La senda dura y áspera es mejor
> Que la llana, que lleva en extravío
> A la muerte y eterna perdición.

Los otros dos caminantes llegaron también al pie del collado; pero cuando vieron su elevación y su gran pendiente, y que había otros dos caminos mucho más fáciles y que probablemente llevarían al mismo término que el que había tomado Cristiano para ir a la otra parte del collado, se resolvieron a ir por uno de ellos. El primero tomó el camino Peligro, y fue a parar a un gran bosque; el otro tomó el de Destrucción, que le condujo a un anchuroso campo lleno de oscuras montañas, donde tropezó y cayó para no levantarse más.

Volví mis ojos a Cristiano para presenciar su subida a la cumbre. ¡Cuánto trabajo y cuánta fatiga! No podía correr, y algunas veces casi ni andar; trepaba nada más ayudándose con sus manos. Afortunadamente, a la mitad de la subida había un agradable cobertizo, puesto allí por el Señor del camino para descanso y refrigerio de los fatigados viajeros. Entró en él Cristiano y se sentó a descansar. Sacó del seno su rollo para recrearse y consolarse con su lectura, y lo mismo hizo mirando al vestido que se le había regalado al pie de la Cruz. Mas, mientras así se recreaba, le sobrevino el sueño, del cual no despertó casi hasta la noche, y durante el cual el rollo cayó de sus manos.

Dios nos ofrece descanso y renueva nuestras fuerzas cuando nos cansamos. Nos reanima por medio de la Palabra y el Espíritu. Cristiano logra disfrutar de este descanso cuando llega a un collado llamado Dificultad. Pero lo que empezó como un breve descanso termina siendo una larga siesta. Los creyentes tienen la obligación de mantenerse alertas y sobrios (1 Tesalonicenses 5.6). Cuando nos relajamos demasiado, perdemos el enfoque, nuestra devoción se debilita y nos estancamos. El propósito del descanso es reavivarnos y darnos

nuevos bríos para proseguir en el camino de Dios. El lugar donde renovamos nuestras fuerzas no es la meta final, sino un intervalo para una mayor fidelidad.

Mientras dormía se le acercó uno, que le dijo: «Perezoso, ve a la hormiga, y considera sus caminos y aprende sabiduría». A esta advertencia despertó y, levantándose al instante, emprendió de nuevo su marcha con toda prisa hasta vencer la cumbre.

Ya en ella, le salieron al encuentro Temeroso y Desconfianza, que retrocedían corriendo: —¿Por qué retrocedéis? —les dijo. —Caminábamos —respondió Temeroso— hacia la ciudad de Sión; ya habíamos superado las dificultades de este collado; pero cuanto más avanzábamos hemos encontrado dificultades mayores; así que nos ha parecido más prudente retroceder y abandonar esta empresa. —Dice bien mi compañero —añadió Desconfianza—; a poco trecho de aquí hay a los dos lados del camino dos leones; si despiertos o dormidos, no lo sabemos; pero sí temíamos, con razón, que si llegábamos a ellos nos harían pedazos.

Temeroso y Desconfianza representan a aquellos que renuncian a la vida cristiana ni bien encuentran temores y dificultades. Entran en pánico cuando encaran peligros e inmediatamente dan marcha atrás como un mecanismo de defensa. Lo cierto es que han dejado que sus temores los controlen, porque no se tomaron el tiempo de observar la clase de peligro que encaraban ni tampoco cómo enfrentarlos. Cristiano también siente temor cuando escucha estos informes, pero logra superar su instinto para escapar del peligro venidero y se da cuenta de que es mejor enfrentar el temor a la muerte (seguir adelante) que sufrir la muerte inevitable (dar marcha atrás).

—Me infundís miedo —respondió Cristiano— con lo que decís; pero, ¿adonde huiré para tener seguridad? Si vuelvo a mi país, fuego y azufre están preparados contra él, y allí mi perdición es segura; pero si logro llegar a la ciudad celestial estoy ya asegurado para siempre. Ánimo, pues, y adelante; tengamos confianza. Volver es buscar la muerte segura; en el avanzar hay, sí, temor de muerte; pero también la vida eterna en perspectiva; adelante, adelante.— Y diciendo y haciendo, echó a andar, mientras Temeroso y Desconfianza retrocedían corriendo collado abajo.

Mas el dicho de aquéllos le traía un poco pensativo, y para animarse y consolarse buscó en su seno el rollo. ¡Ay de él! No lo encontró. Grande fue entonces su aflicción e indecisión, pues se hallaba falto de lo que tanto le ayudaba y era su salvoconducto para entrar en la Ciudad Celestial. En tan críticos momentos se acordó de que se había quedado dormido en el cobertizo, e hincando sus rodillas en tierra pidió perdón al Señor y volvió atrás en busca de lo que había perdido. ¡Pobre Cristiano! ¿Quién podrá expresar con palabras su pesadumbre y sentimiento? Unas veces lanzaba tristes suspiros, otras derramaba abundantes lágrimas, y sin cesar se reprendía a sí mismo por la necedad de haberse dejado apoderar del sueño en un lugar que estaba destinado solamente para un pequeño refrigerio y descanso.

> «Lo que resalta de la obra más exitosa de Bunyan es su habilidad de comunicar verdades espirituales con la fuerza de la experiencia vivida [...]. Gran parte del poder de *El progreso del peregrino* proviene de sus muchos y sutiles enfrentamientos con el temor».[3]

Miraba a un lado y otro del camino cuidadosamente, buscando su diploma, hasta que llegó al cobertizo. Allí su dolor se hizo más intenso, y más profunda la llaga de su pesar, a la vista de un sitio que le recordaba una desgracia tan sensible, y le hizo prorrumpir en los siguientes lamentos: «¡Miserable y desgraciado de mí! ¡Dormirme durante el día! ¡Dormirme en medio de tantas dificultades! ¡Condescender así con la carne y darle ese descanso en un sitio destinado solamente para el alivio del espíritu de los peregrinos! ¡Cuántos pasos he dado en vano! ¡Así les sucedió a los Israelitas, que por sus pecados se les hizo volver por el camino del Mar Rojo! ¡Triste de mí, que me veo precisado a dar con sentimientos estos pasos, que pudiera haber andado con placer a no haber sido por pecaminoso sueño! ¡Cuan adelantado no estaría yo ahora en mi camino! Me veo precisado a andar tres veces lo que con una me hubiera bastado, siendo lo peor del caso que probablemente me va a sorprender la noche, pues el día está ya casi pereciendo. ¡Cuánto más me hubiera valido haber resistido el ataque del sueño!»

Así, absorto en estos pensamientos, llegó al cobertizo, donde se sentó algunos momentos para dar rienda suelta a sus lágrimas, hasta que por fin quiso la Providencia que mirase debajo del banco donde se había sentado y descubriese su rollo; inmediatamente lo recogió azorado y lo metió en su seno.

Imposible me sería describir la alegría de este hombre al tomar de nuevo posesión de su rollo, que era la garantía de su vida y el pase para el puerto que suspiraba. Lo metió cuidadosamente en su seno, dio gracias al Señor, que le hizo dirigir sus miradas al sitio donde lo había perdido, y, llorando de alegría, emprendió de nuevo su marcha.

Hay momentos en que los creyentes quizá se pregunten: ¿será que mi fe es sincera? Yo mismo he pasado por esto: ¿será que soy salvo? La pérdida y recuperación del rollo que Cristiano experimenta es una representación de esta experiencia. Las Escrituras nos dicen que recibimos la salvación por medio del acto de creer, el cual lo manifestamos por medio de nuestra obediencia (imperfecta) y nuestro arrepentimiento. Dios nos ha perdonado y nos ha adoptado como sus hijos, punto. Él es superior a nuestros pecados. Cuando evitamos obsesionarnos por nuestras dudas y fracasos, demostramos que confiamos en Dios y que podemos seguir en el camino junto a Él. «Sin certeza no podemos avanzar en nuestro peregrinaje. Nuestro progreso depende de la fe en las promesas de Dios. Sin fe no podemos agradar a Dios y sin certeza no podemos caminar por fe».[4] La Palabra y el Espíritu nos ayudan a desarrollar esta confianza.

Muy ligero y muy alegre andaba, pero no tanto que no se le pusiese el sol antes de llegar a la cima. —¡Oh sueño funesto! —decía en medio de su dolor—; tú has sido la causa de que tenga ahora que hacer mi jornada de noche; el sol ya no me alumbra; mis pies no sabrán ya el camino por donde dirigirse y mis oídos no percibirán más que el rugido de los animales nocturnos.

El palacio llamado Hermoso

y de mí! Los leones que Temeroso y Desconfianza vieron en el camino, precisamente de noche van en busca de su presa; si en la oscuridad doy con ellos, ¿quién me salvará de sus garras?

Tan lúgubres eran sus pensamientos mientras caminaba, cuando, levantando su vista, vio cerca un palacio magnífico, llamado Hermoso, que estaba situado frente al camino.

A la vista del palacio, Cristiano apresuró su marcha, esperando encontrar en él alojamiento. Mas antes de llegar tropezó con un desfiladero, distante nada más que unos cien pasos del palacio, y a cuyos dos lados vio dos terribles leones. —Este es, sin duda, el peligro —dijo para sí— que ha hecho retroceder a Temeroso y Desconfianza. (Ni aquéllos ni él habían visto que los leones estaban atados con cadenas.) —Yo, pues, también debo retroceder, porque veo que no me espera más que la muerte. Mas a este tiempo, observando el portero del palacio, cuyo nombre era Vigilante, la indecisión y peligro de Cristiano, le gritó: —¿Tan pocas fuerzas tienes? No tengas miedo a los leones, pues están encadenados y puestos ahí solamente para prueba de la fe en unos y descubrimiento de la falta de ella en otros; sigue, pues, por medio del camino, y ningún daño te sobrevendrá.

Entonces Cristiano pasó, aunque lleno de temor a los leones; siguió cuidadosamente las instrucciones de Vigilante, y oyó, sí, los rugidos de aquellas fieras, pero ningún daño recibió. Batió palmas, y en cuatro saltos llegó a la portería del palacio, y preguntó a Vigilante:

Los leones que han sido puestos «para prueba de la fe» simbolizan la persecución. Sin embargo, Dios ha puesto un límite al poder del Enemigo y sus agentes (Job 1-2; Apocalipsis 20). Por ver solamente a los leones, el temeroso Cristiano no se percata de que están encadenados y, por ello, considera escapar del lugar. Vigilante (Portero), que representa a un firme creyente que da auxilio a otros creyentes en problemas, señala que los leones están encadenados y muestra un sendero seguro en medio del camino. La fe afecta nuestra perspectiva. Si la confianza en Dios Todopoderoso vence a nuestras emociones, veremos la realidad: que Dios es nuestro pronto auxilio y es mayor que cualquier mal que enfrentemos.

CRIST. — ¿De quién es este palacio? ¿Me será permitido pasar en él la noche?

PORTERO. — Este palacio pertenece al Señor del Collado, y ha sido construido para servir de descanso y seguridad a los viajeros. Y tú, ¿de dónde vienes? ¿Y adonde vas?

CRIST. — Vengo de la ciudad de Destrucción y me dirijo al Monte Sión; mas la noche me ha sorprendido en el camino y desearía, si en ello no hubiese inconveniente, pasarla aquí.

PORT. — ¿Cuál es tu nombre?

CRIST. — Ahora me llamo Cristiano; mi nombre anterior era Singracia. Desciendo de la raza de Japhet, a la cual Dios persuadirá a morar en los tabernáculos de Seiri.

PORT. — ¿Cómo has llegado tan tarde? El sol se ha puesto ya.

CRIST. — He tenido dos grandes desgracias. Primeramente me dejé rendir del sueño en el cenador de la cuesta del Collado; y como si con esto no hubiese perdido bastante tiempo, durmiendo se me cayó el rollo, cuya falta no noté hasta que estaba en la cima, por cuya razón tuve que volver atrás, y gracias al Señor, lo encontré. Estas han sido las causas de mi tardanza.

PORT. — Bien está. Voy a llamar a una de las vírgenes para que hable contigo, y si le parece bien tu conversación, entonces te introducirá al resto de la familia, según las reglas de esta casa.

El palacio llamado Hermoso representa a la iglesia, que fue construida «para servir de descanso y seguridad a los viajeros». Vemos que el Enemigo ha rodeado el palacio pero no ha podido conquistarlo, tal como Jesús nos indicó en Mateo 16.18. La iglesia ofrece alimento espiritual, el cual viene gracias a la reunión de creyentes y la enseñanza de la Palabra de Dios. Se trata de un lugar de culto, donde se fomenta el amor, la compañía y el gozo; es un centro donde uno crece, se prepara y se fortalece; es un refugio de paz, consolación y renovación.

Hizo, pues, sonar una campanilla, a cuyo eco acudió una doncella, dotada de gravedad y hermosura, cuyo nombre era Discreción, la cual preguntó la causa por que la habían llamado.

PORT. — Este hombre es un peregrino, que va desde la ciudad de Destrucción al Monte Sión; la noche le ha cogido en el camino, y está además muy fatigado; pregunta si se le podrá dar hospedaje aquí.

Entonces Discreción le interrogó sobre su viaje y los sucesos que en él habían tenido lugar, y habiendo obtenido respuestas satisfactorias a todo, prosiguió preguntando:

DISCRECIÓN. — ¿Cómo te llamas?

CRIST. — Mi nombre es Cristiano; y sabiendo que este edificio ha sido precisamente levantado para seguridad y albergue de los peregrinos, quisiera me admitieseis en él a pasar la noche.

Discreción sonrió, al mismo tiempo que algunas lágrimas se deslizaban por sus mejillas, y añadió: —Deja que llame a dos o tres de mi familia.— Y llamó a Prudencia, Piedad y Caridad, quienes, después de haber hablado un rato con él, le introdujeron a la casa, muchos de cuyos moradores salieron a recibirle cantando: —Entra, bendito del Señor, pues para peregrinos como tú ha sido edificado este palacio. —Cristiano les hizo una reverencia, pasó adelante y, luego que hubo tomado asiento, le sirvieron un pequeño refrigerio mientras se le preparaba la cena. Y para que el tiempo no fuese perdido, entablaron con él el siguiente diálogo:

PIEDAD. — Vamos, buen Cristiano, tú has visto nuestro cariño y la benevolencia con que te hemos hospedado; cuéntanos, para nuestra edificación, algo de lo que en el viaje te ha sucedido.

CRIST. — Con mucho gusto, pues veo con placer vuestra buena disposición.

Las opiniones de Bunyan eran muy distintas a las de muchos otros bautistas de su época: enseñaba que se podía llegar a ser miembro de la iglesia sobre la base de la fe y la santidad, es decir, el testimonio y el estilo de vida, no en función de un rito externo como el bautismo. Consideraba que la fe genuina era una realidad espiritual interna que podía identificarse observando lo que la gente creía, es decir, si habían tenido un encuentro con Jesús y si vivían demostrando que lo amaban. Por ello vemos que los personajes del palacio Hermoso examinan detenidamente la vida y las convicciones de Cristiano.

PIEDAD. — ¿Qué fue lo que te movió a emprender esta vida de peregrino?

CRIST. — Un eco tremendo que me estaba siempre diciendo al oído «si no sales de aquí, inevitablemente perecerás», me obligó a abandonar mi patria.

PIEDAD. — ¿ Y por qué tomaste este camino y no otro ?

CRIST. — Porque así lo quiso el Señor. Yo estaba tembloroso y llorando, sin saber adonde huir, cuando me salió al encuentro un hombre llamado Evangelista, que me dirigió hacia la puerta angosta, que por mí solo, yo nunca hubiera encontrado, y me puso en el camino que me ha traído derechamente hasta aquí.

PIEDAD. — ¿Y no pasaste por la casa de Intérprete?

CRIST. — ¡Ah!, sí, y por cierto que mientras viva nunca olvidaré las cosas que allí me fueron enseñadas, especialmente tres: primera, cómo Cristo mantiene en el corazón la obra de la gracia a despecho de Satanás; segunda, cómo el hombre, por su mucho y grave pecar, llega a desesperar de la misericordia de Dios, y tercera, la visión del que soñando presenciaba el juicio universal.

PIEDAD. — ¿Le oíste contar su sueño?

CRIST. — Sí, y en verdad era terrible, tanto que afligió mi corazón en gran manera; pero ahora me alegro mucho de haberlo oído.

PIEDAD. — ¿No viste más en casa de Intérprete?

CRIST. — ¡Oh!, sí; vi un magnífico palacio, cuyos habitantes estaban vestidos de oro, y a su entrada vi un atrevido que, abriéndose camino por entre la gente armada que trataba de impedírselo, logró entrar, al mismo tiempo que oí las voces de los de dentro que le animaban a conquistar la gloria eterna. De buena gana me hubiera estado un año entero en aquella casa; pero me restaba aún mucho camino que andar; así que dejé el palacio y emprendí otra vez mi marcha.

PIEDAD. — ¿Y qué te ocurrió luego en el camino?

CRIST. — Muy poco llevaba andado, cuando vi a uno, al parecer colgado de un madero, lleno todo Él de heridas —y de sangre, a cuya vista se cayó de mis hombros un peso muy molesto, bajo el cual iba yo gimiendo. Mi sorpresa fue muy grande, pues nunca había visto cosa semejante. Mirábale yo como embelesado, cuando se me acercaron tres Resplandecientes: el uno me aseguraba que mis pecados eran perdonados; el otro me quitó el vestido de andrajos que llevaba y me

dio éste nuevo y hermoso que ves, y el tercero me selló en la frente y me dio este rollo.

PIEDAD. — Sigue, Cristiano; cuéntame, que algo más has debido de ver.

CRIST. — He contado ya lo principal y lo mejor. También vi a tres, Simplicidad, Pereza y Presunción, durmiendo a la parte afuera del camino y con grillos en sus pies y por más que hice no los pude despertar. Después vi a Formalista e Hipocresía, que saltaron por encima de la pared y pretendían ir a Sión; pero muy luego se perdieron por no haberme creído. También hallé muy penosa la subida a este collado, y muy terrible el paso por entre las bocas de los leones; ciertamente, sin el buen portero, que con sus palabras me animó, tal vez me hubiera vuelto atrás. Pero, gracias a Dios, estoy aquí, y las doy también a ustedes por haberme recibido.

Después de este diálogo, Prudencia tomó la palabra y preguntó:

PRUDENCIA. — ¿No piensas alguna vez en el país de donde vienes?

CRIST. — Sí, señora; aunque no sin mucha vergüenza y repugnancia. Si yo lo hubiera deseado, tiempo he tenido y oportunidades de volver atrás; pero aspiro a otra patria mejor: la celestial.

PRUD. — ¿No llevas todavía contigo algunas de las cosas con que estabas más familiarizado antes de ponerte en camino?

CRIST. — Sí, señora; aunque bien contra mi voluntad, especialmente mis propios pensamientos carnales, que tanto nos complacían a mí y a mis paisanos; pero ahora todas estas cosas me pesan tanto, que, a estar en mí sólo la elección, nunca más pensaría en ellas; mas cuando quiero hacer lo que es mejor, entonces lo que es peor está en mí.

PRUD. — ¿Y no sientes algunas veces casi vencidas ya estas cosas, que en otras ocasiones te llenaban de confusión?

CRIST. — Sí; pero es pocas veces; sin embargo, esas horas en que esto me sucede son para mí de oro.

PRUD. — ¿Te acuerdas cuáles son los medios por los cuales en esas ocasiones vences tales molestias?

CRIST. — ¡Oh, sí! Cuando medito en lo que vi y me pasó al pie de la cruz; cuando contemplo este vestido bordado; cuando me recreo en mirar este rollo, y cuando me enardece el pensamiento de lo que me espera, si felizmente llego al lugar adonde voy, entonces parece como que desaparecen esas cosas que tanto me molestan.

La vida de Bunyan sufrió un cambio cuando empezó a pasar tiempo con el pastor John Gifford y los miembros de su iglesia bautista. Describió lo impactante de su primer encuentro con ellos: «Hablaban de cómo Dios había tocado sus almas con el amor del Señor Jesús y con cuáles palabras y promesas habían sido refrescados, consolados y animados para poder enfrentar las tentaciones del diablo [...]. Hablaban con el corazón lleno de alegría. Se expresaron con la amabilidad de las Escrituras, llenos de gracia en todo lo que decían, que me parecieron que habían encontrado otro mundo».[1]

PRUD. — ¿Y por qué ansias tanto llegar al Monte Sión?

CRIST. — ¡Ah! Porque allí espero ver vivo al que hace poco vi colgado en el madero; allí confío verme completamente libre de lo que ahora me molesta tanto; allí se asegura que no tiene ya cabida la muerte; y, por último, tendré allí la compañía que más me agrada. Y amo mucho al que con su muerte me quitó mi carga; mis enfermedades interiores me tienen muy molestado; deseo llegar al país donde ya no habrá muerte, y ansío tener por compañeros a los que sin cesar están cantando: «Santo, santo, santo».

Tomó entonces la palabra Caridad, y dijo a Cristiano:

CARIDAD. — ¿Tienes familia? ¿Estás casado?

CRIST. — Señora, tengo mujer y cuatro hijitos.

CAR. — ¿Por qué no los has traído contigo?

CRIST. (Llorando). —Con muchísimo gusto lo hubiera hecho; pero, desgraciadamente, todos los cinco reprobaron mi viaje y se opusieron a él con todas sus fuerzas.

CAR. — Pero tu deber era haberles hablado y esforzarte por persuadirles del peligro que corrían con quedarse.

CRIST. — Así lo hice, manifestándoles también lo que Dios me había declarado sobre la ruina de nuestra ciudad. Pero lo consideraron como un delirio y no me creyeron; advirtiendo, además, que éste mi consejo lo acompañé de fervorosas oraciones al Señor, porque quería mucho a mi mujer y a mis hijos.

CAR. — ¿Supongo que les hablarías con energía de tu dolor y de tus temores de destrucción, porque creo que tú hablarías con bastante claridad lo inminente de tu ruina?

CRIST. — Lo hice, en verdad, no una, sino muchas veces, y además tenían muy patentes a la vista mis temores y mi semblante, en mis lágrimas y en el temblor que me sobrecogió por el temor del juicio que pesaba sobre nuestras cabezas. Pero nada fue bastante para inducirlos a que me siguiesen.

CAR. — ¿Pues qué razones pudieron alegar para no seguirte?

CRIST. — Mi esposa temía perder este mundo, y mis hijos estaban de lleno entregados a los vanos placeres de la juventud; y así fue que, por lo uno y por lo otro, me dejaron emprender solo este viaje, como veis.

CAR. — ¿Pero no pudo muy bien suceder, que con la vanidad de tu vida inutilizases los consejos que les dabas para que te siguiesen?

CRIST. — Es verdad que nada puedo decir en recomendación de mi vida, porque conozco las muchas imperfecciones de ella, y sé también que un hombre puede hacer nulo con su conducta lo que procura inculcar a otros con la palabra para bien de ellos. Una cosa, sin embargo, puedo decir: que me guardaba muy bien de darles ocasión, con cualquiera acción inconveniente, para que se retrajesen de acompañarme en mi peregrinación, tanto, que solían decir que era demasiado difuso, y que me privaba por causa de ellos de cosas en las que no veían mal alguno; aún más puedo decir: que si lo que veían en mí les indisponía, sólo era mi gran delicadeza en no pecar contra Dios y no hacer daño a mi prójimo.

CAR. — En verdad, Caín aborreció a su hermano, porque las obras de éste eran buenas y las suyas malas; y esa ha sido la causa por que tu mujer e hijos se han indispuesto contigo, se han mostrado implacables para con lo bueno, y tú has librado tu alma de su sangre.

Cuando Bunyan empezó a asistir a la iglesia de Gifford, habían pasado siete años desde que Cromwell ocupara el poder, lo cual significaba que las iglesias protestantes disfrutaban de libertad religiosa durante ese tiempo. Para Bunyan, ese tiempo representaba un momento de crecimiento espiritual y desarrollo de la iglesia. Durante años anteriores, aún siguió luchando con la seguridad de su salvación, pero con el paso del tiempo su alma finalmente encontró la paz. Mientras Gifford se encargaba de instruirlo en la fe, Bunyan siguió sumergiéndose en el conocimiento de las Escrituras y libros teológicos. Se ha dicho que tenía «la capacidad de encarnarse en los libros que leía».[2] Con el tiempo, empezó a dar clases de Biblia en iglesias locales y a defender sus posturas teológicas por medio de panfletos. Por todos los pueblos vecinos, Bunyan empezó a ganarse la fama de ser un buen y respetado orador, que se relacionaba con su audiencia y que servía con sinceridad a Dios.

Así continuaron hablando, hasta que estuvo preparada la cena, y entonces se sentaron a la mesa, que estaba provista de ricos y sustanciosos manjares y excelentes vinos, y toda su conversación durante la cena giró sobre el Señor del Collado, sobre lo que había hecho y el por qué y la razón que había tenido para edificar aquella casa. Yo, por lo que oí, pude comprender que había sido un gran guerrero, y que había combatido y muerto al que tenía el poder de la muerte; pero esto no sin gran peligro por su parte, lo cual le hacía acreedor a ser tanto más amado. Porque, como ellos decían, y yo creo oí decir a Cristiano, el Señor hizo esto con pérdida de mucha sangre; siendo lo más glorioso de esta gracia el haberlo hecho por puro amor a su país. Y entre los mismos de la familia oí decir que le habían visto y hablado después de su muerte en la Cruz; también atestiguaron haber oído de sus mismos labios que su amor hacia los pobres peregrinos era tan grande, que no era posible hallar otro igual desde Oriente hasta Occidente; prueba de ello que se había despojado de su gloria para poder hacer lo que hizo, y sus deseos eran tener muchos que con él habitasen en el Monte Sión, para lo cual había hecho príncipes a los que por naturaleza eran mendigos nacidos en el estiércol.

En tan agradables discursos estuvieron hasta hora muy avanzada de la noche, y entonces, después de encomendarse a la protección del Señor, se retiraron a descansar. La habitación que destinaron a Cristiano estaba en el piso superior; se llamaba la sala de Paz, y su ventana miraba al Oriente. Allí durmió tranquilamente nuestro peregrino hasta el amanecer, y habiendo despertado a esa hora, cantó:

> ¿Dónde me encuentro ahora? El amor y cuidado
> Que por sus peregrinos tiene mi Salvador,
> Concede estas moradas a los que ha perdonado,
> Para que ya perciban del cielo el esplendor.

Levantados ya todos del sueño de la noche, y después de cambiados los saludos de la mañana, Cristiano iba a partir; pero no lo permitieron sin enseñarle antes algunas cosas extraordinarias que en la casa había. Lleváronle primero al Archivo, donde le pusieron de manifiesto el árbol genealógico del Señor del Collado, según el cual era hijo nada menos que del Anciano de días, engendrado entre resplandores eternos y antes del lucero de la mañana. Allí vio también escritas, con caracteres de luz, su vida y sus acciones todas, así como los nombres de muchos cientos de servidores, colocados después por él en unas moradas que ni el tiempo ni el influjo de la Naturaleza podían disolver ni deteriorar. Le leyeron después las hazañas más valientes de algunos siervos que habían ganado reinos, obrado justicia, alcanzado promesas, tapado las bocas de los leones, apagado fuegos impetuosos, evitado el filo de la espada; habían convalecido de enfermedades, habían sido fuertes en la guerra y trastornado campos de ejércitos enemigos.

Enseñáronle después otra parte del Archivo, donde vio cuan bien dispuesto estaba el Señor a recibir a su favor a cualquiera, sí, a cualquiera, aunque en tiempos pasados hubiese sido enemigo de su persona y proceder. Se le mostraron también otras varias historias de hechos ilustres, Ya de la antigüedad, ya de tiempos modernos, así como predicciones y profecías, que a su debido tiempo se han cumplido; todo esto ya para confusión y terror de los enemigos, como para recreo y solaz de los amigos.

Cuando Carlos II ascendió al trono en 1660, obligó a la población a participar en la Iglesia de Inglaterra y prohibió las reuniones protestantes. Bunyan siguió insistiendo en proclamar las verdades de las Escrituras, firme en sus convicciones de que Dios lo había llamado para ayudar a los demás a crecer en la fe y el conocimiento divino. Los miembros de su iglesia independiente se reunían en privado para celebrar sus cultos «obedeciendo a su conciencia, y no según el mandato del rey».[3]

Al día siguiente le hicieron entrar en la Armería, donde le mostraron toda clase de armaduras que su Señor tenía provistas para los peregrinos: espadas, escudos, yelmos, corazas y calzados que no se gastaban. Y eran en tanta abundancia, que bastaban para armar en el servicio de su Señor tantos hombres como estrellas hay en el firmamento.

Le mostraron también algunas de las máquinas con las cuales muchos de estos siervos habían hecho tantas maravillas: la vara de Moisés; el martillo y el clavo con que Jael mató a Sísara; los cántaros, bocinas y teas con que Gedeón puso en fuga a los ejércitos de Madián; la aijada con que Sangar mató a seiscientos hombres; la quijada con que Sansón hizo grandes hazañas; también la honda y el guijarro con que David mató a Goliath de Gath, y la espada con que su Señor matará al hombre de pecado el día en que se levante para la presa; en fin, le enseñaron muchas otras cosas excelentes, cuya vista llenó de inefable alegría a Cristiano; después de esto se retiraron otra vez a descansar.

Al día siguiente Cristiano quiso marchar; pero le rogaron que permaneciese un día más para mostrarle, si el día estaba claro, las montañas de las Delicias, cuya vista contribuiría mucho para consolarle, pues estaban más cerca del deseado puerto que del sitio donde se encontraban; Cristiano accedió a ello. Subiéronle, pues, a la mañana siguiente a la azotea del palacio que mira hacia el Mediodía, y de aquí a una gran distancia percibió un país montañoso y agradabilísimo, hermoseado con bosques, viñedos, frutas de todas clases, flores, manantiales y surtidores de belleza singular. Ese país —le dijeron— se llama el país de Emmanuel; y añadían: —Es tan libre como este Collado para todos los peregrinos. Desde allí podrás ver la puerta de la Ciudad Celestial; los pastores que moran allí se encargarán de enseñártela.

Entonces se decidió ya la marcha, y consintieron en ello los habitantes del Palacio; pero antes lo llevaron otra vez a la Armería, y allí le armaron de pies a cabeza con armas a toda prueba para defenderse en el camino, caso de ser asaltado. Después le acompañaron hasta la puerta, en donde preguntó al Portero si, durante su estancia en el palacio, había pasado algún peregrino, a lo cual le respondió afirmativamente.

CRIST. — ¿Le conocéis, por ventura?

PORTERO. — No; más pregunté su nombre y me dijo que se llamaba Fiel.

CRIST. — ¡Oh! Yo sí le conozco; es paisano y vecino mío; viene del lugar donde yo nací; ¿cuánto te parece que se habrá adelantado?

PORT. — Pues ya habrá bajado todo el collado.

CRIST. — Bien, buen Portero; el Señor sea contigo, y te aumente sus bendiciones por la bondad que has mostrado conmigo.

En esta parte Bunyan ilustra las características de la hermandad cristiana, las cuales son edificantes, vivificantes y saturadas de las Escrituras. ¿De qué manera socializa el pueblo de Dios? Se maravillan de la obra de Cristo, celebran su amor y gracia, y practican la bondad y el poder de Dios. Los temas de conversación son los testimonios personales, las anécdotas de sus siervos, la obra de evangelización y los recordatorios sobre el carácter de Dios y sus mandamientos. Se animan a fomentar deseos piadosos y a perseverar reflejando el perdón y la justicia que han logrado por medio de la cruz de Cristo. Valoran las promesas de Dios, confiando en el Espíritu, y enfocan sus mentes en el gozo celestial. Luego de vestirse todos de la armadura espiritual, se arman de más valor y los recursos necesarios para enfrentar cualquier desafío.

Y emprendió su marcha; pero quisieron acompañarlo hasta el pie del collado Discreción, Piedad, Caridad y Prudencia, con quienes continuó por el camino los discursos que antes habían tenido.

Llegados a la cuesta, dijo:

CRIST. — Difícil me pareció la subida; pero no debe ser menos peligrosa la bajada.

PRUD. — Así es; peligroso es, sin duda, para un hombre ascender al valle de Humillación, que es adonde vas ahora, y no tener algún tropiezo; por eso hemos salido para acompañarte.

Luego comenzó a descender Cristiano con mucho cuidado, pero no sin tropezar más de una vez. Cuando hubieron llegado al fin de la cuesta, los amigos se despidieron de él, y le dieron una hogaza de pan, una botella de vino y un racimo de pasas.

Los valles de Sombra de muerte y Humillación

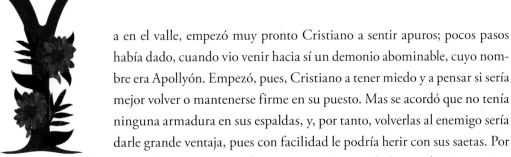

a en el valle, empezó muy pronto Cristiano a sentir apuros; pocos pasos había dado, cuando vio venir hacia sí un demonio abominable, cuyo nombre era Apollyón. Empezó, pues, Cristiano a tener miedo y a pensar si sería mejor volver o mantenerse firme en su puesto. Mas se acordó que no tenía ninguna armadura en sus espaldas, y, por tanto, volverlas al enemigo sería darle grande ventaja, pues con facilidad le podría herir con sus saetas. Por esto se decidió a tener valor y mantenerse firme, porque éste, sin duda, era el único recurso que le quedaba para salvar su vida.

Apollyón significa el Destructor, y en Apocalipsis 9.11 el término se refiere al «ángel del abismo», el rey de las fuerzas demoníacas que fue enviado a atormentar a los habitantes de la tierra. También aparecía en una novela caballeresca llamada

St. Bevis of Southampton, que fue una de las favoritas de Bunyan.

Prosiguiendo, pues, su marcha, se encontró muy pronto con el enemigo. El aspecto de este monstruo era horrible: estaba vestido de escamas como de pez, de lo cual se gloriaba; tenía alas como de dragón y pies como de oso; de su vientre salía fuego y humo, y su boca era como la boca del león. Cuando llegó a Cristiano lanzó sobre él una mirada de desdén, y le interpeló de esta manera:

APOLLYÓN. — ¿De dónde vienes y adonde vas?

CRIST. — Vengo de la ciudad de Destrucción, que es el albergue de todo mal, y me voy a la ciudad de Sión.

APOLL. — Lo cual quiere decir que eres uno de mis súbditos, porque todo aquel país me pertenece y soy el príncipe y el dios de él; ¿cómo así te has sustraído del dominio de tu rey? Si no confiara en que me has de servir todavía mucho, de un golpe te aplastaría hasta el polvo.

CRIST. — Es verdad que nací dentro de tus dominios; pero tu servicio era tan pesado y tu paga tan miserable, que no me bastaba para vivir, porque la paga del pecado es la muerte. Así es que, cuando llegué al uso de la razón, actué como las personas de juicio: pensé en mejorar de suerte.

APOLL. — No hay príncipe alguno que así tan ligeramente quiera perder súbditos; yo, por mi parte, no quiero perderte a ti; mas puesto que te quejas del servicio y de la paga, vuélvete de buena voluntad, pues te prometo darte lo que nuestro país puede dar de sí.

CRIST. — Estoy ya al servicio de otro, a saber, el Rey de los reyes, y sin faltar a la justicia, ya no puedo volver contigo.

APOLL. — Has obrado, como dice el adagio, cambiando un mal por otro peor; pero sucede de ordinario que los que han profesado ser tus siervos, se emancipan al poco tiempo de él, y con mejor acuerdo vuelven a mí; hazlo tú así, y todo te irá bien.

CRIST. — Le he dado mi palabra y le he jurado fidelidad; si ahora me vuelvo atrás, ¿no debo esperar el ser ahorcado por traidor?

APOLL. — Lo mismo hiciste conmigo, y, no obstante, estoy dispuesto a pasar por todo si ahora quieres volver.

CRIST. — Lo que te prometí fue antes de que llegara la adolescencia, y por esta razón no tiene valor alguno; además, cuento con que el príncipe bajo cuyas banderas ahora estoy podrá absolverme y perdonar todo lo que hice por darte gusto. Y, sobre todo, quiero decirte la verdad: su servicio, su paga, sus siervos, su gobierno, su compañía y su país me gustan muchísimo más que los tuyos; no pierdas, pues, el tiempo intentando persuadirme; soy su siervo y estoy resuelto a seguirle.

El «demonio abominable» empieza a lanzar acusaciones contra Cristiano, se burla de su estado original sin pecado y de sus antiguos fracasos. «De seguro que no eres lo suficientemente bueno como para pertenecer a Dios; tú me perteneces». Usando medias verdades para engañar y manipular, y usando malas intenciones, el Adversario cuestiona el carácter de Dios, su poder, sus promesas y su perdón. Luego, su persuasión se torna una descarada agresión, que casi termina matando a Cristiano. Al ilustrar las tácticas del Enemigo, Bunyan hace saber a los creyentes cómo pueden mantenerse en guardia y lograr una resistencia eficaz.

APOLL. — Piensa bien, ya que conservas todavía tu serenidad y sangre fría, lo que muy probablemente encontrarás en el camino por donde vas. Te consta que en su mayor parte sus siervos tienen un fin desgraciado, porque son transgresores contra mí y contra mis caminos; ¡cuántos de ellos no han sido víctimas de una muerte vergonzosa! Y además, si su servicio es mejor que el mío, ¿por qué nunca hasta el día de hoy ha salido de donde está para librar a los que le sirven? Yo, por el contrario, ¡cuántas veces, según puede atestiguar el mundo entero, he librado, sea por poder, sea por fraude, a los que me servían fielmente, de las manos de él y de los suyos, aun teniéndolos debajo de su poder! Y te prometo que te libraré a ti.

CRIST. — El porqué, al parecer, retardar el librarnos, es en verdad para probar su amor y ver si le permanecen fieles hasta el fin; y en cuanto al fin desgraciado que, según dices, tuvieron, precisamente ha sido para ellos lo más glorioso. Porque la salvación presente no la esperan; saben que hay que dar treguas para llegar a su gloria, y ésta la tendrán cuando su Príncipe venga en la suya y en la de los santos ángeles.

APOLL. — Habiendo ya una vez sido infiel en su servicio, ¿cómo puedes pensar que recibirás de él salario?

CRIST. — Pues, ¿en qué he sido infiel?

APOLL. — Por de pronto, en el mismo momento de salir desfalleciste, al verte casi ahogado en el Pantano del Desaliento; después pretendiste por diferentes caminos buscar el sacudir la carga que te abrumaba, debiendo haber esperado hasta que tu Príncipe te la hubiera quitado. Luego te dormiste culpablemente, perdiendo allí tu mejor prenda; también casi te resolviste a volver por miedo de los leones, y, sobre todo, cuando hablas de tu viaje y de lo que has visto y oído, interiormente te domina el espíritu de vanagloria en todo lo que dices y haces.

CRIST. — Tienes mucha razón en todo lo que dices, y has dejado mucho más que pudieras decir; pero el Príncipe a quien sirvo y honro es misericordioso y perdonador. Además, te olvidas de que estas flaquezas se habían apoderado de mí mientras estaba en tu país; allí se me infiltraron, y me han costado muchos gemidos y pesares; pero me he arrepentido de ellas, y el Príncipe me las ha perdonado.

«Dado que Cristo no te ha amado por causa de tus buenas obras —estas no han sido la causa de que Dios empiece a amarte— entonces, no te sigue amando aún por causa de tus buenas obras; estas no son la causa de que te siga amando el día de hoy. Cristo te ama porque te seguirá amando. Lo que él aprueba en ti ahora es lo que él mismo te ha dado; siempre ha sido lo mismo y siempre será así. La vida de Dios siempre estará contigo; Jesús no te ha dejado de amar, ni tampoco la llama de su amor ha disminuido en lo más mínimo. Por lo cual, débil corazón, "no temas, sé fuerte"».[1]

Charles H. Spurgeon

Entonces Apollyón no pudo contener su rabia, y prorrumpió en estos improperios: —Yo soy enemigo de ese Príncipe; aborrezco su persona, sus leyes y su pueblo, y he salido con el propósito de impedirte el paso.

CRIST. — Mira bien lo que haces, ¡oh Apollyón!, porque estoy en el camino real, en el camino de santidad, y, por consiguiente, considera bien lo que intentas hacer.

Entonces Apollyón extendió sus piernas hasta ocupar todo lo ancho del camino, y dijo: —No creas que te temo en esta materia; prepárate para morir, porque te juro por mi infernal caverna que no has de pasar; aquí derramo tu alma. —Y en el acto arrojó con gran furia un dardo encendido a su pecho; pero teniendo un escudo en su mano, Cristiano lo recibió en él, y evitó ese peligro.

Cristiano desenvainó después su espada, porque vio que ya era tiempo de acometer, y Apollyón se lanzó sobre él arrojando dardos tan espesos como el granizo, en términos que, a pesar de los esfuerzos de Cristiano, salió herido en su cabeza, manos y pies, lo cual le hizo ceder algún tanto. Apollyón aprovechó esta circunstancia y acometió con nuevos bríos; pero Cristiano, recobrándose, resistió tan denodadamente como pudo.

Este combate furioso duró cerca de medio día, hasta que casi se agotaron las fuerzas de Cristiano, porque, a causa de sus heridas, iba estando cada vez más débil.

La lucha mental y física de Cristiano en el valle Humillación describe una batalla espiritual personal: una de las tantas luchas de la enorme guerra entre las fuerzas de bien y del mal, guerra a la que nos unimos una vez que pertenecemos al reino de Dios. El Enemigo es incesante en su afán por destruir al pueblo de Dios. «Porque no tenemos lucha contra sangre y carne, sino [...] contra los gobernadores de las tinieblas de este siglo, contra huestes espirituales de maldad» (Efesios 6.12). Sin embargo, no estamos solos en esta batalla ni sin recursos para contraatacar.

Apollyón no desaprovechó esta ventaja, y ya no con dardos, sino cuerpo a cuerpo, le acometió, siendo tan terrible la embestida, que Cristiano perdió la espada.

—Ahora ya eres mío— dijo Apollyón, oprimiéndole tan fuertemente al decir esto, que casi le ahogó, en términos que Cristiano ya empezaba a desesperar de su vida; pero quiso Dios que, en el momento de dar el golpe de gracia, Cristiano, con sorprendente ligereza, asió la espada del suelo, y exclamó: —No te huelgues de mí, enemigo mío, porque aunque caigo he de levantarme —y le dio una estocada mortal que le hizo ceder, como quien ha recibido el último golpe. Al verlo Cristiano, cobra nuevos bríos, acomete de nuevo, diciendo: —Antes en todas estas cosas somos más que vencedores por medio de Aquél que nos amó. —Apollyón abrió entonces sus alas de dragón, huyó apresuradamente, y Cristiano no le volvió a ver más por algún tiempo.

Durante este combate, nadie que no lo haya visto u oído, como yo, puede formar idea de cuan espantosos y horribles eran los gritos y bramidos de Apollyón, cuyo hablar era como el de un dragón y, por otra parte, cuan lastimeros eran los suspiros y gemidos que lanzaba Cristiano salidos del corazón. Larga fue la pelea, y, sin embargo, ni una sola vez vi en sus ojos una mirada agradable, hasta que hubo herido a Apollyón con su espada de dos filos; entonces sí, miró hacia arriba y se sonrió. ¡Ay! Fue éste el espectáculo más terrible que yo he visto jamás.

A pesar de haber sufrido tropiezos y debilidad, Cristiano finalmente sale victorioso de su lucha contra Apollyón por causa de haber confiado en la verdad y el poder de Dios, tal como sucedió con Jesús cuando fue tentado. Él pone en práctica el mandamiento de Efesios 6.11: «Vestíos de toda la armadura de Dios, para que podáis estar firmes contra las asechanzas del diablo». Debemos conocer y poner nuestra fe en el evangelio y en la identidad que tenemos en Cristo. Dado que Cristo nos ama, estamos unidos a él. Y cuando nos unimos a él, somos vencedores. Martín Lutero escribió: «Y si demonios mil están prontos a devorarnos, no temeremos, porque Dios sabrá cómo ampararnos».[2]

Concluida la pelea, Cristiano pensó en dar gracias a Aquél que le había librado de la boca del león, a Aquél que le auxilió contra Apollyón. Y puesto de rodillas, dijo:

Beelzebub se propuso mi ruina,
Mandando contra mí su mensajero
A combatirme con furiosa inquina,
Y me hubiera vencido en trance fiero;
Mas me ayudó quien todo lo domina,
Y así pude ahuyentarle con mi acero:
A mi Señor le debo la victoria,
Y gracias le tributo, loor y gloria.

Entonces una mano misteriosa le alargó algunas hojas del árbol de la vida; Cristiano las aplicó a las heridas que había recibido en la batalla, y quedó curado al instante. Después se sentó en aquel sitio para comer pan y beber de la botella que se le había dado poco antes. Así refrigerado, prosiguió su camino, con la espada desnuda en su mano, por si algún otro enemigo le salía al paso. Pero no encontró ya oposición alguna en todo este valle.

Mas sus pruebas no terminaron; ya había vencido el valle Humillación, y se encontró en otro que se llamaba valle de la Sombra-de-muerte, y era preciso pasar por él, porque el camino de la Ciudad Celestial le atravesaba. Este valle es un sitio muy solitario, como lo describe el profeta Jeremías:

«Un desierto, una tierra desierta y despoblada, tierra seca y de sombra de muerte, una tierra por la cual no pasó varón, sí no era un cristiano, ni allí habitó hombre».

Si terrible había sido la lucha de Cristiano con Apollyón, no lo fue menos la que aquí tuvo que sostener.

El valle de Sombra-de-muerte ilustra los momentos en que el creyente se siente abrumado por el sufrimiento, ya sea el suyo propio o el de los demás, y su ser interior empieza a sufrir confusión. Los pensamientos de temor, confusión o duda respecto a la bondad, amor y proximidad de Dios empiezan a dominar la mente. El alma apesadumbrada sufre constantes tentaciones de sentimientos de desesperanza. Se trata verdaderamente de una experiencia infernal en la tierra: se siente como si las tinieblas van a devorarse al creyente; se siente como si Dios se hubiera marchado. Esta crisis de desesperación es, sin embargo, otra manera en que el Enemigo ataca al pueblo de Dios.

Cuando apenas se había acercado al borde de la Sombra-de-muerte, se encontró con dos hombres que volvían a toda prisa; eran hijos de aquéllos que trajeron malos informes de la buena tierra, con quienes Cristiano trabó la siguiente conversación:

CRIST. — ¿Adonde van?

HOMB. — Atrás, atrás; y si estimas en algo tu vida y tu paz, te aconsejamos que hagas lo mismo.

CRIST. — Pues, ¿por qué? ¿Qué hay?

HOMB. — ¿Qué? Nos dirigíamos por este mismo camino que tú llevas; habíamos avanzado ya hasta donde nos atrevimos; pero apenas hemos podido volver, porque si hubiéramos dado unos cuantos pasos más no estaríamos ahora aquí para darte estas noticias.

CRIST. — Pero, ¿qué es lo que habéis encontrado?

HOMB. — Casi estábamos ya en el valle de Sombra-de-muerte, cuando felizmente extendimos nuestra vista delante de nosotros y descubrimos el peligro antes de llegar.

CRIST. — Pero, ¿qué habéis visto?

HOMB. — ¡Ah! Hemos visto el valle mismo, que es tan negro como la pez (Sustancia resinosa, sólida, que se obtiene echando en agua fría el residuo que deja la trementina después de sacarle el aguarrás); hemos visto allí los fantasmas, sátiros y dragones del abismo; hemos oído también en ese valle un continuo aullar y gritar como de gentes sumidas en miseria indecible, que allí sufren agobiadas bajo el peso de aflicciones y cadenas. Sobre este valle también se extienden las horrendas nubes de la confusión; la muerte también cierne sus alas constantemente sobre él. En una palabra: allí todo es horrible y todo está en espantoso desorden.

CRIST. — Lo que decís no me demuestra sino que éste es el camino que debo seguir hacia el deseado puerto.

HOMB. — Sea enhorabuena; nosotros no queremos seguir éste.

Y con esto se separaron, y Cristiano siguió su camino; pero siempre con la espada desnuda en su mano por temor de ser acometido.

Perseverar en este valle traicionero requiere de pisadas cuidadosas. El foso y el charco representan las maneras en que los viajeros corren el peligro de olvidarse de Dios y desertar, que puede incluir las doctrinas erradas, el orgullo y la inmoralidad. No debemos permitir que aquellos que guían por medio del temor nos alejen del camino. Más bien, debemos encontrar consolación en la hermandad de los fieles, aunque sea en saber que otros también han sufrido lo mismo. La ayuda más poderosa para superar estas tinieblas, dice Bunyan, es la oración.

Entonces medí con mi vista todo lo largo de este valle, y vi a la derecha del camino un foso profundísimo, que es adonde unos ciegos han guiado a otros ciegos durante todos los siglos, habiendo todos perecido en él miserablemente. Por la izquierda vi un charco peligrosísimo, en el cual, aun siendo bueno el que tiene la desgracia de caer, no halla fondo para sus pies; en él cayó el rey David una vez, e indudablemente se hubiera ahogado si no le hubiera sacado el que es poderoso para hacerlo.

La senda era también excesivamente estrecha, viéndose por lo mismo el bueno de Cristiano en muy grande apuro, porque en la oscuridad, si procuraba apartarse del foso por un lado, se exponía a caer en el charco por el otro; si trataba de evitar el charco, a no tener sumo cuidado, estaba a punto de caer en el foso. De esta manera marchaba, lanzando amargos suspiros, porque sobre los peligros ya mencionados, el camino por aquí estaba tan oscuro, que muchas veces, al levantar su pie para dar un paso, no sabía dónde ni sobre qué iba a sentarle.

Como a la mitad de este valle, vi que se encontraba la boca del infierno a orillas del camino.

Terrible fue entonces la situación de Cristiano, que no sabía qué hacer, pues veía salir llamas y humo con tanta abundancia, juntamente con chispas y ruidos infernales, que, viendo Cristiano que de nada le servía la espada que tanto le había valido contra Apollyón, determinó envainarla y echar mano de otra arma, a saber: de TODA ORACIÓN. Y así le oía exclamar: «Libra ahora, oh Jehová, mi alma». Así siguió por mucho tiempo, viéndose de vez en cuando envuelto por las llamas; también oía voces tristes y gente como corriendo de una a otra parte; de manera que a lo mejor creía iba a ser desgarrado o pisoteado como el lodo en las calles. Este espectáculo horroroso y estos ruidos terribles le siguieron por algunas leguas.

Por fin llegó a un lugar donde le pareció oír que venía hacia él una legión de enemigos; esto le hizo detenerse y pensar seriamente qué le convendría hacer. Por una parte le parecía mejor volver; pero por otra pensaba que tal vez habría pasado ya más de la mitad del valle. También se acordó de cómo había vencido ya muchos peligros, y discurrió que el peligro de volver podría ser más y mayor que el de avanzar y se decidió a seguir. Pero como los enemigos parecían acercarse más y más, hasta llegar casi a tocarle, gritó entonces con una voz vehementísima: «Andaré en la fuerza de Jehová». A cuyo grito huyeron y no volvieron a molestarle más.

¿Por qué permite Dios que el Enemigo nos haga sufrir? Ciertamente Dios no quiere que esto suceda. Pero, es el camino que su Hijo tomó cuando estuvo en esta tierra, la senda que él abrió para que lo siguiéramos y la vía que nos conduce al hogar celestial. Al estar unidos a Cristo, compartimos su sufrimiento y victoria (Romanos 8.17). Si bien Dios no elimina los sufrimientos, nos ayuda a superarlos (tal como le sucedió a Cristiano cuando los demonios lo dejaron en paz luego de haber orado con intensidad). Dios también redimirá nuestro dolor, y lo usará para continuar la buena obra en nosotros y acercarnos más a él. Mientras seguimos esforzándonos por creer, pero no hemos resuelto depositar nuestra fe en él, demostramos que lo amamos, que nos fortalecemos espiritualmente y nos acercamos a su corazón.

Una cosa me llamó mucho la atención, y no lo quisiera pasar por alto. Advertí que el pobre Cristiano estaba tan aturdido, que no conocía su propia voz, y lo advertí de la manera siguiente: Cuando hubo llegado frente a la boca del abismo encendido, uno de los malignos se deslizó suavemente detrás de él y silbó a su oído muchas y muy terribles blasfemias, que el pobre creía salían de su propio corazón. Esto apuró a Cristiano más que todo cuanto hasta entonces había sucedido; ¡pensar siquiera que pudiera blasfemar de Aquél a quien antes había amado tanto! Si hubiera podido remediarlo no lo hubiera hecho; pero no tuvo la discreción de taparse los oídos, ni la de averiguar de dónde venían estas blasfemias.

Ya llevaba Cristiano bastante tiempo en tan desconsolada situación, cuando le pareció oír la voz de un hombre que iba delante de él diciendo: «Aunque ande por el valle de Sombra-de-muerte no temeré mal alguno, porque tú estás conmigo». Esto le puso gozoso por muchas razones:

Primera, porque infería de aquí que algunos otros que temían a Dios estaban también en este valle.

Segunda, porque percibía que Dios estaba con ellos, aunque su estado era tan oscuro y triste. «¿Y por qué no también conmigo —pensó en su interior—, aunque por razón del impedimento propio de este lugar no puedo percibirlo?».

Tercera, porque esperaba (si lograba alcanzarlos) tener luego compañía.

Se animó, pues, a seguir su marcha, y dio voces al que iba delante; pero éste, creyéndose también solo, no sabía qué contestar. Muy pronto empezó a rayar el alba, y Cristiano dijo: «El vuelve en mañana las tinieblas». Luego amaneció el día, y dijo Cristiano: «En mañana vuelve la sombra».

Venida la mañana, volvió la vista hacia atrás, no porque desease volver, sino para ver con la luz del día los peligros que había pasado durante la noche. Vio, pues, más claramente el foso por una parte y el charco por otra, y cuan estrecha había sido la senda que pasaba por entre los dos; vio también los fantasmas, los sátiros y dragones del abismo, pero todos muy lejos; porque con la luz del día nunca se acercaban, pero le eran descubiertos, según está escrito: «El descubre las profundidades de las tinieblas y saca a luz la sombra de muerte». Grande impresión sintió Cristiano al verse libre de los peligros de aquel solitario valle; pues aunque los había temido mucho, ahora que los miraba a la luz del día conocía mejor su gravedad.

Hemos recibido el llamado a caminar por fe, a creer en algo que no vemos ni sentimos. La falta de sentir la presencia de Dios no significa que él no está presente. Él nos ha prometido que jamás abandonará a sus hijos. Cristiano expresa fe cuando grita: «Andaré en la fuerza de Jehová». Incluso cuando sus sentidos le indican que se encuentra solo y en peligro de muerte, anuncia la realidad que Dios poderoso lo ayudará. Se decide a entrar en esa realidad. Una vez que las tinieblas desaparecen, Cristiano echa una mirada a aquellos peligros que solía temer y los identifica con claridad. Viendo esta prueba desde otro ángulo, la percepción de Cristiano es distinta y es obvio que Dios ha estado con él y lo ha rescatado.

En esto se levantó el sol, y no fue pequeña merced, pues si peligrosísima había sido la primera parte del valle, la segunda, que aún le restaba que andar, prometía, a ser posible, muchos más peligros, porque desde el punto que se encontraba hasta el mismo fin del valle el camino estaba tan lleno de lazos, trampas, cepos y redes por una parte, y tan sembrado de abismos, precipicios, cavidades y barrancos por otra, que si entonces hubiese sido noche, como en la primera parte del camino, mil almas que tuviera las hubiera perdido todas sin remedio; mas, por fortuna, acababa de levantarse el sol. Entonces dijo él: «Hace resplandecer su candela sobre mi cabeza, a la luz de la cual yo camino en la oscuridad».

Con esta luz, pues, llegó Cristiano al fin del valle, donde vi en mi sueño sangre, huesos, cenizas y cuerpos de hombres hechos pedazos, que eran cuerpos de peregrinos que en tiempos atrás habían andado este camino. Pensaba yo sobre lo que podía haber sido causa de esto, cuando descubrí más adelante una caverna, donde anteriormente vivían dos gigantes, Papa y Pagano, cuyo poder y tiranía habían causado tamaños horrores.

Cristiano pasó por allí sin gran peligro, lo cual excitó mi admiración; mas después me lo he explicado fácilmente, sabiendo que Pagano ha muerto hace mucho tiempo y en cuanto al otro, aunque vive todavía, su mucha edad y los vigorosos ataques que ha sufrido en su juventud le han puesto tan decrépito y sus coyunturas tan rígidas, que ahora no puede hacer más que estar a la boca de su caverna, dirigiendo amenazas a los peregrinos cuando pasan y desesperándose porque no puede alcanzarlos.

Bunyan admiraba la obra de John Foxe, *El libro de los mártires*, famoso libro que narraba al detalle las historias de los mártires desde la iglesia primitiva hasta el siglo dieciséis, y solía leerlo mientras estuvo en la cárcel. Bunyan usa las figuras de dos gigantes para ilustrar las fuerzas tiránicas detrás del martirio de Cristiano. Pagano ya lleva muchos años muerto y representa a los que mataron a los creyentes de la época de la iglesia primitiva. Papa, que aún vive pero es anciano y decrépito, representa la Iglesia de Roma.

Cristiano prosiguió su viaje, y la vista del anciano sentado a la boca de la caverna le dio mucho que pensar, especialmente al oír que, no pudiendo moverse, le gritaba: —No os enmendaréis hasta que muchos más de vosotros seáis entregados a las llamas—. Pero nada respondió, y pasando sin inquietud y sin recibir daño alguno, cantó:

¡Oh, mundo de sorpresas! (Bien lo digo.)
¡Qué maravilla verme preservado
De tanto mal! Con gratitud bendigo
La mano que ha mostrado
Su poder y bondad así conmigo.
¡Cuántos peligros, cuántos me cercaban
Al cruzar este valle tenebroso!
Demonios mi camino rodeaban
Con lazos, redes y profundo foso.
¡Cuan fácil puede ser una caída!
Mas Jesús, que los suyos no abandona,
Ha guardado mi vida.
¡El merece del triunfo la corona!

Bunyan escribió: «Las aflicciones y todo servicio que le rendimos a Dios le dan al corazón mayor profundidad, más sensaciones, mayor conocimiento e intensidad, y de esta forma es capaz de tener más paciencia, contener más y soportar más». Mientras estuvo en la cárcel, llegó a esta conclusión: «en momentos de aflicción nos encontramos normalmente con las más dulces experiencias del amor de Dios [...] nunca antes Jesucristo había sido tan real y evidente como ahora. Ciertamente lo he visto y lo he sentido».[3]

SEIS

EL PEREGRINAJE DE FIEL

espués de todo esto, nuestro peregrino llegó a una altura que de intento había sido allí levantada para que los peregrinos pudiesen desde ella descubrir más camino. Habiéndola subido, vio muy delante a Fiel, y dándole voces, le dijo: —¡Eh, eh! Espera y andaremos juntos el camino.

Fiel miró hacia atrás, oyó un nuevo llamamiento de Cristiano, y contestó: —No, no; está en peligro mi vida, pues viene detrás de mí el vengador de sangre—. Esto molestó algo a Cristiano; pero haciendo un gran esfuerzo, pronto alcanzó a Fiel y aun le pasó, y así el último llegó a ser el primero. Entonces se sonrió, vanagloriándose por haberse adelantado a su hermano; pero no mirando bien dónde pisaba, de repente tropezó y cayó, y no pudo levantarse hasta que Fiel llegó a socorrerle.

Fiel, que se encuentra delante de Cristiano en el valle Sombra-de-muerte, le dice que no teme ningún mal porque Dios está con él. Además, desde la ciudad de Destrucción, Fiel había vuelto a la fe debido al ejemplo de Cristiano. Cuando Cristiano se apresura para alcanzar a Fiel y lo logra pasar, se siente orgulloso e impresionado consigo mismo, pero de pronto se tropieza. La altivez siempre hará que tropecemos y en ese momento es cuando más necesitaremos la ayuda de los demás. Fiel le tiende la mano a Cristiano y lo ayuda a ponerse de pie; esta ayuda mutua que han experimentado seguirá mejorando con el paso del tiempo.

Entonces vi en mi sueño que siguieron juntos en la mayor armonía, discurriendo dulcemente sobre todo lo que les había pasado en su viaje. Cristiano abrió la conversación, diciendo:

CRIST. — Muy honrado y querido hermano Fiel: me alegro de haberte alcanzado, y de que Dios haya templado de tal suerte nuestros espíritus que podamos andar como compañeros en este tan agradable camino.

FIEL. — Mi pensamiento había sido venir contigo desde nuestra ciudad; pero tú te adelantaste y me he visto precisado a venir solo.

CRIST. — ¿Cuánto tiempo permaneciste aún en la ciudad antes de ponerte en camino detrás de mí?

FIEL. — Hasta que ya no pude sufrir más; porque se habló mucho, así que saliste, de que en breve iba a ser reducida a cenizas por fuego del cielo.

CRIST. — ¿Cómo? ¿Hablaban nuestros vecinos de esta manera?

FIEL. — Sí por cierto; por algún tiempo no se hablaba de otra cosa.

CRIST. — ¿Y a pesar de eso sólo tú quisiste ponerte a salvo?

FIEL. — Aunque, como he dicho, se hablaba mucho de ello, me parece que no lo creían firmemente, porque en el calor de la discusión oí que algunos hacían burla de ti y tu viaje, calificándolo de desesperado. Pero yo creí, y todavía creo, que al fin nuestra ciudad será abrasada con fuego y azufre de lo alto: por lo mismo me he escapado.

CRIST. — ¿No oíste hablar del vecino Flexible?

FIEL. — Sí; oí que te había seguido hasta llegar al pantano del Desaliento, en donde se dijo que había caído, pues él no quería se supiese lo que le había sucedido: pero una cosa vimos todos: que llegó a su casa bien encenagado.

CRIST. — ¿Y qué le dijeron los vecinos?

FIEL. — Desde su vuelta ha sido objeto de irrisión y desprecio entre toda clase de gente, y casi nadie quiere emplearle. Está ahora mucho peor que si nunca hubiera salido de la ciudad.

CRIST. — Pero, ¿cómo se explica que en tan mala opinión le tengan, cuando ellos desprecian el camino que él abandonó?

FIEL. — Le llaman renegado, pues no ha sido fiel a su profesión. Yo creo que Dios ha excitado hasta sus enemigos para que se le mofen y sea hecho el oprobio de todos porque ha abandonado su camino.

CRIST. — ¿Hablaste con él antes de emprender tu viaje?

FIEL. — Un día le encontré en la calle; pero volvió la vista al otro lado, como avergonzándose de lo que había hecho; así es que nada hablamos.

CRIST. — A la verdad, cuando empecé mi viaje, tenía alguna esperanza sobre él; pero ahora me temo que perecerá en la ruina de la ciudad, porque le ha sucedido lo de aquel verdadero proverbio: «El perro volvió a su vómito y la puerca lavada a revolcarse en el cieno».

FIEL. — Esos mismos temores tengo; pero, ¿quién puede impedir lo que ha de venir?

CRIST. — Es verdad. No hablemos más de él; ocupémonos de cosas que tocan más inmediatamente a nosotros mismos. Dime ahora: ¿qué es lo que has pasado en el camino que has andado? Porque seguro estoy que has encontrado algunas cosas que merecen escribirse.

Estos dos creyentes disfrutan la ayuda mutua de su amistad. Al compartir sus anécdotas de sufrimiento y de la gracia y el amor de Dios que los ha transformado, Cristiano y Fiel se logran conocer más y muestran sus diferencias de personalidad. Por un lado, Cristiano es más propenso a tener dificultades con la justicia que proviene de las obras y con el tema del perdón. Por otro lado, Fiel es más propenso a las tentaciones carnales y los deseos mundanos.

FIEL. — Me libré del Pantano en el que, según veo, caíste tú, y llegué a la portezuela sin ese peligro; pero encontré a una tal Sensualidad, de quien estuve a punto de recibir gran daño.

CRIST. — Dichoso tú que te escapaste de sus lazos; por ella se vio José en grande apuro, y de ella se libró, como tú lo has hecho, pero no sin gran peligro de su vida. Y ¿qué fue lo que te hizo?

FIEL. — A no haberla oído uno mismo, no puede figurarse cuan lisonjera es su lengua; me estrechó mucho para desviarme del camino, prometiéndome toda clase de placeres.

CRIST. — De seguro que no te prometió el placer y la paz de una buena conciencia.

FIEL. — Ya sabes que hablo de placeres carnales.

CRIST. — Da gracias a Dios que te ha librado de ella; aquel contra quien Jehová estuviere airado caerá en su sima.

FIEL. — A la verdad no sé si del todo me libré.

CRIST. — Pero, ¿seguramente no consentiste a sus deseos?

FIEL. — No, hasta contaminarme, porque tuve presente un antiguo escrito que había visto: «sus pies descienden la muerte». Así, cerré mis ojos para no ser hechizado con sus miradas. Entonces me injurió con sus palabras, y seguí mi camino.

CRIST. — ¿No encontraste alguna otra oposición?

FIEL. — Cuando llegué al pie del collado Dificultad me encontré con un hombre muy anciano, que me preguntó mi nombre y mi dirección, y cuando se lo hube dicho me añadió: «Me pareces un joven honrado; ¿quieres quedarte a mi servicio, en la seguridad de que has de ser bien pagado? Entonces le pregunté su nombre y dónde vivía, me dijo que su nombre era Adán primero, y que moraba en la ciudad de Engaño. Le pregunté cuál era su trabajo y cuál el salario que me había de dar, y me respondió: «Mi trabajo es muchas delicias, y tu salario ser, al fin, mi heredero». Le pregunté de nuevo sobre el mantenimiento que daba y qué otros servidores tenía, a lo que me contestó, que en su casa había toda especie de regalos de este mundo, y que sus siervos eran los que él mismo engendraba.

Volví entonces a preguntarle cuántos hijos tenía: «Sólo tengo tres hijas —me dijo.— Concupiscencia de la carne, Concupiscencia de los ojos y Soberbia de la vida», y que me casaría con ellas, si yo así lo deseaba. Por fin le pregunté cuánto tiempo quería tenerme a su servicio, y él dijo que todo cuanto él viviera.

CRIST. — Bien; ¿y en qué quedasteis por fin?

FIEL. — Al principio no dejé de sentirme algo dispuesto a ir con él, porque me pareció que hablaba bastante bien; pero, fijándome en su frente, según hablábamos, vi este letrero: «Despojaos del viejo hombre con sus obras».

CRIST. — ¿Y entonces?

FIEL. — ¡Ah! Entonces se clavó en mi mente como con hierro de fuego el pensamiento de que, por más que me lisonjeaba, cuando me tuviese ya en su poder me vendería como esclavo. «No os molestéis más —le dije—, porque ni aun acercarme quiero a la puerta de vuestra casa». Entonces me injurió mucho, y me aseguró que enviaría tras de mí a uno que haría muy amargo el camino a mi alma. Le volví, pues, las espaldas para seguir mi camino; pero en ese mismo instante sentí que me había cogido y tirado tan fuertemente de mi carne, que creí que se había llevado parte de mí mismo, lo cual me hizo exclamar: «Miserable hombre de mí». Y seguí mi camino por el collado arriba.

Ya había subido hasta la mitad, cuando mirando atrás vi a uno que me seguía más ligero que el viento, y me alcanzó precisamente donde está el cobertizo.

CRIST. — Tristes recuerdos tiene aquel cobertizo para mí. Allí justamente me senté yo para descansar, y habiéndome vencido el sueño, se cayó de mi seno este pergamino.

FIEL. — Déjame continuar, buen hermano; al instante que este hombre me alcanzó me dio tan fuerte golpe, que me arrojó al suelo, dejándome por muerto.

Le pregunté la causa de este mal tratamiento, y me respondió: «Porque secretamente te inclinaste al Adán primero»; y al decir esto me dio otro golpe mortal en el pecho que me hizo caer de espaldas, dejándome medio muerto a sus pies. Cuando volví en mí, le pedí misericordia; más su contestación fue: «Yo no sé mostrar misericordia»; y de nuevo me arrojó al suelo, y seguramente hubiera acabado conmigo a no haber pasado por allí Uno, que le mandó detenerse.

CRIST. — ¿Y quién era ese?

FIEL. — No le conocí al principio; pero al pasar me apercibí de las heridas de sus manos y costado, y por ahí comprendí que era el Señor. Gracias a El, pude seguir mi camino collado arriba.

CRIST. — El hombre que te alcanzó era Moisés; no perdona a nadie, ni sabe compadecerse de los que quebrantan su ley.

FIEL. — Lo sé perfectamente, pues no era la primera vez que me había encontrado; él fue el que, cuando estaba quieto en mi casa, vino y me aseguró que la quemaría y que haría que se desplomase sobre mi cabeza si permanecía allí por más tiempo.

CRIST. — Pero, ¿no viste la casa que estaba en la cima del collado en que te encontró Moisés?

FIEL. — Sí, por cierto, y vi también los leones que había antes de llegar a ella; pero creo que estaban dormidos, porque pasé cerca de las doce del día; y como me quedaban aún tantas horas de sol, no me detuve a hablar con el portero, y tomé la cuesta abajo del collado.

CRIST. — Es verdad. Ahora recuerdo que me dijo que te había visto pasar; pero me hubiera alegrado que te hubieses detenido en la casa, porque hubieras visto muchas cosas tan raras, que difícilmente las hubieras olvidado en los días de tu vida. Pero dime, ¿no encontraste a nadie en el valle Humillación?

Fiel se encontró con un personaje seductor llamado Sensualidad, que representa la tentación sexual. Se encontró también con un viejo hombre llamado Adán primero, que representa la naturaleza pecaminosa original de la humanidad, esa vieja naturaleza que Efesios 4.22 nos manda que nos la quitemos. Ese Adán primero fomenta toda clase de satisfacción personal y rendirse a los apetitos sexuales, aquellos apetitos que dominaban a los cristianos antes de acercarse a los pies de Cristo. Luego apareció Moisés, que representa la ley, y que sin piedad empezó a golpear a Fiel por razón del juicio contra su pecado, hasta que apareció Jesús, que insistió en que Fiel debía recibir misericordia. La escena ilustra la lucha del apóstol Pablo contra el pecado y que se describe en Romanos 7.14-25, donde acaba diciendo: «¡Miserable de mí! ¿quién me librará de este cuerpo de muerte? Gracias doy a Dios, por Jesucristo Señor nuestro» (vv. 24-25).

FIEL. — Me encontré a Descontento, que trató de persuadirme a que retrocediera con él; pues, según él creía, ese valle estaba completamente sin honor. Me dijo, además que el andar en él sería desagradar a todos mis amigos: Soberbia, Arrogancia, Amor propio, Gloria mundana y otros que él sabía seguramente se darían por muy ofendidos si yo era tan necio que me empeñaba en pasar ese valle.

CRIST. — Bueno, ¿y qué le contestaste?

FIEL. — Le dije que, aunque todos los que acababa de nombrar pudieran alegar parentesco conmigo, porque lo tienen según la carne, sin embargo, desde que empecé este camino renunciaron a tal parentesco, y yo, por mi parte les correspondí en la misma moneda; de suerte que ahora no eran para mí más que como si nunca hubiésemos sido parientes. Le añadí que en cuanto al valle, estaba completamente equivocado, porque delante de la honra está la humildad, y antes de la caída, la altivez de espíritu; por lo cual —le dije—:

más bien prefiero pasar por este valle a la honra que tienen por tal los más sabios, que escoger lo que tú estimas más digno de nuestros afectos.

CRIST. — ¿No encontraste a nadie más?

FIEL — Sí; me encontré con un tal Vergüenza; pero entre cuantos he encontrado en mi peregrinación, éste me pareció al que menos le cuadra su nombre. Otros aceptan un no, después de alguna argumentación; pero este descarado nunca se decide a dejarnos.

CRIST. — Pues, ¿qué te dijo?

FIEL. — ¿Qué me dijo? Ponía objeciones a la misma Religión; decía que era una cosa vergonzosa, baja y mezquina en un hombre ocuparse de Religión; que una conciencia sensible era una cosa afeminada, y que rebajarse el hombre hasta el punto de velar sobre sus palabras, y desprenderse de esta libertad altiva que se permiten los espíritus fuertes de estos tiempos le haría la irrisión de todos. Objetó también que sólo un corto número de los poderosos, ricos o sabios, habían sido jamás de mi opinión, y que ninguno de ellos lo fue hasta que se decidió a ser necio, y arriesgar voluntariamente la pérdida de todo por un algo que nadie sabe lo que es. «Mirad, si no —añadió—, el estado y condición bajos y serviles de los peregrinos de cada época, y veréis su ignorancia y falta de civilización y conocimiento de las ciencias». Sobre esto argumentó largo rato y sobre otros muchos puntos por el estilo que podría contar, como, por ejemplo, que era vergonzoso estar gimiendo y llorando al oír un sermón, volver a su casa con la cara compungida, pedir al prójimo perdón por faltas leves y restituir lo hurtado; añadió también que la Religión hace al hombre renunciar a los grandes y poderosos por algunos pequeños vicios que en ellos haya (cuyos vicios calificó con nombres mucho más suaves) y le hace reconocer y respetar a los miserables como hermanos en religión. ¿No es esto —exclamó— una vergüenza?»

CRIST. — Y ¿qué le contestaste?

En el valle Humillación, Fiel se encuentra con Descontento y Vergüenza (no como Cristiano, que se encontró con Apollyón). Ambos personajes persuadieron a Fiel que creyera en las definiciones que el mundo ofrece respecto al honor, la sabiduría y la grandeza. Descontento reclama que el nuevo estilo de vida de Fiel ofende a sus amigos que viven en la ciudad de Destrucción, y que le parecía mejor cuando Fiel se amaba a sí mismo y al mundo, tal como ellos. Le plantea que la vida cristiana es demasiado restringida, aburrida y que causa descontento. De una manera agresiva, Vergüenza trata de avergonzar a los creyentes porque son distintos al mundo. Se burla de la religión, acosa a los creyentes y promueve sus valores equivocados diciendo que la humildad es una debilidad, que la autocomplacencia es valentía y la inconformidad es vergonzosa.

FIEL. — ¿Qué? Al principio no sabía qué decir, pues tanto me apuró que se agolpó la sangre a mi rostro. La misma Vergüenza vino a mi cara y casi me venció. Pero por fin empecé a considerar que lo que los hombres tienen por sublime, delante de Dios es abominación. Que este Vergüenza me dice lo que son los hombres; pero nada de lo que es Dios ni su Palabra y pensamientos; que en el día el juicio no se nos ha de sentenciar a muerte o vida según los espíritus orgullosos del mundo, sino según la sabiduría y la ley del Altísimo. Por tanto —añadí—, es seguramente lo mejor lo que Dios dice ser mejor, aunque a ello se opongan todos los hombres del mundo. Visto, pues, que Dios prefiere su propia religión; visto que prefiere una conciencia delicada; visto que son los más cuerdos los que se hacen necios por el reino de los cielos, y un pobre que ama a Cristo es más rico que el más poderoso del mundo, si éste no le ama, ¡fuera, pues, de mí, Vergüenza! Eres un enemigo de mi salvación; ¿te he de atender a ti con menoscabo de mi Señor y Soberano? Si eso hago, ¿cómo podré mirarle cara a cara el día de su venida?. Si ahora me avergonzare de sus caminos y de sus siervos, ¿cómo podré esperar la bendición?

En verdad que este Vergüenza era un villano atrevido. Con mucha dificultad lo pude echar de mi compañía, y aun después me estuvo molestando con sus visitas e insinuándome al oído ya una, ya otra de las flaquezas de los que siguen la Religión; pero por fin le hice comprender que perdía miserablemente el tiempo en este negocio, porque las cosas que él desdeñaba, precisamente en ellas veía yo más gloria; sólo así pude verme libre de sus importunidades.

Las tentaciones son constantes, pero Dios nos ha prometido que las podremos superar con su poder. Siempre nos mostrará «la salida» (1 Corintios 10.13). Fiel sirve de ejemplo para los creyentes respecto a cómo ofrecer resistencia: reconoce el engaño, cierra sus ojos, memoriza las Escrituras y con firmeza se pronuncia en contra del mal, colocándose junto a la perspectiva y la verdad de Dios. Corta la relación con viejos amigos que le presentan tentaciones mundanas y, de ser necesario, lo hace con firmeza: «fuera, pues, de mí, ¡Vergüenza! Eres un enemigo de mi salvación». Sabe cuán importante es clamar a Dios por su ayuda. Los que lo tientan se vuelven agresivos muy pronto, pero él se mantiene firme. Este conflicto es de esperar porque creemos que la voluntad de Dios es lo mejor para nosotros, que lo que más deseamos es amarlo y complacerlo, y vivir según su llamado a ser distintos, es decir, ser como él.

Y entonces, desahogando mi corazón, en alta voz, comencé a cantar:

> Los que obedecen a la voz del cielo
> Muchas pruebas tendrán
> Gratas para la carne, seductoras,
> Que no sólo una vez les tentarán.
> En ellas puede el débil peregrino
> Ser tomado, vencido y perecer.
> ¡Alerta, viador! Pórtate en ellas
> Como quien eres y podrás vencer.

CRIST. — Me alegro, hermano, que con tanta valentía hicieras frente a ese bribón, porque él, entre todos, como dices, es a quien cuadra menos el nombre que lleva. Es un osado que nos sigue hasta en las calles, procura avergonzarnos delante de todos; es decir: que nos avergoncemos de lo bueno. Si no fuera tanto su atrevimiento, ¿cómo había de hacer lo que hace? Pero resistámosle, porque a pesar de todas sus bravatas sólo consigue su objeto con los necios, y con nadie más. Dijo Salomón: «Los sabios heredarán honra, pero los necios sostendrán ignominia».

FIEL. — Me parece que nos es muy necesario pedir a Aquél que quiere que seamos valientes para la verdad en la tierra, que nos dispense su ayuda contra Vergüenza.

CRIST. — Dices verdad. ¿Pero no encontraste a nadie más en ese valle?

FIEL. — No; porque tuve la luz del sol todo lo restante del camino de ese valle, y también en el de Sombra-de-muerte.

CRIST. — Buena suerte fue la tuya; no la tuve yo tan dichosa. Tan pronto como entré en ese valle, tuve que sostener un largo y terrible combate con aquel maligno llamado Apollyón; yo temí quedar entre sus manos; sobre todo cuando me tuvo debajo de sus pies; me aplastaba como si quisiera despedazarme; en el acto de arrojarme al suelo, mi espada se cayó de mi mano, y entonces le oí gritar: «Ya te tengo seguro». Pero clamé al Señor, y El me oyó y me libró de todas mis angustias. Después entré en el valle de Sombra-de-muerte, y casi la mitad del camino tuve que andarlo a oscuras; me figuré muchas veces que iba a perecer; pero por fin amaneció el día, se levantó el sol, y ya pude andar lo restante del camino con mucha más tranquilidad y sosiego.

SIETE

SEÑALES DE LA GRACIA

En tan importante conversación marchaban, cuando vi en mi sueño que volviendo Fiel los ojos a un lado, vio un hombre que se llamaba Locuacidad, que iba, aunque un poco distante de ellos, a su derecha, porque allí ya el camino era ancho y había bastante lugar para todos. Era un hombre alto y mejor parecido a alguna distancia que de cerca, y dirigiéndose a él, le dijo:

FIEL. — ¡Eh! ¡Amigo! ¿Adonde va usted? ¿Al país celestial?

LOCUACIDAD. — Sí, señor, allá me encamino.

FIEL. — Allá vamos todos. ¿Por qué no viene usted con nosotros y gozaremos de su amable compañía?

LOC. — Con mucho gusto les acompañaré.

FIEL. — Vamos, pues, juntos, y pasemos nuestro tiempo hablando de cosas provechosas.

LOC. — Muy grato me es hablar de cosas buenas con ustedes o con otro cualesquiera, mucho me alegro de haberme encontrado con los que tienen afición a tan buena obra, porque, a la verdad, son pocos los que así emplean el tiempo de sus viajes; la mayor parte prefieren hablar de cosas fútiles, lo cual siempre me ha afligido mucho.

FIEL. — Es en verdad muy lamentable, porque nada hay más digno de ocupar nuestra lengua y nuestros labios como con las cosas del Dios de los cielos.

LOC. — ¡Cuánto me agrada oír a usted hablar de esta manera! Porque su lenguaje revela una profunda convicción. Es verdad; ¿hay nada comparable con el placer y provecho que se saca de hablar de las cosas de Dios? Si el hombre gusta de las cosas maravillosas, por ejemplo, de historia, de los misterios, milagros, prodigios y señales, ¿dónde podrá hallar lectura tan deliciosa y tan dulcemente escrita como en las Sagradas Escrituras?

FIEL. — Es mucha verdad; pero debemos siempre procurar sacar provecho de nuestra conversación.

LOC. — Eso mismo digo yo: hablar de esas cosas es muy provechoso, porque por ahí puede un hombre llegar al conocimiento de otras muchas, como son la vanidad de las cosas mundanas y el provecho de las celestiales. Esto en general; y descendiendo a particularidades, puede un hombre aprender la necesidad del nuevo nacimiento, la insuficiencia de sus obras, su necesidad de la justicia de Cristo, etcétera. Además, puede aprender en esta conversación lo que es arrepentirse, creer, orar, sufrir, y cosas por el estilo. Puede también enterarse de cuáles son las grandes promesas y consuelos del Evangelio para su propio solaz, y, por fin, puede llegar a conocer cómo se han de refutar las falsas opiniones, defender la verdad e instruir a los ignorantes.

FIEL. — Mucha verdad es todo esto y mucho me gusta oír de usted tales cosas.

LOC. — ¡Ay! La falta de esto es causa de que tan pocos entiendan la necesidad de la fe y de la obra de la gracia en su alma para alcanzar la vida eterna, y que vivan por ignorancia en las obras de la ley por las cuales en manera alguna puede el hombre llegar al reino de los cielos.

FIEL. — Pero voy a decir, con permiso de usted, que el conocimiento espiritual de estas cosas es don de Dios. Ningún hombre las alcanza por sólo los esfuerzos humanos o por hablar de ellas.

LOC. — Lo sé muy bien, porque nada podemos obtener que no sea dado de arriba. Todo es de gracia, no por obras; centenares de textos hay para confirmación de esto.

FIEL. — Bueno; vamos ahora a girar nuestra conversación sobre un tema particular.

LOC. — Sobre lo que usted quiera; hablaré de cosas celestiales o de cosas terrenales, de cosas morales o cosas evangélicas, de cosas sagradas o profanas, de cosas pasadas o venideras, de cosas extranjeras o del país, de cosas más esenciales o más accidentales. Y siempre con la condición de que todo se haga para provecho.

FIEL. — (Maravillándose y acercándose a Cristiano, porque todo este tiempo había andado un poco retirado de ellos.) —¡Qué buen compañero hemos encontrado; de seguro este hombre será un excelente peregrino!

CRIST. — (Sonriéndose modestamente.) — Este hombre de quien estás tan agradado es capaz de engañar con esa lengua a una veintena de los que no le conozcan.

FIEL. — ¿Es que le conoces?

CRIST. — Sí; le conozco, y mejor que él se conoce a sí mismo.

FIEL. — Pues, ¿quién es?

CRIST. — Se llama Locuacidad, y vive en nuestra ciudad; extraño que no le hayas conocido; supongo que es por ser tan grande la ciudad.

FIEL. — ¿De quién es hijo, y hacia dónde vive?

CRIST. — Es hijo de un tal Bien-Hablado, y tenía su casa en el callejón Parlería, y sus amigos le conocen con nombre de Locuacidad; pero, a pesar de su agraciada lengua, es persona de poco más o menos.

FIEL. — ¡Pues parece hombre bastante decente!

CRIST. — Sí, para los que no le conocen; porque parece mejor cuando está de viaje; en casa es otra cosa muy diferente. Cuando has dicho que parecía muy decente, he recordado lo que pasa con la obra de algunos pintores, cuyas pinturas tienen más vista a cierta distancia; pero que de cerca son muy poco agradables.

FIEL. — No sé si tomar a chanza todo lo que estás diciendo, porque te veo sonreírte.

CRIST. — No quiera Dios que yo me agrade en este asunto, aunque me has visto sonreírme, ni permita Dios que yo acuse falsamente a nadie. Te voy a decir más todavía sobre él. Este hombre se acomoda a cualquier compañía y a cualquier modo de hablar: lo mismo que está hablando ahora contigo, hablará cuando esté en una taberna. Cuanto más licor tiene en la cabeza, tanto más charla estas cosas. La verdadera religión no existe ni en su razón, ni en su casa, ni en su vida; todo lo que tiene está en la punta de su lengua, y su religión consiste en hacer ruido con ella.

Locuacidad aparenta ser un verdadero creyente, es muy versado en su conocimiento de las Escrituras y habla de ellas con empeño y elocuencia. Sin embargo, su conocimiento es abstracto y carece de una experiencia. En su corazón no hay un arrepentimiento sincero y fe genuina en Cristo que ha producido una vida cambiada. A primera vista, parece alguien refinado y respetable, que sigue a Dios, pero los que lo conocen de verdad pueden decir lo contrario. Maltrata a los demás, miente y engaña. Su conducta no se distingue de la del mundo y causa que otros tropiecen. Por medio de estas cosas, Locuacidad tergiversa el cristianismo y «se engaña a sí mismo» al suponer que tan solo las palabras sirven como suficiente evidencia de una fe que salva.

FIEL. — ¿Lo dices de veras? Entonces estoy muy engañado con este hombre.

CRIST. — Sí; créeme con toda seguridad; estás muy equivocado; acuérdate del adagio «Dicen y no hacen», «porque el reino de Dios no consiste en palabras, sino en virtud». Habla de la oración, del arrepentimiento, de la fe y del nuevo nacimiento; pero nada de ello siente, no hace más que hablar; yo le tengo bien estudiado y observado, tanto en su casa como fuera de ella, y sé que lo que digo de él es la verdad. Su casa es tan falta de religión, como lo está de sabor la clara del huevo. Allí no hay oración ni señal alguna de arrepentimiento del pecado, y los irracionales, en su manera, sirven a Dios mucho mejor que él. El es la misma mancha, oprobio y vergüenza de la religión para todos los que le conocen. Apenas se puede oír por culpa de él una palabra buena en favor de la religión en todo el barrio donde vive; es ya un dicho común allí: «un santo fuera y un demonio en casa». Su pobre familia lo conoce muy bien, pues le ve tan grosero y tan iracundo para con todos, que ni saben qué hacer para agradarle, ni cómo hablarle. Los que tienen con él algún negocio, dicen, sin esconderse, que desearían más habérselas con un turco que con él, pues hallarían más honradez en un sectario de Mahoma. Si puede, no se escaparán de él sin engañarlos, defraudarlos y abusar de ellos. Lo peor del caso es que está educando a sus hijos a seguir sus pasos, y si huele en alguno de ellos algún necio temor (pues así llama a la primera señal de sensibilidad en la conciencia), los pone de torpes, necios y estúpidos hasta más no poder; se niega a ocuparlos en nada, y hasta resiste recomendarlos a nadie. Por mi parte creo firmemente que, por su vida malvada, ha sido causa de que muchos tropiecen y caigan; y si Dios no lo impide, será la ruina de muchos más.

FIEL. — Bien, hermano, debo creerte, no sólo porque me has asegurado que le conoces, sino también porque, como Cristiano, darás verdadero testimonio de los hombres, porque no puedo pensar que digas estas cosas por odio o mala voluntad.

A Locuacidad le gusta discutir temas de Dios. ¿Por qué? Porque le encanta escuchar el sonido de su propia voz. Fiel está en lo cierto cuando aclara nuestro propósito: «pero debemos siempre procurar sacar provecho de nuestra conversación». Estas conversaciones deben tener el propósito de producir un beneficio espiritual. Efesios 4.29 dice que nuestras palabras deben servir para la edificación de los demás, para darles gracia y bondad, y cumplir con sus necesidades espirituales. Con la Palabra que habita en nosotros y llena nuestra vida, y con el Espíritu que nos guía, debemos aconsejarnos unos a otros con sabiduría, promover nuestro crecimiento espiritual y hacer que nuestras reuniones sean actos de adoración a Dios (Colosenses 3.16).

CRIST. — De no haberlo yo conocido, tal vez desde el principio hubiera tenido el mismo concepto de él que tú; si hubiera oído tal noticia solamente de los que son enemigos de la religión, todo lo hubiera tenido por calumnia, pues eso es lo que ordinariamente sucede en las bocas de los malos contra los nombres y profesión de los buenos.

Pero cuanto he dicho, y mucho más, puedo probártelo a ciencia cierta. Además, se avergüenzan de él los buenos; no le quieren ni por hermano, ni por amigo, y el sólo nombrarle entre ellos, si le conocen, los hace sonrojarse.

FIEL. — Bueno. Ahora conozco que el decir y el hacer son dos cosas muy distintas, y de aquí en adelante tendré más presente esta distinción.

CRIST. — En efecto; son cosas tan distintas como el alma y el cuerpo; porque como el cuerpo sin el alma no es más que un cadáver, así el decir, si está sólo, no es tampoco sino un cadáver; el alma de la religión es la parte práctica; «la religión pura y sin mácula delante de Dios y Padre, es esta: visitar a los huérfanos y a las viudas en sus tribulaciones, y guardarse sin mancha de este mundo». Locuacidad no lo entiende así; piensa que el oír el hablar hace al buen cristiano, y así tiene engañada a su propia alma. El oír no es más que la siembra de la palabra, y el hablar no es bastante para demostrar que hay fruto realmente en el corazón y en la vida. Y debemos estar bien seguros que en el día del juicio serán juzgados los hombres según sus frutos. No se les preguntará: creísteis?, sino ¿practicasteis?, y según esto habrá de ser su juicio. Por eso el fin del mundo es comparado a la siega. Y sabes muy bien que los hombres en la siega no consideran más que los frutos. Esto no quiere decir que se pueda aceptar algo que no sea de fe; pero digo esto para mostrarte cuan poco valdrán en aquel día las profesiones y protestas de Locuacidad.

FIEL. — Esto me hace recordar el dicho de Moisés cuando describe la bestia limpia. Es aquella que tiene las pezuñas hendidas y rumia; ha de reunir las dos circunstancias: tener hendida la pezuña y rumiar; no basta lo uno sin lo otro. La liebre rumia, pero es inmunda, porque no tiene las pezuñas hendidas, y esto es lo que pasa a Locuacidad: rumia, busca conocimientos, rumia sobre la palabra; pero no tiene las pezuñas hendidas, no se aparta del camino de los pecadores, sino a semejanza de la liebre: tiene el pie de perro o de oso, y, por tanto, es inmundo.

CRIST. — Has expuesto, en cuanto se me alcanza, el verdadero sentido evangélico de estos textos, y añadiré otro pensamiento. Pablo llama a los que son grandes habladores «metal que resuena y címbalo que retiñe». Es decir, como lo explica en otra parte: «cosas inanimadas que hacen sonidos». Cosas sin vida; es decir: sin la fe y la gracia verdaderas del Evangelio, y, por consecuencia, cosas que nunca podrán ser puestas en el reino de los cielos entre los que son hijos de la vida, aunque el sonido que hacen hablando sea como la de la lengua o la voz de un ángel.

«Bueno. Ahora conozco que el decir y el hacer son dos cosas muy distintas —dice Fiel—, y de aquí en adelante tendré más presente esta distinción». La profesión de fe de Locuacidad carece de valor sin las obras. Si no ama a su prójimo y busca vivir una vida santa, su fe está muerta (Santiago 1.27; 2.26). «El alma de la religión es la parte práctica», dice Cristiano. Locuacidad se pierde esa bendición que Jesús decía que viene cuando ponemos en práctica —no cuando solamente la conocemos— lo que él nos ha enseñado (Juan 13.17). Se supone que la luz del creyente, luz que refleja a Dios, debe brillar en medio de un mundo oscuro por medio de las buenas obras (Mateo 5.16). Al haber fallado en hacer lo correcto, Locuacidad demuestra que no es un hijo de Dios (1 Juan 3.10). «Una obra de la gracia en el alma» se manifiesta por medio de las obras de amor divino.

FIEL. — Por eso, al principio me agradó mucho su compañía; pero ahora estoy hastiado de ella. ¿Cómo haremos para deshacernos de él?

CRIST. — Sigue mi consejo y haz lo que te digo, y pronto se fastidiará él también de estar a tu lado, a no ser que Dios toque su corazón y lo convierta.

FIEL. — ¿Qué quieres que haga?

CRIST. — Oye, acércate a él y entra en algún discurso serio sobre el poder de la religión; y cuando lo haya aprobado, porque así lo hará, pregúntale indirectamente si es eso lo que él practica en su corazón, en su casa y en su vida.

Entonces Fiel, acercándose otra vez a Locuacidad, le dijo:

FIEL. — Vamos, ¿qué tal va ahora?

LOC. — Gracias, bien; aunque yo esperaba que hubiésemos hablado mucho más.

FIEL. — Si usted quiere, nos dedicaremos a ello ahora, puesto que usted dejaba a mi elección proponer el asunto, propongo éste: ¿Cómo se manifiesta la gracia salvadora de Dios cuando existe en el corazón del hombre?

LOC. — Es decir, que vamos a hablar sobre el poder de la gracia. Excelente cuestión, y estoy muy dispuesto a responder a usted; he aquí en breve mi respuesta: 1º Cuando existe la gracia de Dios en el corazón, causa en él un gran clamor contra el pecado. 2.°...

FIEL. — Vamos despacio: consideremos cada cosa por sí sola. Me parece que debe usted decir más bien que se muestra inclinando al alma a aborrecer el pecado.

LOC. — ¿Y qué? ¿Qué diferencia hay entre clamar contra el pecado y odiarlo?

FIEL. — ¡Oh! Muchísima; puede un hombre, por política, clamar contra el pecado; pero no puede odiarlo sino en virtud de una piadosa antipatía contra él. A muchos he oído declamar grandemente contra el pecado desde el púlpito, y, sin embargo, han podido tolerarlo bastante bien en el corazón, en la casa y en la vida. Cuánto y con qué energía no clamó el ama de José como si hubiera sido muy casta, y, sin embargo, fue ella la que solicitó y de buena voluntad hubiera cometido el pecado. Los clamores de algunos contra el pecado son como los de una madre contra la niña que tiene sobre la falda: la llama sucia, y acto continuo la abraza y besa.

LOC. — Parece que quiere usted cogerme por mis palabras.

FIEL. — ¡No, yo no; quiero solamente poner las cosas claras. ¿Y cuál es lo segundo por lo que demostraría a usted la existencia de la obra de la gracia en el corazón?

LOC. — Un gran conocimiento de los misterios evangélicos.

FIEL. — Esta señal debía usted ponerla la primera; pero, primera o última, también es falsa, porque pueden muy bien obtenerse conocimientos, y muchos, de los misterios del Evangelio, y con todo no tener ninguna obra de la gracia en el alma. Aún más: puede un hombre tener toda ciencia, y, sin embargo, no ser nada, y, por consecuencia, ni hijo de Dios. Cuando Cristo dijo: «¿Sabéis todas estas cosas?», y los discípulos contestaron afirmativamente, les añadió: «Bienaventurados sois si las hacéis». No pone la bienaventuranza en saberlas, sino en hacerlas; porque hay un conocimiento que no va acompañado de acción u obra: «el que conoce la voluntad de su amo y no la hace...». Puede, por tanto, un hombre saber tanto como un ángel, y, sin embargo, no ser cristiano; así que la señal que usted ha dado no es verdadera. En verdad, el conocer es lo que agrada a los habladores y jactanciosos; pero lo que agrada a Dios es el hacer. Esto no quiere decir que el corazón puede ser bueno sin conocimiento, porque sin él no vale nada el corazón. Hay, pues, conocimiento y conocimiento: conocimiento que se queda en la mera especulación de las cosas, y conocimiento que va acompañado de la gracia, de la fe y amor, y que hace al hombre practicar de corazón la voluntad de Dios. El primero de éstos satisface al hablador; mas el verdadero cristiano sólo se satisface con el otro. «Dame entendimiento y guardaré tu ley, y la observaré de todo corazón».

LOC. — Veo a usted otra vez acechando mis palabras nada más; esto no creo que sea para edificación.

FIEL. — Bueno, dejemos eso, y propongo a usted otra señal de cómo esta obra de la gracia se descubre donde existe.

LOC. — No, no; es exento, porque veo que nos es imposible ponernos de acuerdo.

FIEL. — Vaya, si usted no quiere, yo lo haré.

LOC. — Puede usted hacer lo que guste.

«El hablar no es bastante para demostrar que hay fruto realmente en el corazón y en la vida [...], en el día del juicio serán juzgados los hombres según sus frutos», dice Cristiano. La única manera que podemos producir frutos es si el único al que podemos llamar Bueno vive en nosotros y nos transforma, haciendo que nuestra naturaleza sea como la de él. Este fruto no viene por medio del conocimiento del cristianismo o por el deseo de obedecer a Dios, sino por un acto concreto del alejarse del pecado, abrir nuestros corazones a Dios e invitarlo a que gobierne nuestras vidas diariamente. Luego, podremos entonces dar gracia y amor sacrificado, ser pacientes y tener control de nosotros mismos, orar, servir y ser santos. La calidad de nuestros corazones nacerá de la manera en que vivimos, y Dios se complacerá del fruto que demuestra que hay arrepentimiento (Mateo 3.8).

FIEL. — Una obra de la gracia en el alma se descubre o al que la tiene o a los demás; al que la tiene, de la manera siguiente: le da convicción de pecado, especialmente de la corrupción de su naturaleza y del pecado de incredulidad, por el cual es segura su condenación si no halla misericordia de parte de Dios por la fe en Cristo Jesús. La vista y el sentimiento de estas cosas obran en él dolor y vergüenza por su pecado. Encuentra, además, revelado en sí al Salvador del mundo, y ve la absoluta necesidad de unirse a El por toda su vida; con lo que principia el hambre y la sed de El, a las cuales está hecha la promesa. Ahora bien; según la fuerza o debilidad de la fe en su Salvador, así es su gozo y paz, así es su amor a la santidad, así son sus deseos de conocerle más y también de servirle en este mundo. Pero aunque, como he dicho, así se descubre, sin embargo, pocas veces puede conocerse que es la obra de la gracia, porque, ya su corrupción, ya su razón torcida, hacen que su mente vaya descaminada en esta materia; por tanto, aquél que tiene esta obra necesita un juicio muy sano antes de que pueda con certeza inferir que es obra de gracia.

A los demás se descubre de la manera siguiente: 1º, por medio de una confesión práctica de su fe en Cristo; 2.º, por una vida conforme con esa confesión, es a saber: una vida de santidad: santidad en el corazón, santidad en la familia (si la tiene) y santidad en su vida y trato con los demás. Esta santidad, por lo general, le enseña a aborrecer en su interior su pecado, y aborrecerse también a sí mismo en secreto por causa de él; a suprimirlo en su familia, y promover la santidad en el mundo, no sólo por su hablar, como puede hacerlo un hipócrita o charlatán, sino por una sujeción práctica en fe y amor al poder de la palabra. Ahora bien, señor mío; si tiene usted algo que objetar a esa breve descripción de la obra de la gracia, o a las maneras de manifestarse, puede usted hacerlo; si no, pasaré a proponer a usted otra segunda pregunta.

LOC. — No, señor; no me toca al presente objetar, sino oír; exponga usted su segunda pregunta.

FIEL. — Es ésta: ¿Ha experimentado usted en sí mismo esta primera parte de mi descripción? ¿Dan testimonio de ello su vida y su conversación, o consiste su religión en la palabra o en la lengua y no en el hecho y verdad? Le suplico, si está usted dispuesto a contestarme sobre esto, que no diga usted más que aquello a que Dios desde el cielo pueda dar un Amén y su conciencia pueda justificar. «Porque no el que se alaba a sí mismo el tal es aprobado, más aquél a quien Dios alaba». Además, es grande iniquidad el decir «yo soy de esta o de la otra manera», cuando su conversación y su vida y el testimonio de los vecinos lo desmienten.

LOC. (Empezando a sonrojarse, pero recobrándose muy pronto.) — Ahora apela usted a la experiencia, a la conciencia y a Dios para justificar lo que ha dicho; no esperaba yo esta manera de discurrir. Por mi parte no estoy dispuesto a contestar a tales preguntas, porque no me considero obligado a ello, a no ser que usted se tome el oficio de catequizador, y aun entonces me reservo el derecho de no aceptarle a usted por juez. ¿Pero querrá usted decirme con qué objeto me hace tales preguntas?

FIEL. — Porque le he visto muy dispuesto a hablar, y me temo que en usted no haya más que ideas sin obras; y además, para decirle toda la verdad, he oído decir de usted que es un hombre cuya religión consiste en palabras, desmentidas por su vida. Se dice que es usted un borrón entre los cristianos, y deja usted muy mal parada la religión por su impía conversación y vida; que ya ha sido usted causa de que hayan tropezado algunos, y que muchos más corren, peligro de ser arruinados por los malos caminos de usted. En usted la religión y la taberna, la avaricia, la impureza, la maledicencia, la mentira y las malas compañías, todo está fatalmente amalgamado. A usted se le puede aplicar lo que se dice de las rameras: que «son la vergüenza de su sexo»; así, es usted la vergüenza de todos los que profesan la religión.

LOC. — Veo a usted propenso a prestar oídos a chismes, y que forma sus juicios con sobrada precipitación; por consiguiente, debe ser usted algún melancólico regañón, y así me despido de usted. Páselo bien.

En esto, llegándose Cristiano a su compañero, le dijo: —Ya te dije lo que iba a suceder; no podían armonizarse tus palabras y las concupiscencias de ése; prefiere abandonar tu compañía a reformar su vida.

Váyase enhorabuena; él es el que pierde más; nos ha ahorrado la molestia de despedirlo. Además, haber continuado así con nosotros, hubiera sido para nosotros un borrón, y el apóstol dice: «Apártate de los tales».

FIEL. — Sin embargo, me alegro de haber tenido con él este pequeño discurso, tal vez en alguna ocasión vuelva a pensar en ello; yo le he hablado con toda sinceridad, y así estoy limpio de su sangre, si perece.

CRIST. — Hiciste bien en hablar con tanta claridad. Desgraciadamente, hay en estos días muy poca sinceridad en el trato de los hombres, y esto hace que la religión sea tan repulsiva a muchos. Estos necios charlatanes, cuya religión es sólo la palabra, pues son corrompidos y vanos en su conversación (al ser también admitidos en la compañía de los piadosos), ponen perplejo al mundo, manchan el cristianismo y causan dolor a los sinceros. Ojalá que todos los trataran como tú lo has hecho: entonces buscarían el estar más en armonía con la religión, o se verían obligados a retirarse de la compañía de los santos.

¡Qué jactancia tenía Locuacidad! ¡Con qué orgullo y soberbia se inflaba como un pavo! ¡Qué presunción tan necia la suya de arrollarlo todo ante sí! Mas apenas Fiel empezó a hablar de la sinceridad de la religión, de su necesaria influencia en la vida, cuando, como la luna menguante, fue poco a poco declinando. Esto mismo sucederá al que no sea sincero en la religión y que no sienta su influencia en el alma.

Así caminaban hablando de los que habían visto en su viaje, y de esta manera se les hacía más fácil su camino, que de otro modo les hubiera sido muy penoso, porque entonces precisamente pasaban a través de un desierto.

PERSECUCIÓN EN LA FERIA VANIDAD

Apenas nuestros peregrinos hubieron salido de este desierto, Fiel, volviendo sus ojos atrás, vio venir a uno, a quien reconoció pronto, y dijo a su compañero: —Mira quién viene allí—. Miró Cristiano, y dijo: —¡Es mi buen amigo Evangelista! —Sí —dijo Fiel—, y mío también, porque él fue quien me encaminó a la puerta—. En esto llegó a ellos Evangelista, y los saludó diciendo:

EVANGELISTA. — Paz sea con vosotros, amadísimos, y paz con los que les ayuden.

CRIST. — Bienvenido, bienvenido, mi buen Evangelista; la vista de tu rostro me recuerda tu antigua bondad y tus incansables esfuerzos por mi bien eterno.

FIEL. — Sí, mil veces bienvenido, ¡oh dulce Evangelista! ¡Cuan deseable es tu compañía para estos pobres peregrinos!

EVANG. — ¿Cómo lo habéis pasado, amigos míos, desde nuestra última separación? ¿Qué habéis encontrado y cómo os habéis portado?

Entonces le contaron Cristiano y Fiel cuanto les había sucedido en el camino, y cómo y con cuánta dificultad habían llegado adonde estaban.

—Mucho me alegro —dijo Evangelista—, no de que os hayáis encontrado con pruebas, sino de que hayáis salido vencedores, y de que, a pesar de vuestras muchas flaquezas, hayáis seguido en el camino hasta el día de hoy. Y me alegro de esto tanto por vosotros como por mí: yo he sembrado y vosotros habéis recogido, y viene el día cuando «el que siembra y el que siega gozarán juntos»; esto es, si os mantenéis firmes, «porque a su tiempo segaréis si no hubiereis desmayado». Delante de vosotros está la corona, y es incorruptible: «corred de tal manera que la obtengáis». Algunos hay que se ponen en camino para alcanzar esta corona, y después de haber adelantado mucho en él, otro se interpone y se la arrebata. Retened, pues, lo que ya tenéis para que ninguno os quite vuestra corona; todavía no estáis fuera del alcance de Satanás; «todavía no habéis resistido hasta la sangre combatiendo contra el pecado». Tened siempre el reino delante de vuestros ojos, y creed firmemente en las cosas invisibles. No dejéis que invada vuestro corazón nada del lado acá del mundo; y, sobre todo, velad bien sobre vuestros corazones y sus concupiscencias, porque son «engañosos sobre todas las cosas y desesperadamente malos»; poned vuestros rostros como un pedernal; tenéis a vuestro lado todo poder en el cielo y en la tierra.

Cristiano entonces le dio las gracias por su exhortación, y le rogó que les enseñase todavía más para ayudarles en lo que les quedaba de su camino, y tanto más cuanto que

sabían que era profeta, y podía decirles algunas de las cosas que les habían de suceder, y cómo podrían resistirlas y vencerlas. Lo mismo rogó también Fiel, y entonces Evangelista prosiguió:

EVANG. — Hijos míos, habéis oído en la palabra de verdad del Evangelio, que «por muchas tribulaciones es menester que entremos en el reino del cielo»; y otra vez, que «en cada ciudad os esperan prisiones y persecuciones», y, por tanto, debéis esperar que muy pronto en vuestro camino las encontréis en una o en otra forma. La verdad de estos testimonios, en parte ya la habéis encontrado, y lo demás no tardará en venir, porque, según podéis ver, casi estáis fuera de este desierto y, por tanto, llegaréis pronto a una ciudad, que está muy próxima, en la cual los enemigos os acometerán y se esforzarán por mataros. Tened, además, por cierto que uno o los dos tendréis que sellar vuestro testimonio con sangre; pero sed fieles hasta la muerte, y el rey os dará una corona de vida. El que allí muera, aunque su muerte será penosísima y sus padecimientos tal vez muy grandes, tendrá, sin embargo, mejor suerte que su compañero, no sólo porque habrá llegado antes a la ciudad celestial, sino porque así se librará de muchas miserias, que aún encontrará el otro en el resto de su jornada. Pero cuando hayáis llegado a la ciudad y encontréis cumplido lo que aquí os anuncio, acordaos entonces de vuestro amigo: Portaos varonilmente, y «encomendad vuestras almas a Dios como a fiel Creador haciendo bien».

Evangelista se encuentra con Cristiano y Fiel y los prepara para las difíciles pruebas en la feria Vanidad. Les dice que recuerden la realidad invisible de Dios y que se dirigen a una tierra mejor, donde habrá gozo y recompensas eternas (Hebreos 11.16). Les advierte que uno de ellos o ambos morirán a causa de su lealtad a Cristo. Con la ayuda de Dios podrán mantenerse firmes en la santidad y resistir la tentación «hasta la muerte». Los anima diciéndoles: «tenéis a vuestro lado todo poder en el cielo y en la tierra» y los entrega al cuidado de Dios.

Entonces vi en mi sueño que apenas hubieron salido del desierto, cuando vieron delante de sí una población, cuyo nombre es Vanidad, y en la cual se celebra una feria, llamada la feria de Vanidad, que dura todo el año. Lleva este nombre porque la ciudad donde se celebra es más liviana que la Vanidad, y también porque todo lo que allí concurre y allí se vende es vanidad, según el dicho del sabio: todo es vanidad.

Esta feria no es nueva, sino muy antigua. Voy a declararos cuál fue su principio: Hace casi cinco mil años había ya peregrinos que se dirigían a la ciudad celestial, cual lo hacen ahora estos dos: apercibido entonces Beelzebub, Apollyón y Legión con sus compañeros por la dirección que estos peregrinos llevaban, que les era forzoso pasar por medio de esta ciudad de Vanidad, se convinieron en establecer esta feria, en la cual se vendería toda especie de vanidad, y duraría todo el año. Por eso en esta feria se encuentran toda clase de mercancías: casas, tierras, negocios, colocaciones, honores, ascensos, títulos, países, reinos, concupiscencias y placeres, y toda clase de delicias, como son rameras, esposas, maridos, hijos, amos, criados, vidas, sangre, cuerpos, almas, plata, oro, perlas, piedras preciosas y muchas cosas más.

En ella se encuentran también constantemente truhanerías, engaños, juegos, diversiones, arlequines, bufones, bribones y estafadores de toda especie.

No para en esto sólo: allí se ven, y eso de balde, robos, muertes, adulterios, falsos juramentos; pero no como quiera sino hasta los de color más subido.

Como en otras ferias de no tanta importancia, aquí se encuentran también varias calles y travesías destinadas a mercancías especiales. Algunas de estas calles y pasadizos llevan el nombre de reinos y países especiales, donde están expuestos géneros peculiares de ellos; calle de España, Francia, Italia, Alemania, Inglaterra, etc. Pero como en todas las ferias hay siempre un género que prevalece más, así en ésta también el de Roma priva mucho, sólo que en la nación inglesa y en algunas otras se han disgustado bastante con él, y tratan de hacerle competencia.

> De camino a la ciudad Celestial, se debe pasar por la feria Vanidad, que representa al mundo: sus valores, seducciones y persecuciones. Se trata de un mercado que vende vanas distracciones (juegos de ocio) y gratificaciones que dañan el alma (prostitutas, asesinatos) así como también buenos placeres que pueden convertirse en ídolos (familias, viviendas). Este lugar ha sido edificado por Enemigo y sus ángeles de las tinieblas. Es una cultura narcisista al extremo, que busca satisfacer los sentidos. Empecinadamente promueve sus mercaderías sin valor. Está empapada por una marea de gente con mucho poder de presión, para convencer a los demás a que se unan a la ola de emociones fáciles. Cualquiera que se resista puede esperar por lo menos un castigo opresor.

Pues bien; el camino de la ciudad celestial pasa precisamente por medio de esta población, y el que quisiere ir a la ciudad celestial sin pasar por ella le sería necesario salir del mundo.

El mismo Príncipe de los príncipes, cuando estuvo en el mundo, tuvo que pasar por esta población para llegar a su propio país; tuvo también que hallarse en la feria; y, según creo, el mismo Beelzebub era entonces señor de ella, y le invitó en persona a comprar de sus vanidades, y aun más, le hubiera hecho dueño de ella con sólo que le hubiese hecho una reverencia al pasar por la población. Como era persona de tanta categoría, Beelzebub le condujo de una en otra calle y le mostró todos los reinos del mundo en un instante de tiempo por si podía seducir a aquel Bendito a comprar algunas de sus vanidades; pero a ninguna de ellas tuvo apego, y salió de la ciudad sin gastar siquiera un céntimo en sus vanidades. Esta feria, pues, es muy antigua y de mucha consideración.

Por esta feria era menester que los peregrinos pasasen, y, efectivamente, así lo hicieron; pero apenas se apercibieron de ello, toda la gente y la población misma se conmovió y hubo un alboroto por su causa. Voy a contar las razones de esto:

Primero. Siendo el vestido de los peregrinos muy diferente del de los que comerciaban en aquella feria, la gente no se cansaba de mirarlos; unos decían que eran tontos, otros que estaban locos, otros que eran extranjeros.

Segundo. Y si mucho se maravillaban de sus vestidos, no menos se asombraban de su hablar, porque eran pocos los que podían entenderlo. Naturalmente, hablaban el idioma de Canaán, y la gente de la feria hablaba el de este mundo; así que de un lado a otro de la feria parecían bárbaros los unos a los otros.

Tercero. Pero lo que más asombró a los traficantes era que estos peregrinos hacían muy poco caso de sus mercancías; ni aun se tomaban siquiera la molestia de mirarlas, y si se les llamaba a comprar, tapándose los oídos, exclamaban: —Aparta mis ojos para que no vean la vanidad. Y miraban hacia arriba, como dando a entender que sus dependencias estaban en el cielo.

Uno, queriendo mofarse de estos hombres, les dijo burlándose: —¿Qué queréis comprar?— Y ellos, mirándole con ojos serios, le dijeron: —Compramos la verdad.

Esta respuesta fue motivo de nuevos desprecios; unos se burlaban de ellos, otros los insultaban, otros terceros los escarnecían, y no faltó quien propusiese el apalearlos. Por fin llegaron las cosas a tal extremo, y hubo tan gran tumulto en la feria, que se alteró el orden por completo. Entonces se dio parte de ello al principal de la feria, el cual, personándose en el sitio de la ocurrencia, encargó a algunos de sus amigos de confianza que examinasen a los que habían puesto en confusión a la ciudad.

Cristiano y Fiel se sienten como personajes extraños en la feria Vanidad. La ropa que visten, que es muy distinta, al igual que sus palabras y sus deseos, genera una atención hostil. Se niegan a comprar cualquier cosa que está a la venta o incluso a mirar los escaparates; más bien, se tapan los oídos y dirigen la mirada hacia el cielo. Y aquí ponen en práctica lo que describieron a Locuacidad: que muestran su arrepentimiento y amor por vivir santamente ahora que han dejado el pecado para seguir a Jesús. En vez de que sea tan solo una confesión de labios, Cristiano y Fiel deciden obedecer y poner en práctica el mandamiento de Dios «que os abstengáis de los deseos carnales que batallan contra el alma» (1 Pedro 2.11). Estos extranjeros, cuya ciudadanía está en el cielo, no se conforman al mundo. Saben que todo esto «no proviene del Padre» y que «el mundo pasa, y sus deseos; pero el que hace la voluntad de Dios permanece para siempre (1 Juan 2.16-17)

Fueron llevados, pues, para ser interrogados, los que los juzgaban les preguntaron de dónde venían, adonde iban y qué hacían allí en traje tan extraño. —Somos peregrinos

en el mundo —contestaron—, y nos dirigimos a nuestra patria, que
es la Jerusalén celestial. No hemos dado ocasión a los habitantes de la
ciudad, ni tampoco a los feriantes, para abusar de nosotros de tal manera
y detenernos en nuestro viaje, como no sea porque hemos contestado a lo que
nos pedían que compráramos, que nosotros sólo quisiéramos comprar la verdad.
—Mas el tribunal de los jueces declaró que estaban locos y habían venido solamente
a perturbar el orden de la fiesta. Por lo tanto, los prendieron, los hirieron con golpes, y,
llenándolos de inmundicia, los encerraron en una jaula para servir de espectáculo a todos
los hombres de la feria.

Jesús dijo: «El siervo no es mayor que su señor. Si a mí me han
perseguido, también a vosotros os perseguirán» (Juan 15.20).
Los cristianos fieles pueden esperar que se les persiga. Tienen
también una perspectiva llena de esperanza y valor en cada
tribulación. Al verse atrapado en su celda de la cárcel, Bunyan
pudo haber cedido a la amargura y la desesperanza, pero
siguió con su mirada fija en Jesús. Convirtió su difícil situación
en una oportunidad para florecer, escribir libros y ofrecer consejo a otros encarcelados. Al haber recibido la capacidad de
no preocuparse debido a su obediencia, Bunyan resistió sufrimientos en nombre de Jesús, por medio del poder de Jesús y
de la manera que el propio Jesús lo hizo.

Allí, pues, quedaron por gran tiempo, y fueron hechos el blanco de la diversión, malicia o venganza de cualquiera. El principal de la feria se reía de todo esto, al mismo tiempo que, siendo ellos inocentes y «no volviendo maldición por maldición, sino antes por el contrario, bendiciones», dando buenas palabras por malas y favores por injurias, algunos hombres de la feria, que eran más observadores y más despreocupados que los demás, empezaron a contener al vulgo y reprenderlo por sus injustificados abusos y atropellos. Mas éste, irritado, se volvió contra ellos, llamándolos tan malos como los de la jaula, e indicando sus sospechas de que eran aliados, amenazándoles con las mismas penas. La réplica de aquéllos fue enérgica: —Nuestros peregrinos —dijeron— son pacíficos y sobrios, a lo que hemos podido ver, y no intentan hacer mal a nadie; muchos de los feriantes merecían ser puestos en la jaula y en el cepo mejor que esos pobrecitos, de quien se ha abusado tanto.

Así continuaron largo rato en contestaciones, mientras los pobres presos se conducían con toda sabiduría y templanza, hasta que aquéllos llegaron a las manos y se herían unos a otros. Entonces los dos presos fueron llevados de nuevo delante de sus interrogadores, y allí acusados de haber promovido la reciente confusión en la feria. En consecuencia, los apalearon lastimosamente, les pusieron las cadenas, y así encadenados, los pasearon por toda la feria, para escarmiento y terror de los demás, a fin de que nadie tomase su defensa o se juntase con ellos. Pero Cristiano y Fiel se portaron con gran sabiduría, y recibían la ignominia y la vergüenza a que se les exponía, con tanta mansedumbre y paciencia, que ganaron en su favor unos cuantos de los hombres de la feria (aunque por cierto fueron muy pocos relativamente). Esto exasperó mucho más a los de la otra parte, así que resolvieron la muerte de estos dos hombres. Por cuya razón los amenazaron con que, no bastando jaulas ni cadenas, deberían morir, por el abuso que habían cometido y por haber engañado a los hombres de la feria. Así que los encerraron otra vez en la jaula y los metieron en el cepo, hasta que se determinase lo que se había de hacer con ellos.

> «... ahora también será magnificado Cristo en mi cuerpo, o por vida o por muerte. Porque para mí el vivir es Cristo, y el morir es ganancia. Porque [...] estar con Cristo, lo cual es muchísimo mejor». (Filipenses 1.20-21, 23)

Entonces se acordaron estos dos de lo que Evangelista les había dicho, y este recuerdo los confirmó tanto más en sus caminos y sufrimientos, cuanto que ya se les había anunciado. También se consolaban mutuamente con el pensamiento de que el que más sufriese llevaría la mejor suerte, por lo cual ambos deseaban en secreto tener la preferencia; mas siempre poniéndose en manos de Aquél que dispone todas las cosas con sabiduría y acierto altísimos. Así continuaron hasta que se resolviese otra cosa.

Entonces se concedió tiempo para el proceso y consiguiente condenación. Llegado el día, fueron presentados en público y acusados. El nombre del juez era el excelentísimo señor Odio-a-lo-bueno. Su acusación fue la misma en sustancia, aunque algo variada en la forma; los cargos que contenía eran como siguen; «Que eran enemigos y perturbadores del comercio; que habían producido conmociones y bandos en la ciudad, y se habían ganado un partido a sus opiniones peligrosísimas en desacato de la ley de su Príncipe».

Pidió Fiel la palabra para defenderse, y dijo: —Sólo me he opuesto al que se había levantado primero en contra de Aquél que es más superior al más alto. En cuanto a los disturbios, yo no los he promovido, soy un hombre de paz; los que tomaron nuestra defensa lo hicieron al ver nuestra verdad e inocencia, y no han hecho más que pasar de un estado peor a otro mejor. Y por lo que atañe al rey de quien habláis, que es Beelzebub, el enemigo de nuestro Señor, yo le desafío a él y a todos sus secuaces.

Entonces se hizo un pregón para que los que tuviesen algo que decir en pro de su Señor el rey, y en contra de los reos, compareciesen desde luego y diesen su testimonio. Presentáronse tres testigos, a saber: Envidia, Superstición y Adulación. Preguntados si conocían al reo, y sobre lo que tenían que decir contra él y en pro de su Señor el rey, se adelantó Envidia, y habló como sigue:

ENVID. — Excelentísimo señor: He conocido a este hombre por mucho tiempo, y atestiguaré, bajo juramento, delante de este tribunal, que es...

JUEZ. — Esperad. Prestad primero el juramento.

Hecho esto, prosiguió:

—Señor: Este hombre, a pesar de su buen nombre, es de los más viles de nuestro país, pues no tiene respeto a Príncipe ni pueblo, a ley ni costumbre, sino que hace lo posible para infundir en todos sus pérfidas ideas, que por lo general llama principios de fe y santidad. Concretando más, yo mismo lo he oído decir que son diametralmente opuestos el Cristianismo y las costumbres de nuestra ciudad de Vanidad, y que no podían, en manera alguna, reconciliarse; por lo cual, excelentísimo señor, no solo condena nuestros procederes laudables, sino también a los que los seguimos.

JUEZ. — ¿Tenéis algo más que añadir?

ENVID. — Mucho más podría decir si no temiese ser molesto. Sin embargo, si es preciso, cuando los otros señores hayan dado testimonio, a fin de que nada falte para condenarle, ampliaré mi declaración.

JUEZ. — Podéis retiraros.

Llamaron luego a Superstición y le mandaron que mirase al reo y que dijese lo que supiera contra él y a favor del rey. Tomáronle entonces el juramento, y empezó así:

SUPERSTICIÓN. — Excelentísimo señor: No conozco mucho a este hombre, ni tampoco lo deseo. Sin embargo, esto es lo que sé, por una conversación que tuve con él en esta ciudad: que es muy pernicioso. Le oí decir que era vana nuestra religión, y tal que con ella nadie podía agradar a Dios, de cuyo dicho sabéis muy bien lo que necesariamente se desprende, a saber: que todavía ofrecemos culto en vano; que estamos todavía en nuestros pecados y que, por fin, hemos de ser condenados. Esto es lo que tengo que decir.

Bunyan sufrió de muchas maneras los doce años que estuvo en la cárcel porque se negó a ceder en sus convicciones. En una carta que escribió a un amigo, le dijo que «la verdad» y él fueron arrojados juntos a la cárcel, y que se había asido de esa verdad y valoraba haber tenido una mente y conciencia libre. «Aunque mi hombre exterior había sido arrojado a una celda con candado y cerrojo, por la fe en Cristo puedo ascender tan alto como las estrellas. En esta celda moran una buena conciencia y paz, mis ropas son blancas. Aquí, aunque preso, estoy libre de culpa, nada me puede afectar».[1] Con esta perspectiva, Bunyan también puede decir: «He seguido en esta condición con gran contentamiento por medio de la gracia [...] por todo ello, sea la gloria a Jesucristo».[2]

Entonces se tomó el juramento a Adulación y se le mandó decir lo que supiera contra el reo.

ADULACIÓN. — Excelentísimo señor, y vosotros señores que formáis parte del tribunal: Conozco ya de mucho tiempo a este acusado, y le he oído decir cosas que nunca deben decirse, porque ha injuriado a nuestro noble Príncipe Beelzebub, y ha hablado con desprecio de sus ilustres amigos el señor Hombre-Viejo, el señor Deleite-Carnal, el señor Comodidad, el señor Deseo-de-Vanagloria, el anciano señor Lujuria, el caballero Gula, con todos los demás de nuestra nobleza. Ha dicho además que si todos los hombres pensasen como él, a ser posible, no quedaría ni uno de estos nobles en la ciudad. Más aún. No ha reparado en injuriar a su señoría, que ha sido nombrado su juez, llamándole bribón, impío, con cuyos términos y otros igualmente injuriosos y despreciativos, ha vilipendiado a la mayor parte de los personajes ilustres de nuestra ciudad.

Cuando Adulación hubo concluido su deposición, el juez se dirigió al reo, diciendo:

—Vamos, renegado, hereje, traidor: ¿has oído lo que estos respetables señores han testificado contra ti?

FIEL. — ¿Se me permite decir unas cuantas palabras en mi descargo?

JUEZ. — ¡Ah, malvado! No mereces vivir ni un momento más; mereces sólo morir en el acto; sin embargo, para que todos vean nuestra suavidad para contigo, ¿qué es lo que puedes decir?

FIEL. — Primero. Digo, en contestación a lo que el señor Envidia ha testificado, que yo no he dicho nunca otra cosa más que lo siguiente: Que cualquier regla, cualesquiera leyes o costumbres, o personas que estén directamente en contra de la Palabra de Dios, son diametralmente opuestas al Cristianismo. Si esto no es verdad, convénzaseme del error, y pronto estoy aquí mismo, delante de vosotros, a hacer mi retractación.

Segundo. En cuanto al segundo, el señor Superstición y su acusación, mi dicho es el siguiente: En el culto de Dios es necesaria una fe divina, y ésta no puede existir sin la revelación divina de la voluntad de Dios; por tanto, todo lo que se infiera en el culto de

Dios que no esté conforme con la revelación divina no puede tener otra procedencia que de una fe humana, y esta fe no será valedera para la vida eterna.

Tercero. En cuanto al señor Adulación (haciendo caso omiso de lo que ha dicho sobre injurias y cosas parecidas), digo que el Príncipe de esta ciudad, con toda la gentecilla de su séquito, que él mismo nos ha descrito, tienen mejor cabida y pertenecen más al infierno que a esta ciudad y a este país. Y no digo más, sino que el Señor tenga misericordia de mí.

Entonces, volviéndose el juez al Jurado (que durante todo este tiempo había estado en su sitio, observando y escuchando), dijo: «Señores jurados, ya veis a este hombre que ha provocado un gran tumulto en nuestra ciudad; acabáis de oír lo que estos dignos caballeros han testificado contra él; también habéis escuchado su réplica y confesión. Ahora a vosotros corresponde condenarle o salvarle; mas antes juzgo conveniente instruiros en nuestra ley.

«En los días de Faraón el Grande, siervo de nuestro Príncipe, y para prevenir que se multiplicasen los de una religión contraria a la nuestra y se hiciesen demasiado fuertes, se publicó contra ellos un decreto mandando que todos sus niños varones fuesen arrojados al río. En los días de Nabucodonosor el Grande, también siervo suyo, se publicó otro decreto ordenando que todos los que no quisiesen doblar la rodilla y adorar su imagen de oro fuesen arrojados a un horno de fuego. En los días de Darío se publicó también otro edicto prescribiendo que cualquiera persona que dentro de cierto tiempo invocase a otro dios que a él, fuese arrojado a la cueva de los leones. Ahora la esencia de estas leyes ha sido quebrantada por este rebelde, no sólo en pensamiento (que ni aún esto debe permitirse), sino también por palabra y obra; ¿y puede esto tolerarse?

«Porque hablando del decreto de Faraón, fue hecha aquella ley sobre una suposición; es decir, a fin de prevenir un mal, pues hasta entonces no se había cometido ningún crimen; pero aquí tenemos una abierta infracción de la ley.

«En los casos segundo y tercero, como veis, arguye contra nuestra religión, y ya que él mismo ha confesado su traición, es reo de muerte».

Jesús dijo: «Si alguno quiere venir en pos de mí, niéguese a sí mismo, tome su cruz cada día, y sígame. Porque todo el que quiera salvar su vida, la perderá; y todo el que pierda su vida por causa de mí, éste la salvará» (Lucas 9.23-24). Fiel es un verdadero discípulo de Jesús, que persevera en la fe y se mantiene comprometido hasta el final. Sigue el ejemplo de Jesús cuando resiste la tentación, sufre por hacer el bien y soporta la crueldad con humildad y gracia, y obedece hasta la muerte. Cualesquiera que sean sus sufrimientos en la tierra, duran muy poco y «las aflicciones del tiempo presente no son comparables con la gloria venidera que en nosotros ha de manifestarse» (Romanos 8.18).

Entonces se retiraron los del Jurado, cuyos nombres eran, respectivamente, Ceguedad, Injusticia, Malicia, Lascivia, Libertinaje, Temeridad, Altanería, Malevolencia, Mentira, Crueldad, Odio-a-la-luz e Implacable. Cada uno de estos dio individualmente su opinión en contra de él, y después acordaron, por unanimidad, declararle culpable ante el juez. Primeramente dijo Ceguedad, que era presidente del Jurado: —Veo claramente que este hombre es un hereje. —Fuera del mundo semejante bribón —dijo Injusticia. —Sí —añadió el señor Malicia—, porque aborrezco su mismo aspecto. —Por mi parte, nunca le he podido sufrir —dijo el señor Lascivia. —Ni yo —confirmó el señor Libertinaje—, porque siempre se empeñaba en condenar mi modo de vivir. —A la horca, a la horca con él —dijo el señor Temeridad. —Es un miserable —añadió el señor Altanería. —Mi corazón se subleva contra él —dijo el señor Malevolencia. —Es un pillo —dijo el señor Mentira. —Se le hace demasiado favor con ahorcarle —dijo el señor Crueldad. —Despachémosle cuanto antes —dijo el señor Odio-a-la-luz. Y para concluir dijo el señor Implacable: —Aunque se me diera todo el mundo, no podría reconciliarme con él; declarémosle, pues, en el acto, digno de muerte.

Y así lo hicieron. Sin pérdida de tiempo se le condenó a ser llevado al lugar donde había estado en un principio, y allí ser ajusticiado con la muerte más cruel que se pudiera inventar.

Le sacaron, pues, para hacer con él según la ley de ellos; y primero le azotaron, luego le abofetearon, le cortaron la carne con cuchillos, después le apedrearon y le hirieron con sus espadas, y por fin le redujeron a cenizas en una hoguera. Tal fue el fin de Fiel.

La multitud de la feria se ha escandalizado porque los peregrinos han rechazado sus ofertas y se opuesto a sus valores. El lío rápidamente se vuelve violento hasta alcanzar un grado de disturbio. El administrador de la feria los arresta, los mete a la cárcel y los enjuicia por atentar contra la tranquilidad. A Fiel lo acusan de ignorar las costumbres de la feria al decir que Dios juzgará a la gente por causa de su pecado. También lo acusan de despreciar a la autoridad de la feria (Enemigo).

Señalando el precedente establecido por dirigentes corruptos de la Antigüedad (Faraón, Nabucodonosor y Darío), las autoridades lo sentencian a muerte. El valiente Fiel muere como mártir y se une a la gloriosa nube de testigos que murieron consagrados a Dios y sus promesas.

Mas detrás de la multitud vi un carro con dos caballos, que le esperaba, y tan pronto como le despacharon sus adversarios fue arrebatado en él por las nubes, al son de trompeta, camino derecho a la puerta celestial. En cuanto a Cristiano, dilataron su castigo y le volvieron a su cárcel, en donde permaneció todavía algún tiempo. Pero Aquél que todo lo dispone y tiene en su mano el poder sobre la rabia de ellos, dispuso que Cristiano escapase otra vez. Entonces él continuó su camino, cantando:

> ¡Con qué valor, oh Fiel, has profesado
> Tu fe en Jesús, con quien serás bendito,
> Mientras sufra el incrédulo obstinado
> La pena que merece su delito!
>
> Tu nombre, por morir cual buen soldado,
> Con letras indelebles queda escrito;
> Y si en el mundo y para el mundo mueres,
> Gozas eterna vida de placeres.

Dios no permite que Fiel y Cristiano sufran solos. Los anima de antemano por medio de las palabras de Evangelista y luego les hace recordar dichas palabras. Les ofrece un escape de la tentación, que les permite elegir la pureza en vez de dejarse vencer por las trampas de la feria Vanidad. Todo ello los capacita para que no teman la muerte. Además, los ayuda a ver que si mueren se irán al cielo más pronto y lograrán huir de las miserias de este viaje. Los ayuda a que no se separen en el viaje, para que se apoyen y consuelen el uno al otro. Luego de la muerte de Fiel, Dios lo lleva al cielo y permite que Cristiano vea cómo es llevado al cielo en una carroza: «Y si en el mundo y para el mundo mueres, Gozas eterna vida de placeres». Dios dispuso que Cristiano escapase de prisión y le dio un nuevo compañero de viaje llamado Esperanza.

Atrás el mundo

ntonces vi en mi sueño que Cristiano no había salido solo, sino que iba acompañado de Esperanza, que había llegado a ser tal al ver la conducta de Cristiano y Fiel, al oír sus palabras y presenciar sus sufrimientos en la feria. Este se juntó a Cristiano, y entrando con él en pacto fraternal, prometió que sería su compañero. Así sucedió que por uno que murió por dar testimonio de la verdad, se levantó otro de sus cenizas para ser compañero de Cristiano en su viaje; y añadió Esperanza que había otros muchos en la feria que a la primera oportunidad le seguirían.

Vi luego que no habían andado aún mucho camino, cuando alcanzaron a uno, que se llamaba Interés-privado, a quien preguntaron de dónde venía y adonde iba. —Vengo —les contestó— de la ciudad Buenas-palabras y me dirijo a la ciudad celestial. Más no les dijo su nombre.

CRIST. — ¿De Buenas-palabras? ¿Vive alguien bueno allí?

INT.-PRIV. — Pues claro; ¿quién duda eso?

CRIST. — ¿Tiene usted la bondad de decirme su nombre?

INT.-PRIV. — Caballero, yo soy un extraño para usted, y usted lo es para mí; si usted va por ese camino, me alegraré tener su compañía, y si no, me pasaré sin ella.

CRIST. — He oído alguna vez hablar de esa ciudad de Buenas-palabras, y, según dicen, es un lugar de muchas riquezas.

INT.-PRIV. — Sí, por cierto; le puedo asegurar que las hay, y tengo allí muchos parientes muy ricos.

CRIST. — ¿Me permite usted que le pregunte quiénes son esos parientes?

INT.-PRIV. — Casi todos los de la ciudad; pero en particular el señor Voluble, el señor Contemporizador, el señor Buenas-palabras, de cuyos ascendientes tomó primero su nombre la ciudad. También los señores Halago, Dos-caras, Cualquier-cosa, el Vicario de nuestra parroquia señor Dos-lenguas, que era hermano de mi madre por parte de padre, y para decir toda la verdad, soy un caballero de muy buena sangre, y, sin embargo, mi bisabuelo no era más que un barquero que miraba en una dirección y remaba hacia la opuesta, en cuya ocupación he adquirido yo casi toda mi hacienda.

CRIST. — ¿Es usted casado?

INT.-PRIV. — Sí, y mi mujer es una señora muy virtuosa, hija de otra señora también virtuosísima, la excelentísima señora doña Astucia, y por eso viene de una familia muy respetable, y ha llegado a tal grado de cultura, que sabe perfectamente cómo llevar los aires lo mismo a un príncipe que a un campesino. Verdad es que diferimos algo de los más estrechos en materia de religión; pero es solamente en dos pequeños puntos: primero, nunca peleamos contra viento y marea; segundo, somos más celosos por la religión cuando se nos presenta con sandalias de plata, y nos gusta mucho acompañarla en público cuando es a la luz del sol, y la gente lo ve y lo aplaude.

Esperanza es uno de tantos que estuvo en la feria y que se convirtió en peregrino por el testimonio de Cristiano y Fiel.

«... entrando con él en pacto fraternal», prometió que sería el compañero de viaje de Cristiano. Esto nos hace recordar la promesa que Rut hizo a Noemí de que nada las separaría (Rut 1.16), dando a conocer su nueva y sincera devoción a Dios. Esperanza deja de lado todo y empieza a seguir a Jesús. Y empieza también a caminar con otro creyente que pone en práctica las creencias e ideales que él desea para su vida.

Entonces Cristiano se volvió hacia su compañero Esperanza, y le dijo aparte: —Si no me equivoco, éste es un tal Interés-privado, natural de Buenas-palabras; y si así es, llevamos en nuestra compañía el pillo más consumado de estos contornos.

—De seguro que no tendrá vergüenza en confesarlo —dijo Esperanza.

Se le acercó, pues, Cristiano otra vez, y le dijo: —Caballero, usted habla como un gran conocedor del mundo, y si no estoy mal informado, me parece que ya adivino quién es usted. ¿No se llama usted el Sr. Interés-privado de buenas-palabras?

INT.-PRIV. — No, señor; mi nombre no es ése, aunque en verdad ése me han dado algunos que no pueden sufrirle, y tengo que llevarlo resignadamente como un baldón, como lo han hecho otros buenos hombres antes que yo.

CRIST. — ¿Pero no ha dado usted motivos para que le pongan ese mote?

INT.-PRIV. — Nunca, jamás; lo único que alguna vez he hecho que pudiera darles motivo ha sido que siempre he tenido la suerte de que mis juicios hayan coincidido con los del tiempo presente, cualquiera que fuese, y siempre me han salido bien. Pero esto debo mirarlo como una gran bendición, y no es justo que por ello los malévolos me llenen de reproches.

CRIST. — Yo había conjeturado que era usted aquel de quien había oído hablar, y si he de decir lo que pienso, me temo mucho que efectivamente ese nombre le pertenece a usted con más justicia de lo que usted quiere que nosotros creamos.

INT.-PRIV. — Bueno; si así le place a usted, yo no lo puedo remediar; con todo, verán ustedes en mí un compañero decente si se deciden a admitirme a su lado.

CRIST. — Si usted quiere venir con nosotros tendrá usted que remar contra viento y marea, y, según parece, esto no entra en su credo. Tendrá usted que reconocer a la religión lo mismo en sus andrajos que en su esplendor, y acompañarla lo mismo cuando sufra persecuciones que cuando pasee por las calles con aplauso.

INT.-PRIV. — No quiera usted imponerse ni enseñorearse de mi fe; déjeme a mi libertad, y con esta condición le acompañaré.

CRIST. — Ni un paso más si no se conforma usted con lo que nosotros hagamos.

INT.-PRIV. — Yo nunca abandonaré mis antiguos principios, puesto que son inocentes y provechosos. Si usted no me permite acompañarle, haré lo que antes de alcanzar a usted: andar solito hasta que encuentre alguien que guste de mi compañía.

Entonces vi en mi sueño que le abandonaron Cristiano y Esperanza, y se conservaron a cierta distancia delante de él. Pero volviendo uno de ellos los ojos, vio a tres hombres que seguían al señor Interés-privado, y cuando le hubieron dado alcance, él les hizo una profunda reverencia, recibiendo de ellos un cariñoso saludo. Los nombres de estos sujetos eran el señor Apego-al-mundo, el señor Amor-al-dinero y el señor Avaricia, a los cuales Interés-privado había conocido antes, porque se habían educado juntos en la misma escuela del señor Codicioso de la ciudad de Amor-a-las-ganancias.

Este maestro les había enseñado el arte de adquirir, fuese por violencia, fraude, adulación, mentira o so pretexto de religión, y todos cuatro habían salido tan aventajados que por sí mismos podían ponerse al frente de dicha escuela.

Después que, como he dicho, se saludaron recíprocamente, Amor-al-dinero preguntó a Interés-privado quiénes eran los que iban delante, porque todavía se veía a lo lejos a Cristiano y Esperanza.

INT.-PRIV. — Son dos hombres de un país lejano que van de peregrinación, la cual hacen a su modo.

AMOR-AL-DINERO. — ¡Qué lástima que no se hayan detenido para que gozáramos de su buena compañía, porque ellos y usted y nosotros todos somos peregrinos!

INT.-PRIV. — Es verdad; pero los hombres que van delante son tan rígidos, aman tanto sus propias ideas y tienen en tan poca estima las opiniones de los demás, que, por piadoso que sea un hombre, si no piensa en todo como ellos le despiden de su compañía.

AVARICIA. — Eso es malo; pero leemos de algunos que son demasiado justos, y su rigidez les hace juzgar y condenar a todos menos a sí mismos. Dígame usted: ¿cuáles y cuántos eran, los puntos sobre que se diferenciaban ustedes?

INT.-PRIV. — Pues ellos, en su inflexibilidad, concluyen que es su deber proseguir su camino en todos los tiempos, mientras yo quiero esperar al viento y a la marea; ellos están por arriesgarlo todo por Dios, y yo por aprovecharme de todas las ocasiones para asegurar mi vida y hacienda; ellos se empeñan en mantener sus ideas, aunque vayan en contra de todos, y yo sigo la religión en cuanto y hasta donde lo permitan los tiempos y mi propia seguridad; ellos quieren a la religión aunque esté pobre y desgraciada, y yo cuando anda en esplendor y con aplauso.

APEGO-AL-MUNDO. — Sí, y tiene usted muchísima razón. Yo, por mi parte, considero muy tonto al que, pudiendo guardar lo que tiene, es tan necio que lo pierde; seamos sabios como serpientes y seguemos la hierba cuando esté en sazón. La abeja se está quieta todo el invierno, y solamente se mueve cuando puede unir el provecho con el placer. Dios envía unas veces la lluvia y otras veces el sol; si ellos son tan tontos que quieren andar aún con lluvia, contentémonos nosotros con andar en el buen tiempo. Por mi parte, me gusta más la religión que sea compatible con la posesión y goce de las dádivas de Dios. Porque ya que Dios nos ha otorgado las cosas buenas de esta vida, ¿quién será tan irracional que pueda imaginarse que el Señor no quiere que las guardemos y gocemos por su causa? Abraham y Salomón se enriquecieron en su religión. Job dice que un hombre bueno atesorará oro como el polvo; pero de seguro no sería como esos hombres que van delante de nosotros, si son como usted los ha descrito.

AVARICIA. — Me parece que estamos todos de acuerdo sobre este punto; no hace falta, pues, que nos ocupemos más de ello.

AMOR-AL-DINERO. — No; está ya de sobra toda palabra sobre esto, y el que no cree ni en la Escritura ni en la razón (y vea usted que arriba están de nuestra parte), ni conoce su propia libertad ni busca su propia seguridad.

Interés-Privado se refiere a tener metas ocultas y motivos egoístas. Interés-Privado no revela su verdadero nombre (que permanece si revelarse) y odia el apodo que ha recibido porque revela que no es un verdadero creyente. Tanto él como sus amigos proyectan la imagen de creyentes solamente si el mundo los elogia, si es fácil y cómodo serlo, y si beneficia su éxito personal. Al carecer de moral, están dispuestos a hacer cualquier cosa que mejore su estado mundano, su profesión y fortuna, lo cual incluye aprovecharse de la religión. El señor Interés-Privado y sus amigos consideran que Cristiano y Esperanza son extremistas religiosos, de mente cerrada, petulantes e hipercríticos.

INT.-PRIV. — Amigos míos, todos somos, según se ve, peregrinos, y para que mejor nos apartemos de las cosas malas, voy a permitirme proponer esta cuestión.

Pongámonos en el caso de un Pastor de almas o un comerciante a quienes se presentase la ocasión de poseer las cosas buenas de esta vida, pero que no las pudiesen alcanzar en manera alguna sin hacerse, por lo menos en la apariencia, extraordinariamente celosos en algún punto de religión en que hasta entonces no se hubiesen metido; ¿no le será permitido poner los medios adecuados para conseguir su objeto, sin dejar por eso de ser un hombre honrado?

AMOR-AL-DINERO. — Veo el fondo de vuestra cuestión, y con el amable permiso de estos caballeros, voy a darle una contestación, y primero quiero considerarla con relación a un Pastor. Supongamos de esta clase un hombre bueno, que posee un beneficio muy pequeño, y que, en expectativa de otro mucho más lucrativo y cómodo, tiene la oportunidad de procurárselo, y esto con la condición de ser más estudioso, predicar más y con más celo, y porque lo exija el humor de la gente alterar algunos de sus principios; por mi parte, no veo razón alguna para que ese hombre no pueda hacer esto, y aun mucho más, con tal que tenga ocasión, sin dejar de ser por esto un hombre honrado; ¿y por qué?

1. Su deseo de un beneficio mejor es lícito, sin que esto pueda admitir contradicción, puesto que es la Providencia la que se lo presenta; así, que puede obtenerlo si está a su alcance y no se mezclan cuestiones de conciencia.

2. Además, su deseo de ese beneficio le hace más estudioso y más celoso predicador, y le obliga a cultivar más su talento; todo lo cual, a no dudarlo, es muy conforme con la voluntad de Dios.

3. En cuanto a acomodarse al carácter de su pueblo, abandonando en sus aras algunos de sus principios, esto supone: 1°, que es de

un espíritu lleno de abnegación, 2º de un proceder dulce y atractivo, y 3º por lo mismo más apto para el ministerio pastoral.

4. Deduzco, pues, que un Pastor que cambia un beneficio pequeño por otro mayor no debe ser por ello tratado de avaro, sino muy al contrario: puesto que por ello mejora sus facultades y celo, ha de considerarse que no hace más que seguir su vocación y aprovecharse de la oportunidad, puesta en su mano, de hacer bien.

En cuanto a la segunda parte de la cuestión, es decir, con referencia al negociante, supongamos que tiene un negocio muy reducido en el mundo; pero haciéndose religioso, puede mejorar su suerte, tal vez encontrar una esposa rica u obtener más parroquianos y mejores. Por mi parte, no veo razón alguna para que esto no pueda hacerse muy legítimamente, porque:

1. hacerse religioso es una virtud, sea cualquiera el camino que el hombre tome para llegar a serlo;
2. también es lícito buscar una esposa rica, o más y mejores parroquianos;
3. además, el hombre que alcanza estas cosas haciéndose religioso, obtiene una cosa buena de otros que son también buenos, haciéndose bueno él mismo; así que logra muchas cosas, todas buenas: buena esposa, buenos parroquianos, buenas ganancias, y hacerse a sí mismo bueno. Por lo tanto, el hacerse religioso para obtener todas estas cosas es un designio bueno y provechoso.

Esta contestación del señor Amor-al-dinero fue muy aplaudida por todos, y convinieron unánimes en que era buena y ventajosa.

Y no admitiendo contradicción, según a ellos parecía, y estando aún a su alcance Cristiano y Esperanza, acordaron entre sí sorprenderlos con esta cuestión tan pronto como les diesen alcance, con tanto más empeño, cuanto que ambos se habían opuesto antes al Sr. Interés-privado. Así, pues, dieron voces tras ellos, obligándolos a detenerse y esperarlos. Habían decidido que el que propusiese la cuestión no fuese Interés-privado, sino Apego-al-mundo, porque, en su opinión, la contestación que pudiera éste recibir no sería con el calor que antes había habido entre ellos y el señor Interés-privado, al despedirse.

Cuando escribía *El progreso del peregrino*, Bunyan cumplía una obligación pastoral desde la cárcel e hizo que la verdad de Dios llegara incluso a los que carecían de educación. «Con la humilde voz de un obrero del siglo diecisiete» produjo «una obra teológica que insertó la verdad bíblica en una emocionante saga de ficción, que contenía aventuras, romances y hechos heroicos».[1] Este libro, que se escribió para la clase obrera de su tiempo y nación, se convirtió en un libro de alcance universal.

Juntáronse, pues, todos, y después de un corto saludo, Apego-al-mundo propuso la cuestión, pidiéndoles solución si podían darla.

Entonces Cristiano dijo: —No yo, sino un niño en religión, podría contestar a mil preguntas como ésta; porque si es ilícito seguir a Cristo por los panes, como se ve en Juan 6.26, ¡cuánto más abominable será servirse de Cristo y de la religión como medio para

conseguir y gozar las cosas del mundo! Y sólo los gentiles, hipócritas, demonios y hechiceros pueden aceptar semejante opinión.

1. Los gentiles: así vemos que cuando Hamor y Sichém quisieron poseer la hija y ganados de Jacob, y veían que no había otro camino para ellos que dejarse circuncidar, dijeron a sus compañeros: «Si se circuncidare en nosotros todo varón, así como ellos son circuncidados, sus ganados y su hacienda, y todas sus bestias serán nuestros». Lo que ellos buscaban eran sus hijas y sus ganados, y la religión no era más que el medio para llegar a tal fin.

2. Los fariseos hipócritas fueron también religiosos por este estilo. Oraciones largas eran su pretexto; el devorar las casas de las viudas, su intento; y por eso, su resultado fue mayor condenación por parte de Dios.

3. Esta fue también la religión de Judas: el dinero. Era religioso por la bolsa y lo que ella contenía; pero se perdió; fue echado fuera como hijo de perdición.

4. A la misma estaba también afiliado Simón el Mago, porque quería tener el Espíritu Santo para ganar dinero por este medio; mas recibió de la boca de Pedro la sentencia merecida.

5. Tampoco puedo dejar de enunciar la idea de que aquél que toma la religión para poseer el mundo, la dejará, lo ve necesario para retenerlo; porque, tan cierto como que Judas tuvo por objeto el mundo cuando se hizo religioso, lo es que por el mismo mundo vendió su religión y su Señor. Así que contestar a la cuestión afirmativamente según parece habéis hecho vosotros, y aceptar tal manifestación como buena, es ser pagano, hipócrita e hijo de perdición, y vuestra recompensa será acomodada a vuestras obras.

A tal respuesta, se miraron unos a otros sin hallar qué contestar. Esperanza, por su parte, aprobó también la re-contestación de Cristiano; así que hubo un gran silencio entre ellos.

El señor Interés-privado y compañía se detuvieron para que Cristiano y Esperanza pudieran adelantarse. Entonces Cristiano dijo a su compañero: «Si estos hombres no pueden sostenerse ante la sentencia de un hombre, ¿qué les pasará al presentarse al tribunal de Dios? Y si los hacen callar los vasos de barro, ¿qué harán cuando sean sorprendidos por las llamas de un fuego devorador?»

Cristiano les planteó la idea de que es una «abominación» convertirse a Cristo y a «la religión para poseer el mundo». Estos personajes falsos creen que con su astucia han logrado engañar al sistema y sacado ventaja del cristianismo usándolo para sus propósitos egoístas. Pero, «¿qué aprovechará al hombre, si ganare todo el mundo, y perdiere su alma? ¿O qué recompensa dará el hombre por su alma?» (Mateo 16.26). Tenemos dos alternativas: amar el mundo y ser esclavos de los deseos de nuestra vieja naturaleza, o amar a Dios y entregarnos completamente al bien. Podemos dedicarnos a edificar nuestro efímero reino, o al eterno reino de Dios.

Adelantáronse, pues, otra vez Cristiano y Esperanza, siguieron su camino hasta llegar a una hermosa llanura llamada Alivio. Muy agradable les fue el tránsito por ella; pero era corta, y así, pronto la atravesaron, encontrando al otro lado una pequeña altura llamada Lucro, y en la cual una mina de plata. Algunos de los que antes han pasado por allí habían dejado el camino para visitarla, porque la hallaban muy rara; pero les sucedió que, acercándose demasiado al borde del hoyo, siendo falso el terreno que pisaban, cedió, cayeron y murieron; otros no murieron, pero se imposibilitaron allí, y hasta el día de su muerte no les fue posible recobrar sus fuerzas.

Vi entonces en mi sueño que a poca distancia del camino y cerca de la entrada de la mina, estaba Demás para llamar cortésmente a los peregrinos a que se acercaran a verla. Este dijo a Cristiano y a su compañero: ¡Eh! Venid acá, y veréis una cosa sorprendente.

CRIST. — ¿Qué puede haber tan digno que merezca detenernos y desviarnos de nuestro camino?

DEMÁS. — Aquí hay una mina de plata, donde se puede cavar y sacar un tesoro; si queréis venir, con un poco de trabajo podréis proveeros abundantemente.

ESPER. — Vamos a verla.

CRIST. — Yo no. He oído hablar de este lugar antes de ahora, y de muchos que han perecido en él; además, ese tesoro es un lazo para los que lo buscan, porque les estorba en su peregrinación.

Entonces gritó Cristiano a Demás, diciendo: —¿No es verdad que el lugar es peligroso? ¿No ha estorbado a muchos en su peregrinación?

DEMÁS. — Es peligroso solamente para aquellos que se descuidan—; pero esto lo dijo sonrojándose.

Demás representa a los que no perciben ningún conflicto entre la codicia y la vida cristiana. «Se trata de creer que uno puede sostener en una mano la comodidad y la autosatisfacción, y balancear en la otra sus principios religiosos».[2] Vemos un reflejo de Demás en las Escrituras cuando Pablo dice: «porque Demas me ha desamparado, amando este mundo» (2 Timoteo 4.10).

CRIST. — Esperanza, no demos un solo paso en esa dirección; sigamos nuestro propio camino.

ESPER. — De seguro que cuando llegue aquí ese señor Interés-privado, si se le hace la misma invitación, se desviará para verlo.

CRIST. — Sin duda, porque sus principios le conducen por ahí, y es casi seguro que ahí morirá.

DEMÁS. — ¿Pero no queréis venir para verlo?

CRIST. (Negándose resueltamente). — Demás, tú eres enemigo de los caminos rectos del Señor, y ya has sido condenado, por haberte desviado tú mismo, por uno de los jueces de S. M. ¿Por qué procuras envolvernos en semejante condenación? Además, si nos desviamos en lo más mínimo, de seguro nuestro Señor el Rey será sabedor de ello y nos avergonzará allí donde menos queremos ser avergonzados; es decir: delante de él.

DEMÁS. — Yo también soy uno como vosotros, y si me esperáis un poco os acompañaré.

CRIST. — ¿Cómo te llamas? ¿No es tu nombre el que te he dado?

DEMÁS. — Sí; mi nombre es Demás, y soy hijo de Abraham.

CRIST. — Ya te conozco; tuviste por bisabuelo a Giezi y por padre a Judas, y has seguido sus huellas. Es una trampa infernal la que nos tiendes; tu padre se ahorcó por traidor, y no mereces mejor tratamiento. Te aseguro que cuando lleguemos a la presencia del Rey le informaremos de esta tu conducta.— Y con esto prosiguieron su camino.

En aquel momento llegaron Interés-privado y sus compañeros, y a la primera indicación se acercaron a Demás, No puedo, con seguridad, decir si cayeron en el hoyo por haberse aproximado mucho a su borde, o si bajaron a él para cavar, o si se ahogaron en el fondo por las exhalaciones que de él suelen desprenderse; pero noté que no volvieron a aparecer en todo el camino. Entonces dijo Cristiano: «El Señor Interés-privado y Demás se entienden mutuamente; llama el uno y responde el otro; su codicia los tiene cegados. ¡Infelices! Así pasa a los que sólo piensan en este mundo, creyendo que no hay uno más allá».

Demás invita a Cristiano y Esperanza a que busquen un tesoro en una mina de plata, ubicada en una colina llamada Lucro, que significa dinero. Para lograr esto, se requiere que se alejen del camino y entren en un terreno muy inestable para llegar a la mina. Aquí Bunyan ilustra «la búsqueda excesiva del dinero, dejar el camino cristiano para buscar el lucro, que es exactamente el mismo deseo mundano que causó que el compañero de Pablo lo dejase».[3] Jesús dijo: «Ninguno puede servir a dos señores [...]. No podéis servir a Dios y a las riquezas» (Mateo 6.24). Tal como predijeron Cristiano y Esperanza, cuando el señor Interés-Privado y sus amigos llegan a la mina de Lucro, encuentran la muerte en su terreno falso.

Acordaos de la mujer de Lot

Vi después que cuando llegaron los peregrinos al otro lado de la llanura se encontraron con un antiguo monumento, cuya vista los dejó bastante preocupados por lo extraño de su figura; pues parecía una mujer que hubiese sido transformada en figura de una columna. Aquí se detuvieron admirados, y por algún tiempo no se lo podían explicar. Por fin, descubrió Esperanza un letrero sobre la cabeza de la figura; pero no siendo hombre de letras, llamó la atención de Cristiano para ver si lo descifraba. Cristiano, después de un poco de examen, halló que decía: «Acuérdate de la mujer de Lot». Ambos concluyeron que debía ser la columna de sal en que fue transformada la mujer de Lot por haber mirado hacia atrás con corazón codicioso, cuando huía de Sodoma. Esta vista repentina sorprendente les dio ocasión para el siguiente diálogo:

CRIST. — ¡Ah, hermano mío! Muy oportuna es esta vista, sobre todo después de la invitación que nos hizo Demás para pasar al collado de Lucro. Si hubiéramos pasado como él quería, y como también tú, hermano, estabas dispuesto a hacer, por lo que vi, hubiéramos sido hechos también un espectáculo para los que vengan detrás.

ESPER. — Mucho me pesa el haber sido tan necio, y extraño no estar ya como la mujer de Lot, porque, ¿qué diferencia hay entre su pecado y el mío? Ella no hizo más que mirar hacia atrás; yo tuve deseo de pasar a verlo. ¡Bendita sea la gracia preventiva! Me avergüenzo de haber abrigado tal deseo en mi corazón.

CRIST. — Notemos bien lo que aquí vemos para nuestra ayuda en lo sucesivo; esta mujer se libró de un castigo, porque no pereció en la destrucción de Sodoma, y, sin embargo, le alcanzó otro castigo, como estamos viendo: quedó hecha una estatua de sal.

ESPER. — Verdad es; séanos esto de aviso para que evitemos su pecado, y ejemplo del juicio que alcanzará a los que no se corrigen con el aviso. De la misma manera fueron también ejemplo, para que otros aprendiesen, Coré, Dathán y Abiram con los doscientos cincuenta hombres que perecieron con ellos en su pecado. Pero más que nada me preocupa una cosa. ¿Cómo pueden Demás y sus compañeros estar allí tan confiadamente en busca de ese tesoro, cuando esta mujer, por sólo haber mirado hacia atrás (pues no leemos que se desviara un solo paso del camino), se volvió estatua de sal? Y más, si se considera que el juicio que la alcanzó la hizo un ejemplo palpable que hasta entra por los ojos, porque, aunque quieran, no pueden dejar de verla siempre que levantan su vista.

Bajando de la colina de la mina de plata, Cristiano y Esperanza se encuentran con una columna de sal, que tenía la forma de una mujer, se trata de la mujer de Lot que leemos en Génesis 19. Cuando Dios le ofreció escapar de la destrucción de Sodoma y le dijo que no mirara atrás, hacia la ciudad, decidió darle un vistazo a su antigua vida y sus placeres, y como resultado de su desobediencia halló la muerte. Es una seria advertencia: la columna de sal sirve para rogar a los peregrinos que se protejan contra «un corazón codicioso» y eviten la distracción de los tesoros mundanos, que los desvían del camino de la obediencia. Los encuentros que tuvieron con el señor Interés-Privado y sus amigos, Demás y la estatua de la mujer de Lot, sirvieron para recalcarles que amar al mundo conduce a la ruina del creyente.

CRIST. — Es, en verdad, maravilloso, y esto prueba que sus corazones están ya desahuciados, y con nadie pueden compararse mejor que con los que roban a la misma presencia del juez, o con los que asesinan delante de la misma horca. Se dice de los hombres de Sodoma que eran pecadores en gran manera, porque lo eran «delante de Jehová»; es decir: a sus ojos, y a pesar de las bondades que les había prodigado, porque la tierra de Sodoma era como el antiguo huerto de Edén. Esto, pues, le provocó tanto más a celos e hizo que su plaga fuese tan ardiente como pudiera serlo el fuego del cielo del Señor. Y es muy razonable concluir que hombres como éstos, que se empeñan en pecar a la misma vista y a despecho de tales ejemplos, que se les ponen delante para escarmiento, se hacen acreedores a los más severos castigos.

ESPER. — Esto es, sin duda, lo cierto. Pero ¡qué misericordia tan grande nos ha sido dispensada de que ni tú, ni especialmente yo, hayamos sido hechos otro ejemplo semejante! Esto nos debe excitar a dar gracias a Dios, vivir siempre en temor delante de él, y no olvidar nunca a la mujer de Lot.

DIEZ

Una llave liberadora
llamada Promesa

eguían su camino nuestros peregrinos, cuando los vi llegar a un río agradable, que el Rey David llamó el «río de Dios» y Juan el «río del agua de la vida».

Precisamente tenían que pasar por la ribera de este río. Grande era el placer que esto les hacía sentir, y más cuando, aplicando sus labios al agua del río, la hallaron agradable y refrigerante para sus espíritus fatigados.

Además, en las orillas del río crecían árboles frondosos que llevaban toda clase de frutos, y cuyas hojas servían para prevenir toda clase de indigestiones y otras enfermedades que suelen sobrevenir a los que, con el mucho andar, sienten acalorada su sangre. A uno y otro lado del río había también praderas hermoseadas de lirios, y que se conservaban verdes durante todo el año. En esta pradera, pues, se acostaron y durmieron, porque aquí podían descansar seguros. Cuando despertaron comieron otra vez; la fruta de los árboles y bebieron del agua de la vida, volvieron a echarse a dormir, haciendo esto mismo durante algunos días y noches. Su placer era tanto, que exclamaban cantando:

¡Oh, cuál fluye este río cristalino,
Para gozo y solaz del peregrino!
¡Qué verdes prados y pintadas flores
comunican al aire sus olores!
Quien una vez habrá saboreado
El fruto de estos árboles sabroso,
Venderá cuanto tenga, de buen grado,
Por comprar este sitio delicioso.

Cuando ya tuvieron intención de seguir su camino (porque todavía no habían llegado al término de su viaje), habiendo comido y bebido, partieron.

Entonces vi en mi sueño que a muy corto trecho el río y el camino se separaba, lo que no dejó de afligirlos; sin embargo, no se atrevieron a dejar el camino. Este, al separarse del río, era muy áspero, y los pies de los peregrinos estaban muy delicados por el mucho andar, así que se abatió su ánimo por esta causa. Mas, a pesar de esto, prosiguieron su camino, aunque deseando otro mejor. Un poco más adelante había, a la izquierda del camino, una pradera a la cual daban entrada unos escalones de madera; se llamaba el Prado de la Senda-extraviada. Dijo entonces Cristiano a su compañero: —Si este Prado continuase al lado de nuestro camino, podríamos pasar por él—. Y se acercó a los escalones para inspeccionar; y he aquí que había una senda que iba al par del camino al otro lado de la cerca. —Esto es lo que yo quería —dijo Cristiano—; por aquí podremos andar con más facilidad; vamos, buen Esperanza, pasemos al otro lado.

ESPER. — ¿Y si esta senda nos extraviase?

CRIST. — No es probable; mira, ¿no ves que va al lado del camino?

Y Esperanza, persuadido por su compañero, pasó con él al otro lado de la cerca; esta senda era muy suave para sus pies. Descubrieron también un poco más adelante un hombre, que seguía el mismo camino, cuyo nombre era Vana-confianza; diéronle voces y le preguntaron adonde conducía aquella senda. —A la Puerta Celestial —contestó. —¿Ves? —Dijo Cristiano —¿No te lo dije? Podemos, pues, estar seguros de que vamos bien—. Así prosiguieron su camino, y el otro delante de ellos. Pero he aquí que la noche les sorprendió, y era tan oscura, que no podían distinguir al que iba delante.

Luego de recuperar fuerzas en un campo a orillas del río de la vida, Cristiano y Esperanza ya se han acostumbrado a la comodidad y están menos atentos a las tentaciones. Un camino pedregoso les produce dolor en los pies y desánimo. Luego de ceder al deseo de tener una vida más fácil, Cristiano logra convencer a Esperanza de salir del camino y dirigirse al Prado de la Senda-extraviada. Vana-confianza representa la predisposición del corazón de Cristiano a buscar otro camino, en vez de seguir en el difícil camino en que Dios lo ha colocado. Cristiano confía en sus propios medios, no en la ayuda de Dios, y decide seguir sus propios planes, no la voluntad de Dios. Las incomodidades que pasaron en el camino pedregoso les parecerán color de rosa cuando lleguen a sufrir las miserias que encontrarán en el camino de la desobendiencia.

Este, por su parte, no distinguiendo bien el camino, cayó en un foso profundo, hecho de intento por el príncipe de aquellos terrenos para coger en él a los tontos presumidos, y se estrelló en su caída.

Habíanle oído caer Cristiano y Esperanza, y le dieron una voz, preguntando qué le pasaba; pero la única contestación fue un profundo gemido. Entonces dijo Esperanza: —¿Dónde nos encontramos ahora?— Cristiano no se atrevió a responder, temeroso de haberse extraviado, a la vez que empezó a llover, tronar y relampaguear de una manera atronadora, y el agua a crecer y anegarlos. Gimió entonces Esperanza para sí, diciendo: —¡Ojalá hubiera seguido mi camino!

CRIST. — ¡Quién iba a pensar que esta senda nos hubiera extraviado tanto!

ESPER. — Tenía mis temores de ello desde el principio, por eso te di aquella suave amonestación, y hubiera hablado más claramente si no hubiera respetado tu mayor edad.

CRIST. — Mi buen hermano, no te ofendas; siento en el alma haberte extraviado del camino, exponiéndote a peligro tan inminente; perdóname, no lo he hecho con mala intención.

ESPER. — Consuélate, hermano, porque te perdono de buen grado, y creo también que esto nos ha de servir de provecho.

CRIST. — Me alegro de caminar con un hermano tan bondadoso; pero no debemos estarnos aquí; probemos a retroceder en busca del camino.

ESPER. — Pero, querido hermano, déjame que vaya delante.

CRIST. — No; quiero ir el primero para que si hay peligro sea yo el que lo sufra antes, ya que por mi causa ambos nos hemos extraviado.

ESPER. — No; no debe ser así; porque estando turbado tu ánimo, tal vez nos extraviemos todavía más.

Entonces, con gran consuelo suyo, oyeron una voz que decía:

—Nota atentamente la calzada, el camino por donde viniste; vuélvete—. Pero he aquí que las aguas habían crecido grandemente, por cuya razón la vuelta era ya muy peligrosa. (Entonces pensé que es más fácil salir del camino cuando estamos dentro, que volver a él una vez fuera.) Sin embargo, se arriesgaron a volver; pero era ya tan oscuro y la avenida estaba tan alta, que por poco se ahogan nueve o diez veces.

Por mucha diligencia que pusieron, no podían dar con los escalones de madera; así que, habiendo hallado un pequeño resguardo, se sentaron allí hasta la venida del día, y la fatiga y el cansancio cerraron sus ojos para el sueño.

Pero no lejos de donde estaban había un castillo, que se llamaba Castillo de la Duda, y cuyo propietario era el Gigante Desesperación, a quien pertenecían también los terrenos en donde se habían echado a dormir.

Habiendo madrugado el Gigante, paseándose por sus campos, sorprendió a los dormidos Cristiano y Esperanza. Con voz áspera y amenazadora les despertó, y preguntó de dónde eran y qué querían en sus campos. —Somos peregrinos —dijeron— y hemos perdido el camino. —Miserables —dijo el Gigante—, habéis violado mis terrenos esta noche, pisando y echándoos sobre mi césped, y así sois mis prisioneros.

Los peregrinos sufren un ataque de pánico al presenciar la muerte de Vana-Esperanza. Perdidos y corriendo un grave peligro, ahora se dan cuenta de que jamás debieron haberse desviado del camino. Una voz les dijo que dieran marcha atrás en el camino, pero una terrible tormenta en la noche casi los mata y entonces tuvieron que refugiarse. Pero, al poco tiempo se encuentran con el Gigante Desesperación, que los encierra en el Castillo de la Duda. Cristiano y Esperanza se quedarán atrapados en este miserable lugar, sin agua ni comida, y soportarán torturas desde el miércoles hasta el sábado, tiempo que se correlaciona con el sufrimiento de Jesús desde Getsemaní hasta la cruz. Jesús conoce nuestros sufrimientos y nos redime. Nuestra libertad proviene solamente de la obra que logró el domingo de resurrección.

A esta intimación nada tuvieron que hacer más que obedecer, porque podía más que ellos, y se reconocían transgresores. El Gigante, pues, los empujó delante de sí y los metió en un calabozo de su castillo, muy oscuro, hediondo y repugnante a los espíritus de esos pobres hombres. Allí estuvieron desde la mañana del miércoles hasta el sábado por la noche, sin tomar bocado de nada, ni una gota de agua, sin luz y sin que nadie les preguntase cómo les iba. Triste era su situación, y muy lejos de amigos y conocidos, y más triste aún la de Cristiano, porque, a causa de su mal aconsejada prisa, habían caído en tamaño infortunio.

La tormenta de esa noche, el gigante y su castillo, y la actitud pasiva con la que fueron atrapados, expresan el profundo desaliento que sufrieron por haber fijado la mirada en sus fracasos. Un corazón culpable y que no cree en la compasión y misericordia de Dios produce nuevos obstáculos de temor, autodesprecio y confusión, que se erigen como un muro entre

la persona y Dios. La actitud fatalista del peregrino es como una niebla oscura y espesa que evita que vea el amor de Dios y sus promesas de perdón. Mientras siguen centrados en sí mismos y dejan que sus profundas emociones los dirijan, su parálisis y su debilidad van en aumento. El propio Bunyan experimentó esta misma especie de depresión espiritual cuya causa fue la desobediencia.

Tenía el Gigante Desesperación una esposa, llamada Desconfianza, a la cual, cuando se hubieron acostado, dio cuenta de cómo había cogido dos prisioneros y los había arrojado en su calabozo por haber violado sus campos, preguntándole después su opinión sobre lo que debería hacerse con ellos. Desconfianza, habiéndose enterado de quiénes eran, de dónde venían y adonde iban, le aconsejó que a la mañana siguiente los apalease sin misericordia.

Luego, pues, que se hubo levantado, se proveyó de un terrible garrote de manzano silvestre y bajó al calabozo. Los injurió primero, tratándolos como a perros, aunque nada malo le contestaron, y luego cayó sobre ellos, apaleándolos de tal manera, que no se podían mover, ni aun volverse en el suelo de un lado a otro. Hecho esto se retiró, dejándolos abandonados en su miseria y llorando su desgracia; así que todo aquel día lo pasaron solos en sollozos y amargas lamentaciones.

La noche siguiente, hablando Desconfianza con su marido sobre ellos, y enterada de que vivían aún, dijo que debía aconsejarles que pusiesen fin a su existencia. Venida, pues, la mañana, entró a ellos de una manera brusca, como el día anterior, y notando que sufrían mucho por los golpes que les había dado, les dijo: —Puesto que no habéis de salir de este lugar, lo mejor que podéis hacer es poner fin a vuestra vida, sea con cuchillo, con una cuerda o con veneno; porque, ¿cómo habéis de elegir una vida tan llena de amargura?—. Pero ellos le instaban a que les dejase marchar. Entonces él los miró tan fieramente y con tanto ímpetu cayó sobre ellos, que seguramente los hubiera quitado de en medio, a no haberle acometido uno de los muchos accidentes que le daban en el buen tiempo, y que en aquel entonces le privó del uso de sus manos, obligándole a retirarse y dejarlos solos pensando sobre lo que podrían hacer.

La mujer del Gigante Desesperación se llama Desconfianza. Ella es la que planeó toda esa implacable crueldad que sufrieron los peregrinos. La duda respecto a la bondad de Dios y la desconfianza hacia su palabra se enzarzan con nuestro esfuerzo por resistir la presencia de Dios en nuestras vidas, por obedecerle y arrepentirnos, tanto antes como después que pecamos. Adán y Eva sufrieron esto cuando respondieron a lo que la serpiente les dijo, porque se escondieron de Dios luego de comer del fruto prohibido. Mientras la desconfianza de los peregrinos va cerrando sus corazones a la compasión de Dios, se van resignando a los inmisericordes tormentos de su desesperanza.

Entonces se pusieron a discurrir si sería mejor seguir el consejo del Gigante, teniendo con este motivo el siguiente diálogo.

CRIST. — Hermano, ¿qué vamos a hacer? La vida que llevamos es miserable; por mi parte, no sé si es mejor vivir así o morir desde luego; mi alma tiene por mejor el ahogamiento que la vida, y el sepulcro me sería más agradable que este calabozo. ¿Vamos a tomar el consejo del Gigante?

ESPER. — Es verdad que nuestra condición actual es terrible, y la muerte me sería mucho más grata si así hemos de estar para siempre; sin embargo, consideremos que el Señor del país adonde nos dirigimos ha dicho «no matarás»; y si se nos hace esta prohibición con respecto a otros, mucho más debe hacérsenos con respecto a nosotros mismos. Además, el que mata a otro no mata más que su cuerpo; pero el que se mata a sí mismo, mata el cuerpo y el alma a una; y sobre todo, hablas de descanso en el sepulcro; ¿pero acaso has olvidado adonde van ciertamente los que matan? Porque «ningún asesino tiene vida eterna». Consideremos, además, que no está toda la ley en manos de este Gigante; hay otros, según entiendo, que, como nosotros, han sido cogidos por él, y, sin embargo, han escapado de sus manos; ¿quién sabe si ese Dios que ha hecho el mundo hará que muera ese Gigante Desesperación, o que un día u otro se olvide echar el cerrojo, o que tenga pronto otro de sus accidentes estando aquí y pierda el uso de sus pies? Si tal aconteciese otra vez, estoy resuelto a obrar con energía y hacer lo posible por escaparme de sus manos; he sido un tonto en no haberlo procurado antes; pero tengamos paciencia y suframos un poco más; vendrá la hora en que se nos dará una feliz libertad; no seamos nuestros propios asesinos—. Con tales palabras consiguió Esperanza por entonces moderar el ánimo de su hermano, y así siguieron juntos en las tinieblas todo aquel día, en su triste y dolorosa situación.

Gracias a las palabras de Esperanza, Bunyan ofrece una palabra pastoral a los que desean suicidarse, consejos que probablemente el propio Bunyan compartió con otros. El Todopoderoso es quien rescata y redime, no importa cuán irredenta se sienta la persona. Dios es plenamente misericordioso y nada es imposible para él. Los creyentes pueden siempre confiar en él.

Hacia la caída de la tarde volvió a bajar el Gigante al calabozo para ver si sus prisioneros habían tomado su consejo; pero encontró que no habían muerto, aunque tampoco se podía decir que tenían mucha vida, porque ya por falta de alimentación, ya por las heridas que habían recibido en el apaleamiento, apenas podían respirar. Al verlos, pues, vivos, se puso muy furioso, y les dijo que, habiendo desechado su consejo, más les valiera no haber nacido.

Mucho les hicieron temblar estas palabras, y me parecía que Cristiano desmayaba; pero volviendo un poco en sí, pusiéronse de nuevo a discurrir sobre el consejo que les había dado el Gigante.

Cristiano se mostró inclinado a seguirlo; pero Esperanza le dijo de nuevo:

ESPER. — Hermano mío: ¿has olvidado el valor que hasta ahora tuviste en otras ocasiones? No pudo aplastarte Apollyón, ni tampoco todo lo que oíste, viste y sentiste en el valle de la Sombra-de-muerte. ¿Cuántas penalidades, terrores y sustos no has pasado ya? ¿Y ahora no hay en ti más que temores? Me ves a mí en el calabozo contigo, a mí, un hombre por naturaleza mucho más débil que tú. También a mí me ha herido este Gigante cual a ti, y me ha privado del pan y del agua, y como tú vengo lamentando la falta de luz. Pero ejercitemos un poco más la paciencia; acuérdate del valor que mostraste en la feria de Vanidad, y que no te atemorizaron ni las cadenas, ni la cárcel, ni la perspectiva de una muerte sangrienta; por tanto (al menos para evitar la vergüenza que nunca debe caer sobre un cristiano), soportemos esto con paciencia lo mejor que nos sea posible.

Esperanza ofrece a Cristiano muchas razones para que evite suicidarse. Le hace recordar que el mandamiento de Dios dice que no matarás, el daño que este acto causa al alma y el juicio y sufrimiento que se enfrentará en la otra vida. Se tendrá que rendir cuentas al Juez. ¿Tendrán la osadía de despreciar su valioso don de la vida o usurpar su autoridad y quitar lo que no les pertenece? Esperanza también le recuerda a Cristiano que, en el pasado, Dios lo ha ayudado de tantas maneras a perseverar, que otros lograron huir de las garras del Gigante Desesperación, que Cristiano no está solo y que todo es posible; que en cualquier momento su situación puede cambiar drásticamente para bien. Por cierto, el Gigante Desesperación no es la autoridad suprema; ¡Dios lo es!

Así pasó otro día, y vino de nuevo la noche, y la esposa del Gigante volvió a preguntarle sobre el estado de sus prisioneros, y si habían tomado o no su consejo. El Gigante le contestó: —Son unos villanos de brío, que prefieren sufrir toda clase de penalidades a darse la muerte—. Entonces ella le replicó: —Sácalos, pues, mañana al patio del castillo y enséñales allí los huesos y calaveras de los que ya has despedazado, y hazles creer que antes de una semana los desgarrarás, como has hecho con sus compañeros.

Así lo hizo: a la mañana siguiente los visitó y los sacó al patio del castillo, y les mostró lo que su mujer le había indicado. —Estos —les dijo— eran peregrinos como vosotros; violaron mis terrenos, como vosotros habéis hecho, y cuando tuve por conveniente los despedacé, como haré con vosotros dentro de pocos días. Andad, volveos otra vez a vuestra prisión—. Y fue dándoles azotes hasta la misma puerta. Allí siguieron los infelices todo el día del sábado, en circunstancias tan lastimosas como antes. Vino la noche, y reanudaron su discurso el Gigante y su esposa, extrañándose mucho de que ni por azotes ni por consejos pudiesen acabar con ellos; y dice entonces la mujer: —Me temo que se alientan con la esperanza de que vendrá alguno para librarlos, o que tendrán consigo alguna llave falsa con la cual esperan poder escapar. —Yo los registraré por la mañana —dijo el Gigante.

Los tiranos traman sus actos crueles en la noche, justo cuando nuestros pensamientos fatalistas y nuestras pesimistas emociones aumentan en medio de la oscuridad. En contraste, el sol restringe la habilidad del Gigante Desesperación de poder causar daño (lo cual permite que los peregrinos fomenten la hermandad), así como la luz revela la verdad y nos recuerda quién es Dios, que está cerca y llena nuestros corazones de esperanza. Dado que nuestra perspectiva puede cambiar según nuestras circunstancias, debemos sostenernos de la constante Palabra de Dios y por fe dejar que él nos haga ver la realidad.

Ya era cerca de media noche del sábado cuando empezaron nuestros peregrinos a orar, continuando en su oración casi hasta romper el alba.

Momentos antes de amanecer, el bueno de Cristiano prorrumpió como despavorido en estas fervientes palabras: —¡Qué tonto y necio soy en quedarme en mi calabozo hediondo, cuando tan bien pudiera estar paseándome en libertad! Tengo en mi seno una llave, llamada Promesa, que estoy persuadido podrá abrir todas y cada una de las cerraduras del castillo de la Duda.

— ¿De veras? —dijo Esperanza—. Estas son buenas noticias, hermano; sácala de tu seno y probaremos.

Cristiano sacó su llave, la aplicó a la puerta del calabozo, y a la media vuelta la cerradura cedió, y la puerta se abrió de par en par y con la mayor facilidad, y Cristiano y Esperanza salieron. Llegaron a la puerta exterior que daba al patio del castillo, y ésta cedió con la misma facilidad. Dirigiéronse a la puerta de hierro que cerraba toda la fortaleza, y aunque allí la cerradura era terriblemente fuerte y difícil, con todo, la llave sirvió para abrirla. Empujaron la puerta para escapar a toda prisa; pero esta puerta, al abrirse rechinó tanto, que despertó al Gigante Desesperación, el cual se levantó con toda prisa para perseguir a sus prisioneros; mas en esto le faltaron sus piernas, porque le acometió uno de sus accidentes que le imposibilitó de todo punto para ir en su persecución. Entonces ellos corrieron, llegando otra vez al camino real, libres de todo miedo, pues ya estaban fuera de la jurisdicción del gigante.

Luego de haber escuchado las palabras de aliento de parte de Esperanza, Cristiano finalmente se vuelca a Dios en oración y dedica horas orando junto a Esperanza. Ahora que Dios está cambiando su corazón, Cristiano de pronto se da cuenta de que todo este tiempo tenía una llave llamada Promesa. Esta llave puede abrir todas las cerraduras del Castillo de la Duda y la logran usar para liberarse ese domingo en la mañana. Esta llave representa las promesas que el Espíritu Santo depositó en los corazones de los creyentes, las cuales son verdaderas y están disponibles incluso si desconfiamos de ellas. Dios usa pruebas como las que sufrieron los peregrinos para moldear nuestros corazones. Por medio de las promesas de Dios, aprendemos a vencer nuestros temores y dudas y prontamente arrepentirnos para recibir su gracia. Debemos tener la costumbre de orar a Dios y confiar en él en vez de nuestros sentimientos.

Habiendo, pues, rebasado los escalones, principiaron a discurrir entre sí sobre lo que podrían hacer en ellos para prevenir que los que vinieran detrás no cayesen también en manos del Gigante; así acordaron erigir allí una columna y grabar en lo alto de ella estas palabras: «Estos escalones conducen al Castillo de la Duda, cuyo dueño es el Gigante Desesperación, que menosprecia al Rey del País Celestial y busca destruir sus santos peregrinos». Con esto, muchos que llegaron a este punto en los tiempos sucesivos, veían el letrero y evitaban el peligro. Hecho esto, cantaron como sigue:

Por dejar nuestra senda hemos sabido
Lo que es pisar terreno prohibido.
Cuide de no salir de su sendero
El que no quiera verse prisionero
Del Gigante cruel, que vive en guerra
Con Dios, y al peregrino extraviado
En el Castillo de la Duda encierra
Por verle para siempre desgraciado.

ONCE

REVELACIONES EN LAS
MONTAÑAS DE DELICIAS

aminando nuestros peregrinos, llegaron por fin a las Montañas de Delicias, propiedad del Señor del Collado, de que nos hemos ocupado ya. Subieron a ellas para contemplar los jardines, viñedos y fuentes de agua; allí también bebieron, se lavaron y comieron libremente del fruto de las viñas. En lo alto de estas montañas había Pastores apacentando sus rebaños; y precisamente estaban entonces a poca distancia del camino. Acercáronse a ellos los peregrinos, y apoyados en sus báculos (como suelen hacer los viajeros cansados, cuando se detienen a hablar con alguien en el camino), les preguntaron de quién eran aquellas Montañas de Delicias y los ganados que en ellas pastaban.

PASTORES. — Estas montañas son del país de Emmanuel, y desde ellas se distingue la Ciudad Celestial; también son suyas las ovejas, por las cuales él puso su vida.

CRISTIANO. — ¿Es este el camino para la Ciudad Celestial?

PAST. — Estáis precisamente en él.

CRIST. — ¿Cuánta distancia hay aún hasta allá?

PAST. —Demasiada para los que nunca han de llegar; pero muy poca para los que son perseverantes.

CRIST. — ¿Es el camino peligroso o seguro?

PAST. — Seguro para los que debe serlo; pero los transgresores caerán en él.

CRIST. — ¿Hay aquí algún alivio para los peregrinos que llegan cansados y desfallecidos del camino?

PAST. — El Señor de estas montañas nos ha encarecido siempre la hospitalidad; por tanto, cuanto bueno hay aquí está a vuestra disposición.

Entonces vi en mi sueño que enterados los Pastores de que aquellos eran peregrinos, les hicieron algunas preguntas sobre su país natal, su entrada en el buen camino, su perseverancia en seguirlo, porque son muy pocos los que llegan en su viaje a estas montañas, y cuando oyeron las satisfactorias respuestas de aquéllos, los agasajaron mucho y les dieron la más cordial bienvenida.

Los pastores se llamaban Ciencia, Experiencia, Vigilancia y Sinceridad. Tomaron, pues, de la mano a los peregrinos y los introdujeron en sus tiendas.

—Aquí permaneceréis con nosotros un poco de tiempo —les dijeron— para que nos conozcamos bien y os regocijéis con las delicias de estas montañas.

—Con muchísimo placer lo haremos —contestaron, y tomaron alojamiento por aquella noche, porque era ya tarde y el día ya había declinado.

Las Montañas de Delicias son la segunda descripción que Bunyan ofrece respecto a la comunión espiritual de la iglesia (la primera era el Palacio Hermoso). Los peregrinos llegan a ese lugar el Día del Señor, día que los puritanos valoraban muchísimo y al que denominaban «el día de abastecer el alma». Aquí Bunyan ilustra el sustento, aliento y deleite respecto a lo que Dios ofrece en ese día de culto y de santo encuentro con Cristo. Los pastores representan a los ministros que ofrecen atención pastoral y enseñanzas bíblicas; participan en la obra de Cristo, quien es el «pastor y obispo de vuestras almas» (1 Pedro 2.25). Los nombres Ciencia, Experiencia, Vigilancia y Sinceridad señalan las cualidades que todo ministro debe poseer.

A la mañana siguiente invitaron a Cristiano y Esperanza a dar un paseo por las montañas. La perspectiva que a los ojos de los peregrinos se presentó era sobremanera maravillosa. Mas no pararon aquí los agasajos de los Pastores.

—Vamos a enseñarles —deliberaron y acordaron entre sí —algunas maravillas—; y los llevaron primeramente a la cima de una montaña llamada Error, cuya bajada era muy perpendicular por el lado opuesto, y les hicieron mirar hacia el fondo, donde pudieron ver a muchos que, al caer de aquella altura, habían quedado completamente despedazados. Dijo entonces:

CRIST. — ¿Qué significa esto?

PAST. — ¿No habéis oído hablar de aquellos que se extraviaron por haber prestado oído a lo que decían Himeneo y Fileto acerca de la resurrección del cuerpo?, pues esos que veis son los mismos, y siguen hasta el día de hoy sin sepultura, como estáis viendo, para ejemplo de los demás, para que cuiden de no subir demasiado alto o acercarse mucho al borde de esta montaña.

Después los condujeron a la cima de otra montaña, cuyo nombre era Cautela, y les hicieron mirar a lo lejos, señalándoles a algunos hombres que estaban dando vueltas arriba y abajo entre los sepulcros que allí había. Aquellos hombres eran ciegos, porque tropezaban en los sepulcros no podían salir de entre ellos.

CRIST. — Y esto, ¿qué quiere decir?

PAST. — ¿No veis un poco más abajo, al pie de estas montañas, unos escalones que dan a una pradera, a la izquierda del camino? Desde aquellos escalones va una senda directamente al Castillo de la Duda, cuyo dueño es el Gigante Desesperación, y estos hombres (señalando los de entre las tumbas) vinieron una vez en peregrinación, como vosotros lo hacéis ahora, hasta llegar a esos escalones, y porque el camino recto les parecía áspero en aquel sitio, determinaron salirse de él y tomar por esa pradera, donde los cogió el Gigante Desesperación y los metió en el castillo de la Duda; y después de tenerlos en el calabozo por algunos días, les sacó los ojos y los condujo a estos sepulcros, donde los ha dejado vagar hasta el día de hoy, para que se cumpliese el dicho del sabio: «El hombre que se extravía del camino de la sabiduría, vendrá a parar a la compañía de los muertos». Entonces se miraron el uno al otro, Cristiano y Esperanza, con ojos llenos de lágrimas, pero nada dijeron a los Pastores.

En seguida los llevaron a otro sitio, al fondo de un valle. Había allí una puerta, en la falda del collado, la cual abrieron. «Mirad adentro», les dijeron; miraron y vieron que todo el interior estaba muy oscuro y lleno de humo; les pareció también que oían un ruido atronador como de fuego, y gritos como de quien está sufriendo tormentos; también sentía el olor de azufre.

CRIST. — Explicadme esto.

PAST. — Este es un postigo del Infierno, por el cual entran los hipócritas, como los que, como Esaú, venden su primogenitura; los que venden a su Maestro, como Judas; los que blasfeman del Evangelio, como Alejandro; los que mienten y fingen, como Ananías y su mujer.

ESPER. — Por lo que veo éstos han tenido todos señales de peregrinos como nosotros, ¿no es verdad?

PAST. — Sí, y algunos de ellos por mucho tiempo.

Muchos viajeros se alejan de la senda a la Ciudad Celestial, incluso en la etapa final. Durante un tramo de escenas alarmantes, los pastores comparten consejos que permitirán a los peregrinos evitar la tentación y la muerte, y lograr la perseverancia y la vida. El peligroso precipicio de la montaña Error revela el calamitoso resultado que produce aceptar doctrinas que contradicen las Escrituras. En la montaña Cautela hay hombres cuyos ojos les fueron arrancados por el Gigante Desesperación. Estos constantemente deambulan entre los sepulcros, lo cual demuestra que aquellos que persisten en dudar y divagar terminan entre los muertos. Hay una tercera montaña donde se encuentra la puerta al infierno para aquellos que no tienen una fe sincera y rechazan a Cristo. A pesar de que estas escenas son alarmantes, sirven para que los peregrinos se mantengan humildes y reverentes, alertas y obedientes; «Preciso nos es llamar a Aquél que es poderoso para pedirle fuerzas».

ESPER. — ¿Hasta qué punto habían llegado en su peregrinación, puesto que al fin se han perdido tan miserablemente?

PAST. — Unos habían llegado más allá, y otros más acá de estas montañas.

Entonces dijéronse los peregrinos entre sí: Preciso nos es llamar a Aquél que es poderoso para pedirle fuerzas.

PAST. — Sí, y preciso os será también emplearlas una vez recibidas.

En esto manifestaron los peregrinos deseo de proseguir su camino, y los pastores convinieron en ello, y así anduvieron juntos hasta salir de las montañas. Entonces dijeron los Pastores unos a otros: «Vamos a mostrar a estos peregrinos la puerta de la Ciudad Celestial, si es que tienen habilidad para mirar por nuestro anteojo». Cristiano y Esperanza aceptaron la invitación, y llevados a la cima de la otra montaña llamada Clara, recibieron el anteojo.

Para inspirar a los peregrinos a que tengan esperanza y sabiduría de eterna cualidad, los pastores los invitan a ver la Ciudad Celestial a través de un «anteojo» o telescopio. No se sabe si por causa de su debilidad humana o su poca fe o sus recuerdos del pecado, la visión de los peregrinos es borrosa y débil, pero lo poco que logran ver les causa alegría. Habrían terminado ciegos si se hubieran quedado en el Castillo de la Duda, pero ahora han podido ver un poco de la gloria del cielo. El anteojo representa las Escrituras y cuando vemos a través de ellas con fe, especialmente en el contexto de la comunión espiritual, la sabiduría y el consejo de la iglesia, podemos ver un destello del cielo. Las Escrituras nos dicen que el Espíritu Santo nos ayuda a entender la belleza y los dones del cielo mientras estamos en esta tierra (1 Corintios 2.9-12). Y si bien «ahora vemos por espejo, oscuramente», habrá un día en el que veremos «cara a cara» (1 Corintios 13.12).

Procuraban mirar, en efecto, pero el recuerdo de lo que habían visto últimamente hacía temblar su mano de tal manera, que no podían ajustar el anteojo a su vista; sin embargo, creyeron divisar algo que parecía ser la puerta, también algo de la gloria del lugar. Con esto se despidieron e iban cantando por su camino:

> Secretos nos revelan los Pastores
> Que están, para otros hombres, bajo velo;
> A ellos venid, pues son reveladores
> De «bellas cosas que nos guarda el cielo».

Al despedirse, uno de los Pastores les dio una indicación del camino; otro les intimó que estuviesen prevenidos contra el Adulador; el tercero les aconsejó que se guardasen de dormir en el terreno Encantado, y el cuarto les deseó buen viaje en compañía del Señor. Entonces yo desperté de mi sueño.

Como consejo final, los pastores ofrecen a los peregrinos un mapa («una indicación del camino») y les advierten de la presencia de dos trampas específicas (el Adulador y el terreno Encantado), y ofrecen una oración a Dios para que los bendiga y los proteja.

FE FALSA FRENTE A FE DÉBIL

olví de nuevo a dormir y a soñar, y vi a los dos peregrinos bajando la montaña por el camino que llevaba a la ciudad.

Pero más abajo de las montañas hay un país que se llama de las Ideas fantásticas, del cual sale al camino por donde iban los peregrinos, una sendita tortuosa. Aquí, pues, encontraron a un joven atolondrado que venía del dicho país; se llamaba Ignorancia. Preguntado por Cristiano de qué parte venía y adonde se dirigía, respondió:

IGNORANCIA. — Nací en aquel país de la izquierda, y voy a la Ciudad Celestial.

CRIST. — Pero, ¿cómo cree usted que va a entrar? Porque es posible que a la puerta encuentre usted alguna dificultad.

IGNOR. — Como entran otras buenas gentes.

CRIST. — Pero, ¿qué puede usted presentar para que le franqueen la entrada?

IGNOR. — Conozco bien la voluntad de mi Señor, y he vivido bien; doy a cada uno lo suyo, oro, ayuno, pago diezmos y doy limosnas, y he abandonado mi propio país para dirigirme a otro.

CRIST. — Pero no has entrado por la portezuela que está al principio de este camino; te has colado por esa senda tortuosa, y así me temo que por más que pienses bien de ti mismo, en el día de la cuenta encontrarás que, en vez de darte entrada a la ciudad, te acusarán de ser ladrón y robador.

IGNOR. — Caballeros, sois enteramente extraños para mí; no os conozco; seguid en buena hora vosotros la religión de vuestro país, yo seguiré la del mío, y espero que todo saldrá bien. En cuanto a la puerta de que me habláis, todo el mundo sabe que está muy distante de nuestro país, no creo haya uno siquiera en todo el país que conozca el camino de ella, ni eso debe importarnos tampoco, pues tenemos, como veis, una agradable y fresca vereda que nos trae a este camino.

Luego de reanudar su viaje, Cristiano y Esperanza tienen una breve conversación con Ignorancia, que viene del país de las Ideas fantásticas, y que carece de humildad y sabiduría. Confiado de sus buenas obras y su carácter, Ignorancia se enorgullece de sus propias ideas y rechaza las enseñanzas de los Evangelios.

Al ver Cristiano a este hombre, que así se tenía por sabio en su propia opinión, dijo en voz baja a Esperanza: Más esperanza hay del necio que de él.— Y añadió: Mientras va el necio por su camino, fáltale la cordura, dice a todos, Necio es. ¿Qué te parece, seguiremos hablando con él, o nos adelantamos por de pronto y le dejamos para que medite sobre lo que acaba de oír, y luego le podremos aguardar, para ver si poco a poco es posible hacerle algún bien? —Contestóle Esperanza: —Soy de tu mismo parecer: no es bueno decírselo todo de una vez; dejémosle solo por ahora, y luego volveremos a hablarle, según nos brinde la ocasión.

Adelantáronse, pues, e Ignorancia siguió un poco más atrás. No estaban aún muy delante, cuando entraron en un paso muy estrecho y oscuro, donde encontraron a un hombre a quien habían atado siete demonios con siete fuertes cuerdas, y le volvían otra vez al postigo que los peregrinos habían visto en la falda del collado.

Un gran temblor se apoderó de nuestros peregrinos al oír esto. Sin embargo, según los demonios iban llevando al hombre, Cristiano le miró con atención para ver si le conocía, porque se le ocurrió que podía ser un tal Vuelve-atrás, que vivía en la ciudad Apostasía; pero no pudo ver su cara, porque la llevaba baja como un ladrón que acaba de ser sorprendido; pero cuando hubo pasado mirando hacia atrás, Esperanza distinguió un papel en sus espaldas con este letrero: «Cristiano licencioso y maldito apóstata».

Vuelve-atrás solía profesar fe en Cristo, luego abandonó la fe. Hemos visto a otros como él, tal como el hombre en la jaula de hierro ubicada en la casa del Intérprete y Demás en la mina de plata. Luego de haber negado a Cristo, Vuelve-atrás está ahora poseído por un demonio, y se dirige a la tercera montaña que los pastores mostraron a Cristiano y Esperanza, esa que tiene la puerta a la destrucción. A Vuelve-atrás lo contrastan con Poca-fe, quien posee una fe débil pero sincera.

Entonces Cristiano dijo a su compañero: Ahora quiero recordar una cosa que me contaron de un buen hombre en estos sitios. Se llamaba Poca-Fe, pero era hombre muy respetable y vivía en la ciudad llamada Sinceridad, y le sucedió lo siguiente: Cerca de la entrada de este paso estrecho, bajo de la puerta del camino ancho, hay una senda llamada Vereda-de-los-muertos, y se llama así por los muchos asesinatos que en ella ocurren. Ahora bien; este Poca-Fe, estando en su peregrinación, como nosotros ahora, se sentó casualmente aquí y se echó a dormir. Sucedió entonces que venían vereda abajo desde la puerta del camino ancho tres villanos de brío: Cobardía, Desconfianza y Culpa, todos tres hermanos, y descubriendo a Poca-Fe donde yacía dormido, se acercaron a él a todo correr. Entonces ya había despertado de su sueño y se estaba preparando para continuar su viaje.

Habiendo, pues, llegado los tres, con lenguaje amenazador le mandaron detenerse. Poca-Fe se puso en extremo pálido, y no tuvo fuerzas ni para luchar ni para huir. En esto dijo Cobardía: —Entrega tu bolsa— y no dándose prisa a hacerlo (porque le dolía perder su dinero), corrió hacia él Desconfianza, y metiendo la mano en su bolsillo, sacó de él una bolsita llena de plata. Poca-Fe gritó a toda voz: —¡Que me roban, que me roban!— En este momento, Culpa, que tenía un formidable garrote en su mano, descargó tal golpe en su cabeza que le tendió en el suelo, donde yacía echando sangre a torrentes. Entretanto los ladrones estaban alrededor de él; pero oyendo de repente pasos que se acercaban, y temiendo que fuese un tal Gran Gracia, que vive en la ciudad de Buena-Esperanza, huyeron a toda prisa y dejaron a este buen hombre abandonado a sí mismo. Al poco rato volvió en sí Poca-Fe, y levantándose como pudo, siguió su camino; esto es lo que me han contado.

ESPER. — ¿Pero le quitaron todo lo que tenía?

CRIST. — No; precisamente se les escapó registrar el lugar donde tenía escondidas sus alhajas, pero según me contaron, el buen hombre sintió mucho su pérdida, porque los ladrones le llevaron casi todo el dinero que tenía para sus gastos ordinarios. Aún le quedaban, es verdad, algunas monedas sueltas;

pero apenas le alcanzaban para llegar al fin de su viaje. Más me contaron, si no estoy mal informado: que se vio obligado a mendigar, según viajaba, para poder vivir, porque no le era permitido vender sus alhajas. Pero mendigando y todo, adelantaba en su camino, si bien casi la mayor parte con el vientre vacío.

Cuando Poca-fe tontamente se queda dormido en un camino peligroso, Cobardía, Desconfianza y Culpa lo capturan. Le quitan su dinero, lo golpean y lo dejan abandonado. Sin embargo, no pudieron robarle sus joyas (que representan su salvación, su unión con Cristo y los tesoros eternos en el cielo) ni su certificado (el sello del Espíritu Santo). El dinero que le robaron representa los beneficios presentes por pertenecer a Cristo, tales como la consolación, la confianza y el gozo. Estos pequeños dones de la gracia hacen que el viaje sea más placentero y menos cansador. Pero los que son débiles, desconfiados y llenos de sentimientos de culpabilidad perderán estos dones; el grado que disfrutaremos de estos dones depende del grado de nuestra fe.

ESPER. — Pero es extraño que no le arrebataron su pergamino, con el cual debía tener entrada por la puerta Celestial.

CRIST. — Extraño es, en verdad, pero no se lo quitaron, aunque no fue esto debido a su habilidad, porque el pobre, atemorizado al verlos sobre sí, ni tenía poder ni habilidad para ocultar cosa alguna; fue más bien por la buena providencia que por sus propios esfuerzos el que se les escapase esa gran prenda.

ESPER. — Gran consuelo debió ser para él el que no le arrancasen esa joya.

CRIST. — Pudiera haberle sido gran consuelo si se hubiera aprovechado de ella como debía; pero los que me contaron la historia dijeron que había hecho muy poco uso de ella en todo lo que le quedaba de camino, a causa del gran susto que recibió cuando le quitaron su dinero. Se olvidó de ella durante la mayor parte de su viaje, y si alguna vez volvía a su memoria y empezaba a consolarse con ella, entonces nuevos recuerdos de su pérdida le abrumaban, quitándole toda su paz.

Cuando nuestra fe es débil, seremos más vulnerables en la batalla. Si nos olvidamos de la verdad y dejamos que el temor nos domine, la incredulidad nos dominará. Si después de un tiempo, solo sabemos confiar en nuestras emociones, entonces las promesas de Dios no tendrán efecto alguno en nuestras vidas. «Todo el que se deje dominar por un corazón débil durante su peregrinaje, muy pronto dejará de confiar en la consolación y las promesas de Dios».[1]

ESPER. — ¡Pobre! Debió ser muy grande su aflicción.

CRIST. — ¿Aflicción? Ya lo creo. ¿No lo hubiera sido también para cualquiera de nosotros el haber sido tratado como él, robado y además herido, y todo en un lugar extraño? Lo raro es que el pobre no muriera. Me contaron que iba sembrando todo su camino con amargas y dolorosas quejas, contando a todos los que le alcanzaban, o a quienes él alcanzaba, el cómo había sido robado y dónde; quiénes habían sido los que lo hirieron y cuánto había perdido, cómo había sido herido y cómo a duras penas había escapado con vida.

ESPER. — Pero me extraña una cosa: que no le ocurriese la idea de empeñar alguna de sus alhajas para tener con qué aliviarse en su camino.

CRIST. — Hablas como quien ha salido apenas del cascarón ¿por cuánto y a quién había de empeñarlas o venderlas? En el país donde fue robado no se apreciaban en nada sus joyas, ni tampoco le hubiera venido bien cualquier alivio que pudiera haber encontrado en aquel país. Sobre todo, si le hubieran faltado sus joyas a la puerta de la Ciudad Celestial, hubiera sido excluido (y eso lo sabía muy bien) de la herencia que allí hay, y eso le hubiera sido peor que la villanía de millares de ladrones.

Poca-fe se queja durante todo el camino hacia la Ciudad Celestial. Su queja se debe a que no ha podido comprender lo que Dios tiene para él. Está unido a Cristo, tiene un brillante futuro en el cielo, y el Espíritu Santo le ha dado bendiciones espirituales y poder de transformación. Poca-fe tiene toda la ayuda que necesita para sanarse y vivir una vida plena. Pero, dado que tiene un corazón sin gozo y una mentalidad de derrota, ha elegido la identidad de una víctima amargada (que se enfoca en sí misma y en su trauma) en vez de ser valiente y victorioso en Cristo (enfocado en el poder y la gracia de Dios). Entonces, Poca-fe se mantiene malnutrido, pese a que Dios ha preparado un festín para él.

ESPER. — Vamos, que contestas con mucha aspereza a mis observaciones. No seas conmigo tan agrio, y óyeme: Esaú vendió su primogenitura, y eso por una vianda, y esa primogenitura era su joya más preciosa, y si él lo hizo, ¿por qué no lo podía hacer también Poca-Fe?

CRIST. — Efectivamente, Esaú vendió su primogenitura, y a semejanza de él lo han hecho muchos otros, que por hacerlo han perdido la bendición mayor, como le pasó a aquel miserable; pero has de hacer diferencia entre Esaú y Poca-Fe, como también entre las circunstancias de uno y otro. La primogenitura de Esaú era típica, pero no así las joyas de Poca-Fe; Esaú no tenía más Dios que su vientre, pero no sucedió así con Poca-Fe; la necesidad de Esaú estaba en su apetito carnal; la de Poca-Fe no era de este género. Además, Esaú no pudo ver más allá que el satisfacer su apetito: «He aquí —dijo— yo me voy a morir; ¿para qué, pues, me servirá la primogenitura?». Pero Poca-Fe, aunque era su suerte tener tan poca fe, precisamente por ese poquito fue por lo que se detuvo de tales extravagancias, y pudo ver y apreciar sus joyas mejor que venderlas, como hizo Esaú con su primogenitura. En ninguna parte leerás que Esaú tuviera fe, ni siquiera un poquito; por lo mismo, no hay que extrañar que donde impera solamente la carne (y esto pasa siempre en el hombre que no tiene fe para resistir), venda su primogenitura y su alma y su todo al mismo demonio, porque sucede con los tales como con el asno montes a quien «en su ocasión nadie podía detener». Cuando sus corazones están puestos en sus concupiscencias, las han de satisfacer, cueste lo que cueste; pero Poca-Fe era de un temperamento muy diferente: su corazón estaba puesto en las cosas divinas, su alimento era de cosas espirituales y de arriba; por tanto, ¿a qué vender sus joyas, dado caso que hubiera habido quien las comprase, para llenar su corazón con cosas vanas? ¿Dará un hombre dinero para poder llenar su vientre de paja, o se podrá persuadir a la tórtola a que se alimente de carne podrida como el cuervo? Aunque los infieles, para servir a sus concupiscencias carnales, hipotequen o empeñen o vendan lo que tienen, y a sí mismos por añadidura, sin embargo, los que tienen fe, la fe que salva, aunque sólo un poquito, no pueden hacer esto. Aquí, pues, hermano mío, tienes tu equivocación.

ESPER. — La reconozco, pero tu severa reflexión casi me había enfadado.

CRIST. — ¿Por qué? No hice más que compararte a una de esas avecillas más briosas que echan a correr por sus caminos, conocidos o sin conocer, llevando todavía el cascarón; pero vaya, pasa por alto aquello, y vamos a considerar el asunto que estamos discutiendo, y todo estará bien.

«Hermanos, ¡sean grandes creyentes! Una poca fe llevará sus almas al cielo, pero una gran fe traerá el cielo a sus almas».[2]

Charles H. Spurgeon

ESPER. — Yo, Cristiano mío, estoy persuadido en mi corazón que esos tres bribones fueron muy cobardes; de otro modo, ¿hubieran huido al ruido de uno que se acercaba? ¿Por qué no se armó de más valor Poca-Fe? Me parece que debiera haber arriesgado un combate con ellos, y sólo haber cedido cuando ya no hubiese otro remedio.

CRIST. — Que sean cobardes, muchos lo han afirmado; pero que lo sean de veras, pocos lo han encontrado así en la hora de la prueba. En cuanto a corazón, no lo tenía «Poca-Fe»; y por lo que dices, entiendo que tú arriesgarías sólo un ligero combate, y muy luego cederías. Y en verdad, si ahora que están distantes de nosotros es ese tu ánimo, en el caso de que se te presentasen como a él, me temo que serían muy otros tus pensamientos.

Pero considera también que éstos no eran sino ladrones subalternos, que sirven al rey del abismo insondable, el cual, a ser necesario, vendría en su ayuda, y la voz de éste es como la de un león rugiente. Yo mismo he sido acometido como Poca-Fe, y probé por mí mismo cuan terrible es. Los tres bribones me acometieron, y habiendo empezado yo a resistir, como buen cristiano, dieron una pequeña voz, y al instante su amo se personó. Y como dice el refrán, no hubiera dado dos cuartos por mi vida, si no hubiera sido porque me veía vestido, según Dios quería, de armadura de prueba; y aun vestido así, apenas puede salirse airoso. Nadie puede decir lo que le pasará en tal combate, sino el que ha pasado por él.

ESPER. — Es verdad, pero echaron a correr, a la simple suposición de que Gran-Gracia se acercaba.

CRIST. — Cierto, tanto ellos como su dueño han huido muchas veces con sólo que Gran-Gracia se haya presentado, y no debe extrañarse, porque él es campeón real; pero me parece que debes admitir alguna diferencia entre Poca-Fe y el campeón del rey; no son campeones todos los súbditos del rey, y, por tanto, no todos pueden en la prueba hacer hazañas como él. ¿Es dable pensar que un niñito venciese a Goliat como lo hizo David, o que haya en una avecilla la fuerza de un toro? Unos son fuertes, otros son débiles; unos tienen mucha fe, otros poca; este buen hombre era de los débiles, y por eso cedió.

ESPER. — Ojalá hubiera sido Gran-Gracia, para bien de ellos.

En un extremo de la fe se encuentra Poca-fe y en el otro está Gran-gracia, el paladín del rey. Este personaje lucha decidida y ferozmente contra los enemigos, gracias a la fuerza de su generoso Dios, el Todopoderoso, no según su propia fuerza. Su confianza proviene de la identidad que goza en Cristo, y sabe que la gracia de Dios siempre está disponible y es suficiente para que resista la lucha (2 Corintios 12.9). Sin embargo, sus cicatrices delatan que sus batallas no son nada fáciles. No todos son como Gran-gracia, pero Dios honra cualquier fe verdadera, ya sea débil o fuerte. Todos hemos sido llamados a poner en práctica la fe que tenemos y confiar en Dios para que sigamos fortaleciéndonos.

CRIST. — Voy a decirte una cosa: el mismo Gran-Gracia hubiera tenido bastante que hacer; porque has de saber que aunque maneja muy bien las armas, y los tiene a raya cuando le atacan a cierta distancia, sin embargo, si lo hacen de cerca, es decir, si Cobardía, Desconfianza o el otro logran entrar en él, poco han de poder para no echarle a tierra. Y una vez en tierra un hombre, sabes bien cuan poco puede.

Cualquiera que mire el rostro de Gran-Gracia verá en él cicatrices y heridas que se encargan de demostrar lo que digo. Aún más. He oído decir que en un combate llegó hasta decir: «Desesperamos aun de la vida». ¡Cuánto hicieron gemir, lamentar y aun gritar a David estos bribones! También Hemán y Ezequías, aunque campeones en su tiempo, necesitaron grandes esfuerzos al ser asaltados por ellos, y pasaron muy malos ratos. Una vez Pedro quiso probar lo que podía, y aunque algunos dicen el es príncipe de los Apóstoles, le subyugaron de tal manera, que le hizo temer una pobre muchacha.

Desde la tribuna de espectadores, quizá se nos haga fácil juzgar y descartar al que tropieza, tal como hizo Esperanza. En cambio, Cristiano muestra empatía: «Nadie puede decir lo que le pasará en tal combate, sino el que ha pasado por él». A Cristiano no se le olvidará cuán aterradoras y confusas fueron sus propias batallas, casi muere en ellas. No se puede «jactar» de su valentía en esas luchas. Todos tenemos debilidades y somos vulnerables. Si creemos que jamás podremos ser como Poca-fe, nos estamos engañando y preparando para el fracaso. «Así que, el que piensa estar firme, mire que no caiga» (1 Corintios 10.12). Debemos revestirnos «de humildad; porque: Dios resiste a los soberbios, y da gracia a los humildes» (1 Pedro 5.5).

Además, el rey de ellos está siempre a la mano, donde pueda oírlos, y si alguna vez les va mal, y le es posible, viene al instante en su ayuda. De él se ha dicho: «Cuando alguno lo alcanzare, ni espada, ni lanza, ni dardo, ni coselete durará contra él. El hierro estima por paja y el acero por leño podrido. Saeta no le hace huir; las piedras de honda se le tornan aristas. Tiene toda arma por hojarascas, y del blandir de la pica se burla». ¿Qué puede hacer un hombre en tal caso? Verdad es que si pudiera un hombre tener en todas ocasiones el caballo de Job, y habilidad y valor para manejarle, haría cosas estupendas, porque «su cerviz está vestida de relincho, no se intimará como alguna langosta; el resoplido de su nariz es formidable; escarba la tierra, alégrase en su fuerza, sale al encuentro de las armas, hace burla al espanto y no teme ni vuelve el rostro delante de la espada; contra él suena la aljaba, el hierro de la lanza y de la pica, y él, con ímpetu y furor, escarba la tierra, sin importarle el sonido de la bocina; antes, como que dice entre los clarines, ¡ea!, y desde lejos huele la batalla, el grito de los capitanes y el vocerío».

Pero peones corno tú y yo nunca debemos desear el encontrarnos con tal enemigo, ni gloriarnos de que podamos hacerlo mejor, cuando oímos hablar de otros que han sido vencidos, ni engañarnos con la ilusión de nuestra propia fuerza; porque los que así hacen, por lo regular, salen peores de la prueba; testigo, Pedro, de quien he hablado antes. Quería vanagloriarse, sí; quería, según le movía a decir su vano corazón, hacer más y defender más a su Maestro que todos los otros; pero, ¿quién tan humillado y corrido por estos bribones, como él? Cuando, pues, oímos de la ocurrencia de tales latrocinios en el camino real, nos conviene hacer dos cosas:

1. Salir armados y no olvidar el escudo porque, por falta de éste, aquél que atacó tan impávidamente al Leviathan, no pudo rendirle, porque, cuando nos ve sin escudo, no nos tiene ningún miedo. El que tenía más habilidad que todos ha dicho: «Sobre todo, tomad el escudo de la fe, con que podáis apagar todos los dardos de fuego del maligno».

2. Bueno es también que pidamos al Rey una guardia; más aún: que él mismo nos acompañe. Eso hizo a David estar tan alegre, aun cuando se encontraba en el valle de la Sombra-de-muerte. Y Moisés prefería morir antes que dar un paso más sin su Dios. ¡Oh, hermano mío! Con sólo que nos acompañe, ¿qué hemos de temer de

diez mil que se opongan contra nosotros?. Pero sin él los soberbios caerán entre los muertos.

Yo, por mi parte, he estado en la pelea antes de ahora; y aunque por la bondad de Aquél que es el sumo bien, todavía, como ves, estoy vivo; sin embargo, no puedo vanagloriarme de mi valor. Me alegraré mucho de no tener que pasar por tales encuentros, aunque me temo que todavía no estamos fuera de todo peligro. Sin embargo, puesto que ni el león ni el oso me han devorado hasta ahora, espero en Dios que nos libre de cualquier filisteo incircunciso que venga detrás.

Parece que Poca-fe saca de quicio a Esperanza. Si bien quizá sea difícil andar con peregrinos débiles y sea fácil criticarlos, los creyentes deben animarse y edificarse unos a otros en cualquier circunstancia. Los miembros del cuerpo de Cristo deben preocuparse «los unos por los otros. De manera que si un miembro padece, todos los miembros se duelen con él, y si un miembro recibe honra, todos los miembros con él se gozan» (1 Corintios 12.25-26). Los más fuertes deben sostener y ayudar a los más débiles (Romanos 15.1). Sea cual sea el nivel de debilidad de estos creyentes por el camino, los demás deben orar por ellos y mostrarles el amor y la compasión de Dios, en vez de ser críticos e impacientes con ellos. Quién sabe si quizá uno de ellos recibirá una mayor «medida de fe», la cual lo hará un creyente victorioso.

EL ENGAÑO HALAGADOR

Y UN LUGAR QUE TE DEJA SOÑOLIENTO

n estas pláticas pasaban su camino, e Ignorancia detrás de ellos, hasta que llegaron a un punto adonde confluía otro camino que parecía continuar tan directo como el que ellos llevaban, y no sabían cuál de ambos elegir, que los dos les parecían igualmente derechos. Por tanto se detuvieron para pensar lo que habían de hacer, a tiempo que se reunió con ellos un hombre que tenía su carne muy negra, pero cubierta de un vestido muy claro, les preguntó por qué se detenían allí. —Buscamos —respondieron— la Ciudad Celestial; pero no sabemos cuál de dos caminos escoger. —Seguidme —dijo el hombre—; allá me dirijo yo también—. Siguiéronle, pues, por el camino nuevo, pero éste, gradualmente, se iba torciendo, y hacía volver las espaldas a la ciudad a que deseaban llegar, de tal modo, que pronto vieron que se alejaban de ella; sin embargo continuaron andando.

No había pasado mucho tiempo cuando, sin apercibirlo ellos, el hombre los enredó en una red tal, que no sabían cómo salir; al mismo tiempo, caía la ropa blanca de espaldas del hombre negro. Entonces se apercibieron de en dónde estaban, y dieron a llorar por algún rato, que no podían librarse.

CRIST. — Ahora veo que hemos caído en un error. ¿No nos aconsejaron los Pastores que nos guardáramos del adulador? Según el dicho del Sabio, hemos experimentado hoy que el hombre que lisonjea a su prójimo red tiende delante de sus pasos.

ESPER. — También nos dieron una nota de las direcciones del camino, para que pudiéramos estar seguros de acertar con él; pero también nos hemos olvidado de leerla, y por eso no nos hemos preservado de las vías del Destructor.

Cuando Cristiano y Esperanza no saben cuál sendero tomar, deciden seguir a un embustero disfrazado, alguien de quien los pastores habían advertido y llamado el Adulador. En un momento de confusión, a los peregrinos se les olvida consultar el mapa («guía para el camino») que los pastores les habían dado; cometen el error de no recurrir a la Palabra de Dios. Por ello, no saben discernir y aceptan la dirección de alguien que convenientemente hace su aparición. No se dan cuenta de las señales de advertencia, incluso cuando el camino empieza a desviarlos de su destino. El pecado de los peregrinos es descuidar la sabiduría de Dios y aceptar las mentiras del Enemigo. Terminan atrapados en la red del Adulador.

Así estaban los pobres presos en la red, cuando, por fin descubrieron a uno de los Resplandecientes, que venía a ellos con un látigo de pequeñas cuerdas en su mano. Cuando

hubo llegado a ellos, les preguntó de dónde venían y qué hacían allí. Dijéronle que eran unos pobres peregrinos que iban caminando hacia Sión, pero que habían sido extraviados por un hombre negro vestido de blanco que los mandó seguirle, porque él también se dirigía allá. Entonces contestó el del látigo: —Ese era Adulador, falso apóstol, transformado en ángel de luz.

En esto rompió la red y dio libertad a los hombres, y les dijo: —Seguidme a mí, yo os pondré otra vez en vuestro camino—. Y de esta manera los volvió al camino que habían abandonado por seguir a Adulador. Contáronle entonces que la noche anterior habían estado en las montañas de las Delicias; que habían recibido de los Pastores una guía para el camino; pero que no la habían sacado ni leído por olvido; y, por último, que aunque habían sido prevenidos contra Adulador, no creyeron que fuese el que habían encontrado.

Entonces vi en mi sueño que les mandó echarse al suelo, y los castigó con severidad para enseñarles el buen camino, que nunca debían haber dejado; y mientras los castigaba les decía: —Yo reprendo y castigo a todos los que amo. Sed, pues, celosos y arrepentíos—. Hecho esto, les mandó proseguir su camino y tener mucho cuidado de obedecer a las demás direcciones de los Pastores, con lo cual ellos le dieron las gracias por tanta bondad, y emprendieron de nuevo su marcha por el camino recto, procurando no olvidar la severa lección que habían recibido, y dando bendiciones al Señor, que había usado con ellos tanta misericordia.

Luego de que uno de los mensajeros de Dios libera a Cristiano y Esperanza de la red del Adulador, los lleva al camino correcto, los reprende por sus pecados y les recuerda cómo pueden evitar cometer estos errores otra vez. Muy de acorde con la perspectiva puritana del siglo diecisiete, la imagen que Bunyan proyecta es muy estricta, en donde muestra la firmeza de alguien que impone disciplina, pero no incluye la dulzura de un padre que ama a sus hijos. Sin embargo, el principio detrás de todo esto sigue siendo válido: Dios nos disciplina «para lo que nos es provechoso, para que participemos de su santidad» (Hebreos 12.10). Si el Padre no amara a sus hijos, no tendría interés alguno en traerlos a su lado y ayudarlos a que sean como él. En lugar de abandonarnos a nuestro pecado, Dios nos muestra misericordia por medio de la corrección y la reorientación.

Poco trecho habían andado en su camino, cuando percibieron a uno que avanzaba solo, con paso suave y al encuentro de ellos. Dijo entonces:

CRIST. — Ahí veo uno que viene a encontrarnos con sus espaldas vueltas a la ciudad de Sión.

ESPER. — Sí, le veo. Estemos apercibidos por si es otro adulador.

Habiendo llegado ya a ellos Ateo (tal era su nombre), preguntó adonde se dirigían.

CRIST. — Al monte Sión.

Entonces Ateo soltó una carcajada estrepitosa.

Con su espalda contra la ciudad de Sión, el personaje Ateo se encuentra con los peregrinos y luego de enterarse de a dónde se dirigen, decide sabotear su viaje. Se burla con desdén por la estupidez de tratar de encontrar la Ciudad Celestial, de la que está convencido que no existe luego de haberla buscado durante veinte años. Con un menosprecio agresivo, una actitud de superioridad y amargura, se mofa de ellos por seguir creyendo en algo absurdo. Luego, los deja para irse en búsqueda de placeres pecaminosos.

CRIST. — ¿Por qué se ríe usted?

ATEO. — Me río al ver lo ignorantes que sois en emprender un viaje tan molesto, cuando la única recompensa segura con que podéis contar es vuestro trabajo y molestia en el viaje.

CRIST. — Pero, ¿le parece a usted que no nos recibirán allí?

ATEO. — ¿Recibir...? ¿Dónde? ¿Hay en este mundo ese lugar que soñáis?

CRIST. — Pero lo hay en el mundo venidero.

ATEO. — Cuando yo estaba en casa, en mi propio país, oí algo de eso que decís, y salí en su busca, y hace veinte años que lo vengo buscando, sin haberlo encontrado jamás.

CRIST. — Nosotros hemos oído y creemos que lo hay y se puede hallar.

ATEO. — Si yo no lo hubiese creído cuando estaba en casa, no hubiera ido tan lejos a buscarlo; pero no hallándolo (y a existir tal lugar, seguramente lo hubiera encontrado, porque lo he buscado más que vosotros), me vuelvo a mi casa, y trataré de consolarme con las cosas que en aquel entonces rechacé por la esperanza de lo que ahora creo que no existe.

Cristiano y Esperanza no se dejan engañar por Ateo. Saben que la Ciudad Celestial es real porque la vieron por un instante, gracias a su fe, cuando estuvieron en las Montañas de Delicias. Por momentos, Dios revela a su pueblo realidades que normalmente no se ven y que les causan gozo y fortalecen su fe (Lucas 10.21; 1 Corintios 2.10-11). Así como San Agustín escribió: «La fe es creer en lo que no se ve y la recompensa de esta fe es ver lo que creemos». Ateo no pudo encontrar la ciudad porque jamás la buscó con una fe sincera o incluso un corazón dispuesto a creer en Dios. Con su naturaleza humana pecaminosa y un corazón endurecido que dirige su vida, «el dios de este siglo» ha cegado la vista de Ateo.

CRIST. (Dirigiéndose a Esperanza) — ¿Será verdad lo que este hombre dice?

ESPER. — Mucho cuidado; este es otro adulador; acuérdate de lo que ya una vez nos ha costado el prestar oído a tal clase de hombres. Pues que, ¿no hay ningún monte Sión? ¿No hemos visto desde las montañas de Delicias la puerta de la ciudad? Además, ¿no hemos de andar por la fe? Vamos, vamos, no sea que nos venga otra vez el del látigo. No olvidemos aquella importante lección, que tú debieras recordar: «Cesa, hijo mío, de oír la enseñanza que induce a divagar de las razones de sabiduría». Deja de escucharla, y creamos para la salvación de nuestras almas.

CRIST. — Hermano mío, no te propuse la cuestión porque dudara de la verdad de nuestra creencia, sino para probarte y sacar de ti una prenda de la sinceridad de tu corazón. En cuanto a este hombre, bien sé yo que está cegado por el dios de este siglo. Sigamos tú y yo, sabiendo que tenemos la creencia de la verdad, en la cual ninguna mentira tiene parte.

ESPER. — Ahora me regocijo en la esperanza de la gloria de Dios.

Sin vergüenza alguna, los peregrinos le comparten a Ateo la fe que tienen en Cristo, pero no insisten en defenderla. Resueltos a seguir creyendo, a pesar de las críticas de Ateo, deciden abandonar su necio consejo y reafirman que la verdad en la que ellos creen salva vidas. Habiendo decidido caminar por fe, prosiguen a la meta del cielo y «se regocijan en la esperanza de la gloria de Dios».

Y se retiraron de aquel hombre, y él, riéndose de ellos, prosiguió su camino.

Entonces vi en mi sueño que siguieron hasta llegar a cierto país, cuyo ambiente naturalmente hace soñolientos a los extranjeros. Esperanza empezó, en efecto, a ponerse muy pesado y con mucho sueño, por lo cual dijo:

ESPER. — Voy teniendo tanto sueño que apenas puedo tener abiertos más los ojos; echémonos aquí un poco, y durmamos.

CRIST. — De ninguna manera; no sea que si nos dormimos no volvamos a despertar.

ESPER. — ¿Y por qué? Hermano mío, el sueño es dulce al trabajador; si dormimos un poco nos levantaremos descansados.

CRIST. — ¿No te acuerdas que uno de los Pastores nos mandó cuidarnos de Tierra-encantada? Con eso quiso decirnos que nos guardásemos de dormir. Por tanto, no durmamos como los demás; antes velemos y seamos sobrios.

ESPER. — Reconozco mi error, y si hubiera estado aquí o hubiera corrido peligro de muerte, y veo que es verdad lo que dice el Sabio: «Mejores son dos que uno». Hasta aquí tu compañía ha sido un bien para mí, y ya tendrás una buena recompensa por tu trabajo.

CRIST. — Para guardarnos, pues, de dormitar en este lugar, empecemos un buen discurso.

ESPER. — Con todo mi corazón.

CRIST. — ¿Por dónde empezaremos?

ESPER. — Por donde empezó Dios con nosotros; pero ten tú la bondad de dar principio.

Los peregrinos ahora se encuentran en una región que causa que los que la visitan se vuelvan soñolientos y muchos jamás despiertan. Los sabios pastores les advirtieron acerca de ese sueño profundo. La Tierra-encantada representa temporadas de paz y prosperidad, tiempos cuyo propósito es «ampliar nuestra capacidad de contemplar la bondad de Dios».[1] Pero, también se corre el peligro de caer en una vida espiritual inactiva. A menos que estemos alertas a ese peligro, no nos daremos cuenta de que nuestros corazones gradualmente empiezan a alejarse de Dios. Una vez que nos sintamos cómodos y distraídos, nos volveremos ociosos y dejaremos de adorar a Dios. Puede que nos aventuremos en asuntos que nos alejan de la santidad y con facilidad nuestros pensamientos se olviden de Dios, lo cual nos hará que dejemos de amarlo con nuestras vidas.

CRIST. — Voy, pues, a hacerte una pregunta: ¿Cómo pasaste a pensar en hacer lo que estás haciendo ahora?

ESPER. — ¿Quieres decir que cómo llegué a pensar en ocuparme del bien de mi alma?

CRIST. — Sí, ese es mi sentido.

ESPER. — Hacía ya mucho tiempo que yo me deleitaba del goce de las cosas que se veían y vendían en nuestra feria. Cosas que, según creo ahora, me hubieran sumido en la perdición y destrucción a haber seguido practicándolas.

CRIST. — ¿Qué cosas eran?

ESPER. — Pues eran los tesoros y riquezas de este mundo. También me gozaba mucho en el bullicio, la embriaguez, la maledicencia, la mentira, la lujuria, la infracción del día del Señor y qué sé yo cuántas cosas más, que todas tendían a la destrucción de mi alma. Pero, por fin, oyendo y considerando las cosas divinas que oí de tu boca y de nuestro querido Fiel, muerto por su fe y buena vida en la feria de Vanidad, hallé que el fin de estas cosas es muerte. Y que por estas cosas viene la ira de Dios sobre los hijos de desobediencia.

CRIST. — ¿Y caíste desde luego bajo el poder de esa convicción?

ESPER. — No, no quise desde luego reconocer la maldad del pecado ni la condenación que le sigue; antes procuré, cuando mi mente empezaba a estar conmovida con la palabra, cerrar mis ojos a su luz.

¿Cómo podemos protegernos del letargo espiritual y la falta de vida? Rodeándonos de creyentes llenos de vida espiritual, que estimulen nuestras mentes y corazones para adorar a Dios. El antídoto que Cristiano y Esperanza usaron para evitar caer en ese sueño fatal fue empezar «un buen discurso», conversación cuyo foco fue la verdad, las obras y el amor de Dios. Esta manera de socializar agudiza nuestro entendimiento y nos mantiene despiertos frente a la tentación. Nos permite mantenernos enfocados en Dios y nos motiva a perseverar. Mientras recordamos su fidelidad y nos ayudamos a entender su sabiduría con mayor profundidad, el Espíritu Santo nos da gozo y reaviva nuestro corazones, fortalece nuestra unión con Cristo y entre nosotros. No es nada extraño que Esperanza le diga a Cristiano que su piadosa compañía en la Tierra-encantada les ha dado misericordia e incluso les ha salvado la vida.

CRIST. — ¿Pero por qué así resistías a los primeros esfuerzos del Espíritu bendito de Dios?

ESPER. — Las causas fueron: 1°, no sabía que aquella era la obra de Dios en mí. Nunca pensé que era la convicción de pecado por donde Dios empieza la conversión de un pecador; 2°, todavía era muy dulce el pecado a mi carne, y sentía mucho tener que abandonarlo; 3°, no acerté a despedirme de mis antiguos compañeros, cuya presencia y acciones me eran tan gustosas; 4°, eran tan molestas y terroríficas las horas en que sufría por estas convicciones, que mi corazón no podía soportar ni aun su recuerdo.

CRIST. — ¿Es decir, que algunas veces te pudiste desembarazar de tu molestia?

ESPER. — Ciertamente, pero nunca del todo; así que volvía otra vez a estar tan mal y peor que antes.

CRIST. — ¿Qué era lo que te traía una y otra vez los pecados a la memoria?

ESPER. — Muchas cosas: por ejemplo, el encontrar simplemente a un hombre bueno en la calle; el oír alguna lectura de la Biblia; el simple tener un dolor de cabeza; el que algún vecino estaba enfermo o el oír tocar la campana a muerto; el mismo pensamiento de la muerte; el oír referir o presenciar una muerte repentina; pero, sobre todo, el pensar en mi propio estado y que muy pronto iba a comparecer a juicio.

CRIST. — ¿Y pudiste alguna vez sentir alivio del peso de tu pecado, cuando de alguno de estos modos se te hacía presente?

ESPER. — Al contrario, entonces tomaba más firme posesión de mi conciencia, y el solo pensar en volver al pecado (aunque mi corazón estaba vuelto contra él) era doble tormento para mí.

Bunyan comparte su propia experiencia por medio del testimonio de Esperanza, e incluso a lo largo de todo *El progreso del peregrino*. Se entregó de lleno a este libro para desarrollar su interés de siempre por las historias medievales de romance y aventura, para plasmar su gran imaginación, su pasión por la Biblia y el ministerio, por la gente que conocía y por los eventos de su propia vida. Esta obra maestra «se basa en personas que él conoció y en su propia experiencia, así como en las intensas y profundas batallas espirituales que Bunyan sufrió».[2]

CRIST. — ¿Y cómo te arreglabas para ello?

ESPER. — Pensaba en que debía hacer esfuerzos para enmendar mi vida, porque de otra manera era segura mi condenación.

CRIST. — ¿Y lo hiciste?

ESPER. — Sí, y rehuía no sólo de mis pecados, sino también de mis compañeros de pecado, y me ocupaba en pláticas religiosas, como orar, leer, llorar por mis pecados, hablar la verdad a mis vecinos, etc. Tales cosas hacía y muchas más que sería prolijo y difícil enumerar.

CRIST. — ¿Y te creías ya bueno con eso?

ESPER. — Sí, por un poco de tiempo; más muy pronto volvía a abrumarme mi aflicción, y eso a pesar de todas las reformas.

CRIST. — Pero ¿cómo así, estando reformado?

ESPER. — Varias eran las causas para ello. Yo recordaba palabras como estas: «todas nuestras justicias son un trapo de inmundicia»; «por las obras de la ley, ninguna una carne será justificada»; «cuando hubiereis hecho todas estas cosas decid: siervos inútiles somos», otras muchas por este estilo. Tales palabras me hacían andar así: Si todas mis justicias son trapos de inmundicia; si por las obras de la ley nadie puede ser justificado y si cuando lo hayamos hecho todo aún somos inútiles es necedad pensar en llegar al cielo por la ley. Además, anduve así: Si un hombre adquirió una deuda de mil pesos con un comerciante, aunque después pague al contado todo lo que lleve, sin embargo, su antigua deuda queda en pie y sin borrar en el libro, y cualquier día el comerciante podrá perseguirle por ella y echarle a la cárcel hasta que la pague.

CRIST. — ¿Y cómo aplicaste esto a tu propio caso?

ESPER. — Pensé de la manera siguiente: Por mis pecados he adquirido una gran deuda con Dios, y mi reforma presente no podrá liquidar aquella deuda; así que, aun en medio de todas mis enmiendas, tengo que pensar en el cómo me he de librar de esa condenación en que incurrí por mis transgresiones anteriores.

CRIST. — Es mucha verdad. Sigue, sigue.

ESPER. — Otra de las cosas que más me sigue molestando desde mi reciente reforma es la siguiente: que si me pongo a examinar minuciosamente aun mis mejores acciones, siempre puedo ver en ellas pecado, nuevo pecado mezclándose con todo lo mejor que pueda hacer; de manera que me veo obligado a suponer que, a pesar de mis anteriores vanas ideas de mí mismo y de mis deberes, cometo en un día pecado bastante para hundirme en el infierno, aunque mi vida anterior hubiese sido intachable.

CRIST. — ¿Y qué hiciste después de estos pensamientos?

ESPER. — ¿Qué hice? Yo no sabía qué hacer hasta que abrí mi corazón a Fiel, porque él y yo nos conocíamos mucho, y me dijo que sólo con la justicia de un hombre que nunca hubiese pecado, yo podía salvarme; ni mi propia ni la de todo el mundo era bastante para ello.

CRIST. — ¿Y te pareció eso verdad?

ESPER. — Si me lo hubiera dicho cuando estaba tan contento y satisfecho de mis propias reformas, le hubiera llamado necio; pero ahora que veo mi propia debilidad y el pecado mezclado en mis mejores acciones, me he visto obligado a ser de su opinión.

CRIST. — Pero cuando él te hizo por primera vez esta indicación, ¿te parecía posible encontrar un hombre tal, de quien se pudiera decir que nunca había pecado?

ESPER. — Tengo que confesar que sus palabras en un principio me parecieron muy extrañas; pero después de más conversación y más trato con él, me convencí realmente de ello.

CRIST. — ¿Y le preguntaste quién era ese hombre, y como habías de ser justificado por él?

ESPER. — Ah, sí; y me dijo: «es el Señor Jesús que está a la diestra del Altísimo». Y añadió: «has de ser justificado por El de esta manera, confiándote en lo que El por sí mismo hizo en los días de su carne y lo que sufrió cuando fue colgado en el madero». Le pregunté, además, cómo podía ser que la justicia de aquel hombre pudiese tener tal eficacia que justificase a otro delante de Dios, y me dijo que aquel era el Dios poderoso, y que lo que hizo y la muerte que padeció no eran para sí mismo, sino para mí, a quien serían imputados sus hechos y todo su valor al creer en él.

Esperanza cuenta cómo quiso alcanzar la salvación tratando de reformar su ser exterior, experiencia similar a la que Bunyan describió de sí mismo: «En lo exterior logré cambiar un poco, tanto en mi forma de hablar como en mi vida, y pensé que si cumplía los Diez Mandamientos lograría entrar al cielo [...] mis vecinos pensaban que yo era un buen tipo [...] luego de ver sorprendidos el gran cambio en mi vida y mi conducta. Por cierto, yo también lo creía así [...] Pero, finalmente me di cuenta que, si bien era sincero [...] no conocía a Cristo, ni su gracia ni la fe ni la esperanza».[3]

CRIST. — ¿Y qué hiciste entonces?

ESPER. — Hice objeciones contra la fe de esto, porque parecía que el Señor no estaba dispuesto a salvarme.

CRIST. — ¿Y qué te dijo Fiel entonces?

ESPER. — Me dijo que fuera a él y viera; yo le objeté que esto sería en mí presunción; él me contestó que no, que había sido invitado a ir. En esto me dio un libro que Jesús había dictado, para animarme a acudir con más libertad, añadiendo que cada jota y tilde en él estaba más firmes que el cielo y la tierra. Entonces le pregunté qué era lo que debía hacer para acercarme a El; y me enseñó que debía invocarle de rodillas, debía implorar con todo mi corazón y mi alma al Padre a que revelase a su Hijo en mí. Volví a preguntar acerca del cómo debía hacerle mis plegarias, y me dijo: Vete y le hallarás sentado sobre un propiciatorio, donde permanece siempre para dar perdón y remisión a los que se le acercan. Le manifesté que no sabría qué decir cuando me presentaste a El, y me recomendó que le dijese palabras como éstas: «Dios, sé propicio a mí pecador», y «Hazme conocer y creer en Jesucristo, porque reconozco que si no hubiera existido su justicia o si no tuviera yo fe en ella, estaría del todo perdido». «Señor, he oído que eres un Dios misericordioso, y que has puesto a tu Hijo Jesucristo como Salvador del mundo, y que estás dispuesto a concedérselo a un pobrecito pecador como yo, y en verdad que soy pecador. Señor, manifiéstate en esta ocasión y ensalza tu gracia en la salvación de mi alma mediante tu Hijo Jesucristo. Amén».

CRIST. — ¿Y lo hiciste así?

ESPER. — Sí; una y mil veces.

CRIST. — ¿Y el Padre te reveló a su Hijo?

ESPER. — No; ni la primera, ni la segunda, ni la tercera, ni la cuarta, ni la quinta, ni aun la sexta vez.

CRIST. — ¿Y qué hiciste al ver esto?

ESPER. — No sabía qué hacer.

CRIST. — ¿No estuviste tentado a abandonar la oración?

ESPER. — Sí; doscientas veces.

CRIST. — ¿Y cómo es que no lo hiciste?

ESPER. — Porque creía que era verdad lo que me había dicho, a saber: que sin la justicia de este Cristo, ni todo el mundo sería poderoso para salvarme, y, por tanto, discurría así conmigo mismo: Si lo dejo, me muero, y de todos modos quiero más morir al pie del trono de la gracia. Además, me vinieron a la memoria estas palabras: «Aunque se tardare, espéralo, que sin duda vendrá; no tardará». Así, seguí orando hasta que el Padre me revelase a su Hijo.

CRIST. — ¿Y cómo te fue revelado?

ESPER. — No le vi con los ojos del cuerpo, sino con los del entendimiento. Y fue de esta manera: Un día estaba tristísimo, más triste, según me parece, que jamás había estado en mi vida, siendo causada esta tristeza por una nueva revelación de la magnitud vileza de mis pecados, y cuando yo no esperaba otra cosa que el infierno, la eterna condenación de mi alma, de repente me pareció ver al Señor Jesús mirándome desde el cielo, y diciéndome: «Cree en el Señor Jesucristo y serás salvo».

Pero —contesté—, Señor, soy un pecador grande, muy grande». Y me respondió: «Bástate mi gracia». Volví a decirle: «Pero, Señor, ¿qué cosa es creer?» Y vi por aquel dicho: «El que a mí viene nunca tendrá hambre y el que en mí cree, no tendrá sed jamás, que el creer y el venir era todo una misma cosa, y que aquél que corre en su corazón y afectos tras la salvación por Cristo, aquél, en realidad, cree en Cristo. Entonces vinieron las lágrimas a mis ojos y seguí preguntando. «Pero, Señor, ¿puede, en verdad, un pecador tan grande como yo ser aceptado de ti y salvo por ti?» Y le oí decir: «Al que a mí viene no le echo fuera».

Luego de que Bunyan se entregara plenamente a la gracia y la salvación de Dios, su fe en Jesús y su vida de piedad fueron reafirmadas y su conocimiento espiritual logró mejorar. «El Señor me hizo conocer el misterio de la unión con el Hijo de Dios —escribió Bunyan—. Si Cristo y yo estamos unidos, entonces su justicia, sus méritos y su victoria me pertenecen [...] [los creyentes] cumplieron la ley por medio de él, murieron y resucitaron en él, y en él obtuvieron la victoria sobre el pecado, la muerte, el diablo y el infierno [...] Tus muertos vivirán; sus cadáveres resucitarán" (Isaías 26.19)».[4]

Y dije «Pero, Señor, ¿cómo he de pensar de ti, al venir a ti para que mi fe esté bien puesta en ti?» Y me dijo: «Jesucristo vino al mundo por salvar a los pecadores». El es el fin de la ley para justicia a todo aquel que cree. «El fue entregado por nuestros delitos y resucitado para nuestra justificación». «Nos amó, y nos ha lavado de nuestros pecados con su sangre». «El es el mediador entre Dios y nosotros». «El vive siempre para interceder por nosotros».

De todo lo cual colegí que debía buscar mi justificación en su persona, y la satisfacción de mis pecados en su sangre; que lo que hacía El, obedeciendo a la ley de su Padre y sometiéndose a la pena de ella, no era para sí mismo, sino para aquel que lo quiere aceptar para su salvación y que es agradecido; y entonces mi corazón se llenó de gozo, mis ojos de lágrimas y mis afectos rebosando de amor al nombre, al pueblo y a los caminos de Jesucristo.

CRIST. — Esta era, en verdad, revelación de Cristo a tu alma, pero especifícame los efectos que produjo en tu espíritu.

ESPER. — Me hizo ver que todo el mundo, a pesar de toda su propia justicia, está en estado de condenación; que Dios el Padre, aunque es justo, puede con justicia justificar al pecador que viene a El; me hizo ponerme grandemente avergonzado de mi vida anterior, y me humilló, haciéndome conocer y sentir mi propia ignorancia, porque hasta entonces no había venido un solo pensamiento a mi corazón que de tal manera me hubiese revelado la hermosura de Jesucristo; me hizo desear una vida santa, y anhelar el hacer algo para la honra y gloria del nombre del Señor Jesús; hasta me pareció que si tuviera ahora mil vidas, estaría dispuesto a perderlas todas por la causa del Señor Jesús.

Lleno de gratitud y admiración, Esperanza anhela «hacer algo para la honra y gloria del nombre del Señor Jesús». Confiesa que ha entregado su corazón completamente a Cristo, tal como Bunyan había hecho innumerables veces. Minutos antes de que Bunyan fuese arrestado por predicar en una iglesia sin el permiso correspondiente, sus amigos le advirtieron que un juez había emitido una orden judicial contra él. Su respuesta fue inquebrantable: «Por ninguna causa me moveré de este lugar, tampoco cancelaré esta reunión[...]. Alegrémonos porque no seremos intimidados; nuestra causa es justa y no tenemos por qué avergonzarnos; predicar la Palabra de Dios es una obra tan noble que seremos recompensados si logramos perseverar en ello».[5]

CATORCE

Viajeros presuntuosos que resbalan

uando Esperanza concluyó su razonamiento, que acabamos de referir, volvió los ojos atrás y vio a Ignorancia que los seguía, y dijo a Cristiano:

ESPER. — Poca pena se da ese joven por alcanzarnos.

CRIST. — Ya, ya lo creo; no le gusta sin duda nuestra compañía.

ESPER. — Pues creo que no le hubiera venido mal el habernos acompañado hasta ahora.

CRIST. — Esta es la verdad; pero apuesto a que él piensa de muy diferente manera.

ESPER. — Sí, lo creo; sin embargo, esperémosle. (Así hicieron.)

Luego que ya estuvo con ellos, dijo:

CRIST. — Vamos, hombre; ¿por qué te detuviste tanto?

IGNOR. — Me gusta mucho andar a solas, mucho más que ir acompañado, a no ser que la compañía sea de grado.— Dijo entonces Cristiano a Esperanza al oído: «¿No te dije que no le gustaba nuestra compañía?»

CRIST. — Pero, vamos, acércate, y empleemos nuestro tiempo en este lugar solitario con una buena conversación. Di, ¿cómo te va? ¿Cómo están las relaciones entre tú y tu alma?

IGNOR. — Confío que bien; estoy siempre lleno de buenos movimientos que vienen a mi mente para consolarme en mi camino.

CRIST. — ¿Qué buenos movimientos son esos?

IGNOR. — Pienso en Dios y en el cielo.

CRIST. — Esto hacen también los demonios y las almas condenadas.

IGNOR. — Pero yo medito en ellos y los deseo.

CRIST. — Así hacen también muchos que no tienen habilidad alguna de llegar a ellos jamás; desea y nada alcanza el alma del perezoso.

IGNOR. — Pero yo pienso en ellos, y lo abandono todo por ellos.

CRIST. — Mucho lo dudo, porque eso de abandonarlo es cosa muy difícil. Sí, más difícil de lo que piensan muchos. Pero ¿en qué te apoyas para pensar que lo has abandonado todo por Dios y el cielo?

IGNOR. — Mi corazón me lo dicta.

CRIST. — Dice el Sabio que «el que confía en su corazón es necio».

IGNOR. — Eso es cuando el corazón es malo; el mío es bueno.

CRIST. — ¿Y cómo lo pruebas?

IGNOR. — Me consuelo con las esperanzas del cielo.

CRIST. — Eso bien puede ser un engaño; porque el corazón de un hombre puede suministrarle consuelo con la esperanza de aquella misma cosa que no tiene fundamento alguno para esperar.

IGNOR. — Pero mi corazón y mi vida se armonizan perfectamente, y, por lo mismo, mi esperanza está bien fundada.

CRIST. — ¿Quién te ha dicho que tu corazón y tu vida están en armonía?

IGNOR. — Me lo dice mi corazón.

> Ignorancia rebosa de petulancia mientras ofrece un brillante informe de su propia vida y presume que sus «buenos» pensamientos y obras (los cuales ni siquiera lo distinguen de los demonios y los incrédulos) lo acreditan delante de Dios. Usando su corazón como su guía definitiva, Ignorancia sencillamente se ha autoconvencido de que cualquier asunto que él determine que es la verdad se vuelve verdadero: ¡Si quiere ir al cielo y ser lo suficientemente bueno, pues, ya lo es!

CRIST. — Pregunta a mi compañero si soy yo ladrón. ¡Tu corazón te lo dice! Si la palabra de Dios no da testimonio en este asunto, otro testimonio es de ningún valor.

IGNOR. — Pero ¿no es bueno el corazón que tiene buenos pensamientos? ¿Y no es buena la vida que está en armonía con los mandamientos de Dios?

CRIST. — Sí; es verdad. Es corazón bueno el que tiene buenos pensamientos, y vida buena la que está en armonía con los mandamientos de Dios; pero, en verdad, una cosa es tenerlos y otra cosa es pensar sólo que se tienen.

IGNOR. — Dime, pues, ¿qué entiendes tú por buenos pensamientos y por conformidad de vida con los mandamientos de Dios?

CRIST. — Hay buenos pensamientos de diversas clases: unos, acerca de nosotros mismos; otros, acerca de Dios y Cristo, y otros, acerca de otras cosas.

IGNOR. — ¿Cuáles son los pensamientos buenos acerca de nosotros mismos?

CRIST. — Los que estén en conformidad con la palabra de Dios.

IGNOR. — ¿Cuándo están conformes nuestros pensamientos acerca de nosotros mismos con la palabra de Dios?

CRIST. — Cuando hacemos de nosotros los mismos juicios que hace la palabra. Me explicaré. Dice la palabra de Dios de los que se encuentran en un estado natural, que «no hay justo, que no hay quien haga el bien». Dice también que «todo designio de los pensamientos del corazón del hombre es, de continuo, solamente el mal»; y añade: «el instinto del corazón del hombre es malo desde su juventud». Ahora bien; cuando pensamos de nosotros mismos de esta manera y lo sentimos verdaderamente, entonces son buenos nuestros pensamientos, porque están en armonía con la palabra de Dios.

IGNOR. — Nunca creeré que mi corazón es tan malo.

Usando las Escrituras como fuente de la verdad, Cristiano define la bondad como todo lo que Dios ha dicho que es bueno, correcto y verdadero. Sabe a partir de las Escrituras que nadie es bueno y que no podemos confiar en nuestro mentiroso corazón. Debemos someternos a la Palabra del Altísimo, el Dios que todo lo sabe. «Fíate de Jehová de todo tu corazón, y no te apoyes en tu propia prudencia», dice Proverbios 3.5. Si nuestras opiniones de nosotros mismos y de Dios no concuerdan con las Escrituras, entonces seremos como Ignorancia, que ignora la verdad.

CRIST. — Por lo mismo, nunca has tenido en toda tu vida un solo buen pensamiento de ti; pero déjame seguir, como la palabra pronuncia sentencia sobre nuestros corazones, la pronuncia también sobre nuestros caminos; y cuando nuestros juicios acerca de nuestros corazones y nuestros caminos concuerdan con el juicio que de ellos hace la palabra, entonces ambos son buenos, porque están en conformidad unos con otros.

IGNOR. — Explica el sentido de esas palabras.

CRIST. — Dice la palabra de Dios que «los caminos del hombre son torcidos», que «no son buenos, sino pervertidos; dice que «los hombres, por naturaleza, se han extraviado del camino, que no lo han conocido siquiera».

Ahora bien; cuando un hombre piensa así de sus caminos, es decir, cuando piensa con sentimiento y humillación de corazón, entonces es cuando tiene buenos pensamientos de sus propios caminos, porque sus juicios concuerdan entonces con el juicio de la palabra de Dios.

IGNOR. — ¿Qué son buenos pensamientos acerca de Dios?

CRIST. — Lo mismo que he dicho acerca de nosotros mismos: Cuando nuestros pensamientos sobre Dios concuerdan con lo que dice de El la Palabra, y esto es cuando pensamos en su ser y atributos, como la Palabra enseña; pero de esto no puedo ocuparme ahora extensamente. Hablando solamente de Dios en sus relaciones con nosotros, tenemos pensamientos buenos y rectos de El, cuando pensamos que nos conoce mejor que nosotros a nosotros mismos, y puede ver el pecado en nosotros, cuando nosotros no lo veamos en manera alguna en nosotros mismos; cuando pensamos que conoce nuestros pensamientos más íntimos, y que nuestro corazón, con todas sus profundidades, está siempre descubierto a sus ojos; cuando pensamos que todas nuestras justicias hieden ante El, y, por tanto, no puede sufrir que estemos en su presencia con confianza alguna en nuestras obras, aun las mejores.

IGNOR. — ¿Te parece que soy tan necio que crea que Dios no ve más que lo que yo veo, o que me atrevería a presentarme a Dios aun con la mejor de mis obras?

CRIST. — Pues entonces, ¿cómo piensas en este asunto?

IGNOR. — Pues, para decirlo en pocas palabras, creo que es necesario tener fe en Cristo para ser justificado.

CRIST. — ¿Cómo piensas que puedes tener fe en Cristo, cuando no ves tu necesidad de El, ni conoces tus debilidades, ni originales ni actuales; antes bien, tienes de ti mismo y de lo que haces una opinión tal, que prueba muy claramente que nunca has visto la necesidad de la justicia personal de Cristo para justificarte delante de Dios? ¿Cómo, siendo esto así, puedes decir: Yo creo en Cristo?

IGNOR. — Creo bastante bien, a pesar de todo eso.

CRIST. — ¿Y cómo crees?

IGNOR. — Creo que Cristo murió por los pecadores, y que seré justificado delante de Dios y libre de la maldición, mediante que El acepta graciosamente mi obediencia a su ley; o, para decirlo de otra manera: Cristo hace que mis deberes religiosos sean aceptables a su Padre, en virtud de sus méritos, y de este modo, yo soy justificado.

Ignorancia comparte unas creencias increíblemente creativas acerca de la justificación, una «fe fantástica» que no se encuentra en ninguna parte de las Escrituras. No nos sorprende que venga de alguien que tomó atajos para llegar al camino de Peregrino. Al ver a Cristo como alguien que justifica sus propios actos, Ignorancia cree que por combinar sus esfuerzos

con la justicia de Cristo, de alguna forma hará que su obediencia sea bien recibida por Dios. Testarudamente rechaza que solo la obediencia de Cristo, sin la inclusión de cualquier obediencia humana, puede pagar la deuda del pecado. La fe de este personaje está en realidad en sí mismo. «Sabio en su propia opinión», ignora su propio pecado y lo que realmente sabe, lo cual contrasta con «el que se gloría, gloríese en el Señor» (1 Corintios 1.13).

CRIST. — Permíteme que conteste a esta tu confesión de fe:

1. Crees con una fe fantástica, porque tal fe no la encuentro así escrita en ninguna parte de la Palabra.
2. Crees con una fe falsa, porque quita la justificación de la justicia personal de Cristo y la aplica a la tuya propia.
3. Esa fe hace que Cristo sea el que justifica, no tu persona, sino tus acciones, y luego tu persona por causa de tus acciones, y esto es falso.
4. Por tanto, esta fe es engañosa, y tal que te dejará bajo la ira en el día del Dios Altísimo, porque la verdadera fe justificante hace que el alma, convencida de su condición por la ley, acuda por refugio a la justicia de Cristo (cuya justicia no es un acto de gracia, en el cual hace que tu obediencia sea aceptada por parte de Dios y la justificación, sino su obediencia personal a la ley en hacer y sufrir por nosotros lo que aquélla exigió de nosotros). Esta justificación, digo, la verdadera

fe la acepta, y bajo su manto el alma está abrigada, y
por ello se presenta sin mancha delante de Dios, y es
aceptada y absuelta de la condenación.

«Por eso es que el cristiano se halla en una posición diferente
de la de aquellos que están tratando de ser buenos. Esperan
agradar a Dios siendo buenos[...]. Pero el cristiano piensa que
lo bueno que él hace proviene de la vida de Cristo que hay en su
interior. No cree que Dios nos ama porque somos buenos, sino
que Él nos hace buenos porque nos ama».[1]

C. S. Lewis

IGNOR. — Pero qué, ¿quieres que nos confiemos en lo que Cristo ha hecho en su propia persona sin nuestra participación? Esta fantasía daría rienda suelta a nuestras concupiscencias, y nos permitiría vivir según nuestro propio antojo; porque, ¿qué nos importaría el cómo viviésemos, si podemos ser justificados de todo por la justicia personal de Cristo con sólo tener fe en ella?

CRIST. — Ignorancia te llamas, y es mucha verdad; eso eres, y esa tu última contestación lo pone en evidencia, ignorante estás de lo que es la justicia que justifica, y también ignorante de cómo has de asegurar tu alma por fe de la terrible ira de Dios. También ignoras los verdaderos efectos de esta fe salvadora en la justicia de Cristo, que son: inclinar y ganar el corazón a Dios en Cristo, que ame su nombre, su palabra, sus caminos y su pueblo, y no como tú, en tu ignorancia, te lo imaginas.

Ignorancia piensa que si la gente no necesita el esfuerzo humano para agradar a Dios, entonces tendrá demasiada libertad. Si solo confían en Cristo para lograr justicia, se sentirán libres de vivir sus pasiones pecaminosas. Ignorancia desconoce que la gracia salvadora causa que los creyentes amen la bondad, deseen la santidad y se deleiten en todo lo que Dios se deleita. Logramos cambiar cuando llegamos a conocer la belleza y bondad de Dios. Esperanza ofreció un testimonio de todo esto en el capítulo anterior cuando dijo que la revelación de Dios provocó en él un corazón lleno de gozo y afecto por los caminos y el pueblo de Cristo, y un deseo de honrar a Dios con toda su vida. Depositar nuestra fe en Dios significa reconocerlo como nuestro Señor y entregar nuestras vidas para su causa, tal como él lo hizo por nosotros. Su amor nos compele para vivir y morir por él.

ESPER. — Pregúntale si alguna vez se le ha revelado Cristo desde el cielo.

IGNOR. — ¿Cómo? ¿Eres tú de los que creen en revelaciones? Vaya, creo que lo que tú y tu comparsa decís sobre esta materia no es más que el fruto de un cerebro desordenado.

ESPER. — Pero hombre, Cristo está tan escondido en Dios de la compresión natural de la carne, que nadie puede conocerle de una manera salvadora, si Dios, el Padre, no se lo revela.

IGNOR. — Esa será tu creencia, pero no la mía, y, sin embargo, no dudo de que la mía sea tan buena como la tuya, aunque mi cabeza no esté como la de ustedes.

CRIST. — Permitidme que tercie aquí con una palabra: no se debe hablar tan ligeramente de este asunto, porque yo afirmo rotunda y resueltamente lo mismo que mi buen compañero: que ningún hombre puede conocer a Jesucristo sino por la revelación del Padre. Más aún: Que la fe, por la cual el alma se hace de Cristo para ser una fe recta, ha de ser operada por la supereminente grandeza de su poder. De esta operación de la fe percibo que nada sabes, pobrecito Ignorancia. Despiértate, pues, reconoce tu propia miseria y acude al Señor Jesús, y por su justicia, que es la justicia de Dios (porque él mismo es Dios), serás librado de la condenación.

———

«... Cristo Jesús, el cual nos ha sido hecho por Dios sabiduría, justificación, santificación y redención», nos dice 1 Corintios 1.30, uno de tantos pasajes de las Escrituras que ayudaron a Bunyan a que comprendiera e internalizara la doctrina de la justificación. Al respecto escribió: «Me di cuenta de que ni el buen o mal estado de mi corazón harían que mi rectitud fuera mejor o peor, porque mi rectitud yace en el propio Cristo Jesús, que es el mismo ayer, y hoy, y por los siglos (Hebreos 13.8) [...] Cristo lo es todo: todo mi conocimiento, rectitud, santificación y redención».[2]

IGNOR. — Andáis muy de prisa; no puedo andar a vuestro paso; idos delante; tengo que detenerme todavía.

Y se despidió de ellos.

Entonces dijo Cristiano a su compañero:

CRIST. — Vamos, pues, buen Esperanza; está visto que tú y yo hemos de andar otra vez solitos.

Dieron, pues, a caminar a buen paso, mientras Ignorancia los seguía cojeando; y mientras caminaban les oí el siguiente diálogo:

CRIST. — Mucha lástima me da este pobre. Creo que al fin lo va a pasar muy mal.

ESPER. — Desgraciadamente, hay muchísimos en nuestra ciudad que están en la misma condición, familias enteras y aun calles enteras, y eso que son también peregrinos, y si hay tantos entre nosotros, calcula cuántos habrá en el lugar donde él nació.

CRIST. — Sí, dice la verdad la Palabra: «Les ha cerrado los ojos para que no vean...»

Pero ahora que estamos otra vez solitos, dime: ¿qué te parece de tales hombres? ¿Crees tu que alguna que otra vez tengan convicción de pecado y, por consiguiente, temores de que están en estado peligroso?

ESPER. — Esa pregunta nadie mejor que tú mismo puede contestarla, pues eres mayor que yo.

CRIST. — Mi respuesta es que, a mi parecer, es posible que las tengan alguna que otra vez; pero siendo por naturaleza ignorantes, no comprenden que esta convicción tiende a su provecho, y buscan de todos modos ahogarla, siguen presuntuosamente adulándose a sí mismos en el camino de sus propios corazones.

ESPER — En efecto, también yo creo como tú que el miedo sirve mucho para bien de los hombres y para hacerles ir derechos al principio de su peregrinación.

CRIST. — De eso no podemos dudar que es bueno, por eso así lo dice la Palabra: «El temor de Jehová es el principio de la sabiduría».

Los peregrinos reconocen que a Ignorancia le falta una cualidad crítica: temor de Dios. El proceso de aprender a tener sabiduría espiritual empieza encontrándose con Dios Santo y correspondiéndole con temor. Luego, continúa ayudándonos a facilitar los siguientes pasos de nuestro camino espiritual. Nos ayuda a reconocer las normas divinas de santidad y la condena del pecado; nos hace reconocer nuestro pecado y cómo arrepentirnos de este; nos conduce a depositar nuestra fe en Cristo para la salvación; nos hace que respetemos las Escrituras, que seamos obedientes y que sigamos la dirección del Espíritu para evitar contristarlo. Acercarnos a Dios santo y misericordioso produce en nosotros un sentimiento de admiración, respeto y adoración, lo cual nos motiva a rendirle culto y promueve el deseo de tener constante comunión con él. Los que piensan como Ignorancia, que desconfía y suprime cualquier remordimiento de conciencia, endurecen sus corazones y se van alejando de la verdad y la vida que Dios ofrece.

ESPER. — ¿Cómo podrías tú describir el miedo que es bueno?

CRIST. — El miedo bueno se describe por tres cosas:

1. Por su origen, es causado por las convicciones salvadoras de pecado.
2. Impele al alma a asirse de Cristo para salvación.
3. Engendra y conserva en el alma una gran reverencia a Dios y a su Palabra y a sus caminos, manteniéndola tierna y haciéndola temerosa de volverse de ellos a diestra y siniestra, o hacer cosa alguna que pudiera deshonrar a Dios, alterar su paz, contristar al Espíritu Santo, ser causa de que el enemigo hiciese algún reproche.

ESPER. — Estoy conforme; creo que has dicho la verdad. ¿No hemos salido todavía del terreno encantado?

CRIST. — Pues qué, ¿te cansa esta conversación?

ESPER. — No por cierto; pero quisiera saber dónde estamos.

CRIST. — Aún nos falta como una legua que andar para salir de él; pero volvamos a nuestro asunto. Los ignorantes no conocen que tales convicciones que les atemorizan son para su bien, y por esto procuran ahogarlas.

ESPER. — ¿Y cómo procuran ahogarlas?

CRIST . —

1. Creen que esos temores son obra del demonio (aunque en verdad son de Dios), y así los resisten como cosas que tienden directamente a su ruina.
2. Piensan también que los tales temores tienden a perjudicar su fe, cuando, ¡desgraciados de ellos!, no tienen ninguna, y por esto endurecen su corazón contra ellos.
3. Suponen que no deben temer, y por esto, a pesar de sus temores, se hacen vanamente confiados.
4. Opinan que estos temores tienden a rebajar su antigua y miserable propia santidad, y por esto los resisten con toda su fuerza.

ESPER. — Algo de esto he experimentado yo mismo, porque antes de convencerme a mí mismo me pasó lo que acabas de decir.

CRIST. — Bueno, dejaremos ya por ahora a nuestro vecino Ignorancia, y nos ocuparemos de otra cuestión provechosa.

ESPER. — Enhorabuena; pero te suplico que la propongas también tú otra vez.

CRIST. — Pues bien; ¿conociste allá en tu tierra, hace cosa de unos diez años, a un tal Temporario, que era entonces un hombre bastante fervoroso en religión?

ESPER. — ¡Oh! Sí, no lo he olvidado; vivía en Singracia, pueblo que dista cosa de media legua de Honradez, y su casa estaba inmediata a la de un tal Vuelve-atrás.

CRIST. — Tienes razón. Vivía con él bajo el mismo techo. Bueno, pues ese estuvo una vez muy despierto; creo que entonces tenía alguna convicción de sus pecados y de la paga que se les debe.

ESPER. — Así era, efectivamente. Su casa no distaba más que una legua de la mía, y solía muchas veces venir a mí y con muchas lágrimas; en verdad que me daba lástima, y no perdí del todo mis esperanzas sobre él; pero está visto que no son cristianos todos los que dicen: ¡Señor, Señor!

CRIST. — Me dijo una vez que estaba resuelto a ir en peregrinación, como hacemos nosotros ahora; pero de repente tuvo conocimiento con un tal Sálvese-él-mismo, y entonces ya dejó mi amistad.

Luego de haber charlado sobre la falta de temor de Dios, los peregrinos pasan a su siguiente tema de conversación en la Tierra-encantada: caer de la fe. Recuerdan a Temporario, que provenía del pueblo llamado Singracia (no de Honradez), y que alguna vez tuvo temor de Dios, conocía la paga del pecado y aparentemente creyó en la gracia salvadora de Dios. Pero, al poco tiempo dejó la fe y se encantó con la autosuficiencia bajo la influencia de un tal Sálvese-él-mismo. Temporario refleja lo que Jesús enseñó por medio de la parábola del sembrador: algunos creerán en la verdad de Dios pero la abandonarán una vez que encaren tribulaciones y distracciones del mundo (Lucas 8.4-15). Temporario estaba tan ensimismado por su forma de pensar, que había dejado de creer que necesitaba un Salvador, y aprovechó esta distracción para apagar cualquier sentimiento de temor de Dios que alguna vez tuvo.

ESPER. — Pues ya que hablamos de él, inquiramos la razón de su repentina apostasía y de la de otros como él.

CRIST. — Nos podrá servir de mucho provecho; pero ahora empieza tú.

ESPER. — Pues bien; en mi juicio hay cuatro razones a ella:

1. Aunque están despiertas las conciencias de tales hombres, sin embargo, sus corazones no se han cambiado; por eso, cuando se amortigua la fuerza de la culpa, acaba también lo que les inducía a ser religiosos, y, naturalmente vuelven otra vez a sus antiguos caminos, así como vemos que el perro vuelve a su vómito, y la puerca lavada a volcarse en el cieno. Como he dicho, éstos buscan ávidos el cielo, sólo a causa de su aprensión y temores de tormentos del infierno, y una vez entibiada y resfriada la aprensión del infierno y su temor de la condenación, se entibian y resfrían también sus deseos del cielo y de la salvación, y por esto cuando han pasado su culpa y temor, acaban también sus deseos y vuelven a sus caminos.

2. Otra razón es que sus temores son serviles, es decir no son éstos temores de Dios, sino temores de los hombres, y «el temor del hambre pondrá lazo». Así aunque aparecen muy ávidos del cielo, mientras sienten las llamas del infierno alrededor de ellos; sin embargo, cuando ese terror ha pasado un poco, ya les vienen otros pensamientos, como son, que es bueno ser prudente y no arriesgar por lo que no saben la pérdida de todo, o a lo menos, que no es bueno meterse en inevitables e innecesarias aflicciones, y así vuelven a hacer sus paces otra vez con el mundo.

3. También suele ser tropezadero en su camino la vergüenza que suele acompañar a la religión; son orgullosos y altivos, y la religión, a sus ojos, es baja y despreciable; por esto, una vez perdido su sentido del infierno y de la ira venidera, vuelven a su antiguo modo de vivir.

4. Les parece son muy gravosos la culpa y el pensar con terror en ella; no les gusta contemplar sus miserias antes de tiempo; porque aunque tal vez la primera

consideración de esto les haría refugiarse donde se refugian los justos, y donde estuviesen seguros, sin embargo, como rehuyen esos pensamientos de la culpa y del terror, una vez que ya se han hecho insensibles a sus convicciones y al temor de la ira de Dios, endurecen voluntariamente sus corazones, y escogen precisamente los caminos que contribuyen más a este endurecimiento.

CRIST. — Creo que vas bastante acertado, porque el fundamento de todo es la falta de un cambio en su corazón y voluntad, y por eso son semejantes al reo cuando está delante del juez. Se estremece y tiembla, y parece arrepentirse de todo corazón; pero la causa de todo esto es el temor que tiene de la horca y no el odio al delito; dejad si no a tal hombre en libertad, y seguirá siendo un ladrón y un malvado como antes, mientras que si hubiera cambiado su corazón, hubiera cambiado también su conducta.

Esperanza ofrece una lista de tantas razones por las que la gente abandona la vida cristiana, como negarse a sufrir menosprecio y persecución, y la falta de un verdadero arrepentimiento y deseos de vivir una vida santa. Se insensibilizan a cualquier temor de juicio o convencimiento de pecado porque tienen temor de encarar su culpa y vacío espiritual, y por ello optan por vivir una vida sin Dios. Cristiano acota que, en última instancia, la gente cae de la fe «porque el fundamento de todo es la falta de un cambio en su corazón y voluntad».

ESPER. — Ya que yo te he mostrado las razones de la apostasía de éstos, muéstrame tú ahora la manera de ella.

CRIST. — Voy a hacerlo de buena voluntad:

1. Apartan sus pensamientos todo lo posible de la meditación y el recuerdo de Dios, de la muerte y del juicio venidero.
2. Abandonan poco a poco, y por grados, sus deberes privados, como la oración secreta, el refrenamiento de sus concupiscencias, la vigilancia sobre sí mismos, el dolor de pecados y otros semejantes.
3. Luego huyen de la compañía de los cristianos fervorosos y entusiastas.
4. Se van enfriando en cuanto a los deberes públicos, como la lectura y predicación de la palabra, trato piadoso con otros cristianos, etc.
5. Ya empieza a gustarles cortar sayos, como se dice, (criticar) a las personas piadosas, y esto de una manera infernal, para tener una excusa aparente para echar fuera la religión, con el pretexto de algunas debilidades que han descubierto en los que la profesan.
6. Después vienen a adherirse y asociarse con hombres carnales, licenciosos y livianos.
7. Luego se entregan secretamente a conversaciones carnales y livianas, alegrándose de ver cosas semejantes en algunos que son tenidos por honrados, para disfrazarse con ellos y poder hacerlo más atrevidamente.
8. Por fin empiezan a jugar abiertamente con los pecadillos, llamándolos cosa de poca entidad; y
9. endureciéndose de esta manera se manifiestan enteramente como son. Así, habiéndose lanzado en el abismo de la miseria, si un milagro de la gracia no lo previene, perecen para siempre en sus propios engaños.

Caer de la fe empieza en la mente, cuando la gente empieza a dejar de pensar en Dios, en la muerte, en el juicio y en la condición de sus corazones, lo cual produce una apatía hacia la santidad. Luego, dejan de rendirle culto a Dios y de reunirse en la comunidad cristiana; critican a los cristianos (a manera de autojustificación); se reúnen con gente irreligiosa y disfrutan del pecado, primero en privado y luego en público. Al alejar sus corazones de Dios, logran endurecerse frente a la realidad que inevitablemente llegará: «El que cree en el Hijo tiene vida eterna; pero el que rehúsa creer en el Hijo no verá la vida, sino que la ira de Dios está sobre él» (Juan 3.36).

Un río ineludible y la gloriosa Ciudad de Dios

Después de las agradables pláticas que acabo del referir, vi en mi sueño que habían pasado ya los peregrinos la Tierra-Encantada y estaban a la entrada del país de Beulah.

Muy dulce y agradable era el aire de este y como quiera que el camino iba por medio de él, se recrearon allí por algún tiempo. Allí se recreaban agradablemente en oír el canto de los pájaros y la voz dulce de la tórtola y en ver las flores que aparecían en la tierra. En este país brilla de día y de noche el sol, por lo cual está ya fuera enteramente del Valle-de-la-Muerte y también del alcance del gigante Desesperación, y del allí no se veía ni la más mínima parte del Castillo-de-la-Duda; allí, además, estaban a la vista de la ciudad adonde iban, y más de una vez encontraron alguno que otro de sus habitantes. Porque por ese país solían pasearse los Resplandecientes, por lo mismo que estaba casi dentro de los límites del cielo; en ese país también se renovó el pacto entre el Esposo y la Esposa, y como éstos se gozan entran en sí, así se goza con ellos el Dios del ellos; allí no faltaba trigo ni vino, porque había abundancia de lo que había buscado en toda su peregrinación. Allí también oían voces fuertes que salían de la ciudad y decían, «Decid a las hijas de Sión, he aquí viene tu Salvador, he aquí su recompensa con Él».

Allí por último, los habitantes del país los llamaron «Pueblo santo, redimidos de Jehová ciudad buscada...»

Una vez que pasan la Tierra-encantada, los peregrinos ingresan al abundante país de Beulah, que representa lo que algunos cristianos maduros experimentan en su última etapa de la vida. Se trata de un tiempo donde se siente la cercanía del cielo, cuando la belleza y la gloria de Dios los abruma y los ángeles les traen gracia espiritual. La autoridad de las promesas de Dios y la luz de su presencia eliminan cualquier vestigio de duda, temor y tentación. Las ansiedades y problemas de la vida terrenal empiezan a desaparecer. Dios les otorga paz profunda, les reafirma que pertenecen a él, y los hace conscientes de su gozo y atención. Sienten la presencia del cielo en sus corazones y el amor de Dios los inunda. Si bien tan solo pueden ver «por espejo, oscuramente» (1 Corintios 13.12), tiene la profundísima confianza que pronto estarán en el hogar celestial.

¡Dichosos ellos! Según iban caminando por ese país, tenían mucho más regocijo que en las partes más remotas del reino a que se dirigían, y cuanto más se acercaban a la ciudad,

tanto más magnífica y perfecta era la vista que se les presentaba. Estaba edificada de perlas y piedras preciosas; sus calles estaban empedradas de oro; así que, a causa del brillo natural de la ciudad y del reflejo de los rayos del sol, se puso enfermo de deseos Cristiano. Esperanza sintió también uno o dos ataques de la misma en enfermedad, por lo cual tuvieron que reclinarse allí un poco, exclamando en medio de su ansiedad: «Si hallareis a mi amado, hacedle saber cómo de amor estoy enfermo».

Mas, fortalecidos un poco y hechos capaces de sobrellevar su enfermedad, prosiguieron su camino, acercándose cada vez más y más hacia donde había viñedos frondosos y deliciosísimos jardines, cuyas puertas daban sobre el camino. Encontraron al jardinero, y dirigiéndose a él, preguntaron ¿De quién son estos viñedos y jardines tan hermosos? Contestóles: —Son del Rey, y se han plantado para su deleite y para solaz de los peregrinos—. Y les hizo entrar en los viñedos; les mandó refrescarse con lo más regalado de sus frutos; les mostró también los paseos y cenadores donde el Rey se deleitaba, y, por último, los invitó a detenerse y a dormir allí, vi que mientras dormían hablaban más que en todo su viaje; y recapacitando yo sobre ello, me dijo el jardinero ¿Por qué recapacitas sobre esto? Es la naturaleza del fruto de estas viñas entrar suavemente y hacer hablar los labios de los que duermen.

La palabra Beulah significa «desposada», y aparece en Isaías 62.4 para indicar la «unión íntima y vital» de Dios con su pueblo.[1] Dios había rechazado a Israel cuando este se encontraba en el exilio por causa de su pecado, pero Isaías profetizó que Dios restauraría plenamente la relación con su pueblo. Dios los apartaría para sí mismo, los favorecería, protegería y se alegraría por ellos (vv. 4, 12). Esta profecía señala el tiempo cuando, por medio de la reunión del novio con la novia, Dios bendecirá a su pueblo, su iglesia. En la versión que Bunyan ofrece de Beulah, se renueva el contrato matrimonial y los peregrinos anticipa grandemente el día de la gran boda. Pensando en el ferviente afecto que leen en el Cantar de los cantares, Cristiano y Esperanza empiezan a sentir nostalgia y añoranza por su amado Dios.

Cuando se despertaron se preparaban a acercarse a la ciudad; pero como he dicho, siendo ésta de oro fino, era tal el reflejo del sol sobre ella y tan sumamente glorioso, que no pudieron contemplarla con la faz descubierta sino por medio de su instrumento hecho para ello. Y vi que, según iban andando, les encontraron dos hombres con vestiduras relucientes como el oro, y sus rostros brillaban como la luz, quienes les preguntaron de dónde venían, en dónde se habían hospedado, qué dificultades y peligros, y qué consuelos y placeres habían encontrado en el camino. Y satisfechas estas preguntas, les dijeron: sólo dos dificultades os restan, e inmediatamente entraréis en la ciudad.

Cristiano y su compañero pidieron luego a los hombres que les acompañasen. Estos contestaron que lo harían con gusto; pero que tenían ellos que alcanzarlo con su propia fe; y marcharon juntos hasta llegar a la vista de la puerta.

Ya allí, vi que entre ellos y la puerta había un río; pero no había ningún puente para poder pasarlo, y el río era muy profundo. A la vista de él, los peregrinos se asustaron mucho, pero los hombres que les acompañaban les dijeron: —Habéis de pasarlo o no podréis llegar a la puerta.

—Pero, ¿no hay otro camino? —preguntaron. —Sí —les contestaron—; pero a sólo dos, a saber, Enoch y Elías, se les ha permitido pasar por él desde la fundación del mundo; ni a nadie más se permitirá hasta que suene la trompeta final—. Entonces empezaron los peregrinos, especialmente Cristiano, a desconsolarse en su corazón y mirar a uno y otro lado; pero ningún camino pudo hallar por el cual pudieran evitar el río. Preguntaron entonces a los hombres si el agua estaba en todas partes a la misma profundidad, y se les dijo que no, que el encontrarla más o menos profunda sería según su fe en el Rey del país, no pudiendo ellos ayudarles en tal caso.

El episodio del río, que representa la muerte, tiene el propósito de asegurar a los creyentes que no deben temer la muerte. Estamos unidos a Cristo por medio de su resurrección y victoria sobre la muerte, y jamás nos separaremos de su amor. Nos ha prometido que nunca nos abandonará. La muerte es el umbral a una gloriosa vida eterna con Dios, llena de libertad, paz y gozo. Bunyan deseaba ayudar a los creyentes a estar preparados para la muerte, y hacerlo de una manera que honrara a Dios, recordando que solamente tenemos una oportunidad de hacerlo. Cada uno de nosotros tendrá una experiencia única frente a la muerte, pero en cada caso será la prueba pública y final de nuestra fe. ¿Lograremos recordar su bondad, poder y esperanza en él? ¿Confiaremos en él que nos dará valor y fortaleza? ¿Confiaremos en su amor y sus promesas en vez de hacerlo en nuestras emociones? ¿Creeremos finalmente en él?

Decidiéronse, pues, a entrar en el agua; mas apenas lo habían hecho, empezó Cristiano a sumergirse, exclamando a su buen amigo Esperanza: —Me anego en las aguas profundas, todas son ondas y sus olas pasan sobre mí—. Esperanza contestó: —Ten buen ánimo, hermano; siento fondo y es bueno—. Entonces dijo Cristiano: — ¡Ah!, amigo mío, hanme rodeado los dolores de la muerte, y no veré la tierra que mana leche y miel—. Y en esto cayó sobre Cristiano una grande oscuridad y horror, de tal manera, que no podía ver lo que estaba delante. Perdió también sus sentidos en gran parte, de modo que no podía acordarse ni hablar cuerdamente de ninguno de los dulces refrigerios que había encontrado en su camino. Todas las palabras que pronunciaba daban a entender que tenía horror de corazón y temores de morir en ese río, y nunca tener entrada por la puerta de la ciudad celeste. Los circunstantes observaban también que tenía pensamientos muy molestos de los pecados que había cometido, tanto antes como después de hacerse peregrino. Se observó que estaba molestado, además, por las apariciones y fantasmas y espíritus malos, pues de vez en cuando lo indicaban sus palabras.

Mientras que Esperanza está firme en sus convicciones, a Cristiano lo consume el temor de la muerte, lo cual lo hace vulnerable a un ataque más del Enemigo. Empieza a centrarse en su propia culpabilidad y en las razones por las que Dios quizá lo abandone. Al confiar en sus emociones, empieza a sufrir ataques de pánico y se olvida de cuán bueno ha sido Dios con él; empieza a presuponer lo peor de Dios y lo que le depara el futuro. Pero Dios lo rescata por medio de la ayuda que le ofrece Esperanza, lo sostiene y le recuerda la verdad. Luego de que Cristiano vuelve a creer que Dios está con él y que siempre lo rescatará, vuelve a recuperar su paso firme y logra terminar el viaje gracias a la consolación y la fuerza que Dios le ha dado.

Mucho trabajo, pues, costaba a Esperanza conservar la cabeza de su hermano por encima del agua; algunas veces se le sumergía enteramente, después de lo cual salía casi medio muerto; trataba de consolarle, hablándole de la puerta y de los que en ella le estaban esperando; pero la respuesta de Cristiano era: —Es a ti a quien esperan; has sido siempre Esperanza todo el tiempo que te he conocido; ¡ah!, de seguro que si yo fuera acepto a El, ahora se levantaría para ayudarme; pero por mis pecados me ha traído al lazo y me ha abandonado en él. —Nunca —contestó Esperanza—; ¿has olvidado sin duda el texto en que dice de los malos: «No hay ataduras para su muerte; antes su fortaleza está entera; no están ellos en trabajo humano ni son azotados con los otros hombres?». Esas aflicciones y molestias, por las cuales estás pasando en estas aguas, no son señal alguna de que Dios te haya abandonado, sino que son enviadas para probarte y ver si te acuerdas de lo que anteriormente has recibido de sus bondades, y vives de él en tus aflicciones.

Estas expresiones pusieron a Cristiano muy meditabundo, y por eso añadió Esperanza: —Confía, hermano mío; Jesucristo te hace sano—. Al oír esto Cristiano, prorrumpió en voz alta: —Sí, ya le veo y oigo que me dice: cuando pasares por las aguas yo seré contigo, y cuando por los ríos no te anegarán». Con estas pláticas se animaban mutuamente, y el enemigo nada podía con ellos, en términos que los dejaron, como si estuviera encadenado, hasta que hubieron pasado el río. La profundidad de éste iba disminuyendo; pronto encontraron ya terreno donde hacer pie, y acabaron su paso.

Bunyan ofrece compasión pastoral a los lectores por medio de los protagonistas de su obra, que han demostrado tener una firme fe en medio de la muerte. Efectivamente, hemos sido llamados a ser como Esperanza y confiar en Cristo, que venció a la muerte y anuló su aguijón. Pero si dejamos que el temor nos debilite cuando nos enfrentemos a lo desconocido, Dios siempre será fiel a sus promesas. Con su eterno amor, Dios salva a todos los que creen en Cristo, grandes y pequeños. ¡Cuán gran confianza, esperanza y ánimo nos da esto!, «que Dios lleva al hogar celestial incluso a aquellos que flaquean al final; es la gracia de Dios de principio a fin».[2]

Qué consuelo tan grande experimentaron cuando a la orilla del río vieron de nuevo a los Resplandecientes, saludándolos, les decían: «Somos espíritus administradores, enviados para servicio a favor de los que serán herederos de la salvación». Y así iban acercándose a la puerta.

Es muy de notar que la ciudad estaba colocada sobre una gran montaña; pero los peregrinos la subían con facilidad, porque los Resplandecientes les daban el brazo, y además habían dejado tras de sí en el río sus vestiduras mortales; habían entrado en él con ellas, pero salieron sin ellas; por eso subían con tanta agilidad y prisa, aunque los cimientos sobre los cuales está fundada la ciudad están más altos que las nubes. ¡Con cuánto placer pasaban las regiones de la atmósfera, hablando entre sí dulcemente, y consolados porque habían pasado con seguridad el río y tenían a su servicio tan gloriosos compañeros!

¡Qué agradable les era también la conversación que con los Resplandecientes tenían! —Allí —les decían éstos— una gloria y hermosura inefables; allí está el monte Sión, Jerusalén celestial, la compañía de muchos millares de ángeles y los Espíritus de los justos ya perfectos. Ya estáis cerca del Paraíso de Dios, en el cual veréis el árbol de vida y comeréis de su fruta inmarcesible. A la entrada recibiréis vestiduras blancas, y vuestro trato y conversación serán siempre con el Rey hasta todos los días de la eternidad. Allí no volveréis a ver ya más las cosas que veíais y sentíais en la región inferior de la tierra, es decir, dolor, enfermedad, aflicción y muerte, porque todo eso ha pasado ya. Vais a juntaros con Abraham, Isaac y Jacob y los profetas, hombres a quienes Dios ha librado del mal venidero, y que ahora descansan en sus lechos por haber andado en su justicia. Vais a recibir allí consuelo por todos vuestros trabajos, y gozo por toda vuestra tristeza; recogeréis lo que sembrasteis en el camino, a saber: el fruto de todas vuestras oraciones y lágrimas y sufrimientos por el Rey.

Ceñiréis a vuestras sienes coronas de oro, y gozaréis la visión perpetua y la presencia del Santo, porque allí le veréis como El es. Serviréis continuamente con alabanza, con voces de júbilo y con acciones de gracias a Aquel a quien deseabais servir en el mundo, aunque con mucha dificultad, a causa de la debilidad de vuestra carne. Vuestros ojos serán regocijados con fe vista y vuestros oídos con la dulce voz del Altísimo. Recobraréis de nuevo la compañía de los amigos que os han precedido y recibiréis con gozo a todos aquellos que os siguen al lugar santo. Se os darán vestidos de gloria y majestad, y cuando el Rey de la gloria venga en las nubes al son de trompeta como sobre las alas del viento, vendréis vosotros con El; y cuando se siente sobre el trono de juicio, os sentaréis a su lado; y cuando pronuncie sentencia sobre los obradores de iniquidad, sean ángeles u hombres, tendréis también voz en ese juicio, porque fueron sus enemigos y los vuestros; y cuando vuelva a la ciudad, volveréis con El a son de trompeta y estaréis con El para siempre.

Cuando se iban acercando a la puerta, he aquí que una multitud de las huestes celestiales salieron a su encuentro, preguntando: —¿Quiénes son éstos y de dónde han venido.

—Estos —dijeron los Resplandecientes—, son hombres que han amado a nuestro Señor cuando estaban en el mundo y que lo han dejado todo por su santo nombre; El nos ha enviado para traerlos aquí, y los hemos acompañado hasta este punto en su deseado viaje, para que entren y contemplen a su Redentor cara a cara con gran gozo—. Entonces las huestes celestiales dieron un grito de júbilo, y dijeron: —Bienaventurados los que son llamados a la cena del Cordero. Al oír esto los músicos del Rey rompieron con sus instrumentos en dulces melodías, que hacían resonar a los mismos cielos, y con voces y ademanes de júbilo, cantando y tocando sus trompetas, saludaban una y mil veces a los que venían del mundo. Unos se pusieron a la derecha, otros a la izquierda, delante y detrás, como para acompañarlos y escoltarlos por las regiones superiores, llenando los espacios con sonidos melodiosos en tonos altos, de manera que parecía que el mismo cielo había salido para recibirlos.

Era la marcha triunfal más hermosa que se pudo ver jamás.

Todo indicaba a Cristiano y a su compañero cuan bien venidos eran a la ciudad, y con cuánta alegría se les recibía en ella. Ya la tenían a su vista, ya oían el alegre y bullicioso clamoreo de todas las campanas que les daban la venida. ¡Oh, qué pensamientos tan arrebatadores y alegres tenían al mirar el gozo de la ciudad, la compañía que iban a tener, y eso para siempre! ¿Qué lengua o pluma serán poderosas para expresarlo?

En el hogar celestial de Dios, el cual está lleno de su hermosura, gozo y victoria, nos reuniremos finalmente con el novio. Allí veremos toda la gloria de Dios y la disfrutaremos, seremos como él y recibiremos su justicia, sus virtudes y privilegios en calidad de coherederos. Viviremos en medio de una adoración pura de nuestro gran Rey. Le daremos el honor verdadero y experimentaremos el gozo de «estar con él». Jubilosas alabanzas, celebraciones y profundos vínculos llenarán la dulce comunión del pueblo de Dios que ahora goza de perfección; todos habremos sido sanados, fortalecidos y tendremos una infinita paz. En ese espléndido hogar celestial, donde realmente pertenecemos y a donde nos dirigimos, seremos tal como realmente somos y viviremos para lo que fuimos creados: para adorar, amar y vivir en bendita unión con Dios y su pueblo.

Ya llegaron a las puertas de la Ciudad, encima de la cual vieron grabadas con letras de oro las siguientes palabras:

BIENAVENTURADOS LOS QUE GUARDAN SUS MANDAMIENTOS, PARA QUE SU PODER SEA EN EL ÁRBOL DE LA VIDA Y ENTREN POR LAS PUERTAS DE LA CIUDAD.

Llamaron fuertemente a ellas, y muy pronto aparecieron por encima los rostros de los que moraban dentro...

Enoch, Moisés, Elías..., que preguntaron quién llamaba, y oyeron esta respuesta: «Estos peregrinos han venido de la ciudad de Destrucción por el amor que tienen al Rey de este lugar». Entonces los peregrinos entregaron cada uno el rollo que habían recibido al principio, los cuales, llevados al Rey y leídos por éste, y habiéndosele dicho que los dueños de ellos estaban a la puerta, mandó que se les abriese para que «entrase la gente justa guardadora de verdades». Los vi entonces entrar por la puerta y que cuando hubieron entrado fueron transfigurados y recibieron vestiduras que resplandecían como el oro, y arpas y coronas que les fueron entregadas, para que con las primeras alabasen, y les sirviesen las segundas como señales de honor; oí también que todas las campanas de la ciudad se echaron a vuelo otra vez, en señal de regocijo, al mismo tiempo que los ministros del Rey decían a los peregrinos: «Entrad en el gozo de vuestro Señor». Con gran efusión y gozo respondieron éstos: «Al que está sentado en el trono y al Cordero sea la bendición y la honra, y la gloria y el poder para siempre jamás».

Aprovechando yo entonces el momento en que se abrieron las puertas para dejarles pasar, miré hacia dentro tras ellos, y he aquí, la ciudad brillaba como el sol; las calles estaban empedradas de oro, y en ellas se paseaba muchedumbre de hombres que tenían en su cabeza coronas, y en su mano palmas y arpas de oro con que cantar las alabanzas.

Vi también a unos que tenían alas y que, sin cesar nunca, estaban cantando: «Santo, santo, santo es el Señor»; y volvieron a cerrar las puertas, y yo, con mucho sentimiento, me quedé fuera, cuando mis ansias eran entrar para gozar de las cosas que había visto.

¡Lástima es que mi sueño no terminase aquí con tan dulces impresiones! Cuando se cerraron las puertas de la Ciudad miré atrás y vi a Ignorancia que llegaba a la orilla del río; lo pasó pronto y sin la mitad de la dificultad que encontraron los otros dos. Porque aconteció que había entonces allí un tal Vana-Esperanza, barquero, que le ayudó pasar en su barca. Subió también la montaña para llegar a la puerta; pero nadie había allí que le ayudase o le hablase una palabra de consuelo y estímulo. Cuando llegó a la puerta, miró al letrero que estaba encima de ella. Empezó a llamar, suponiendo que se le daría inmediata entrada; pero los que se asomaron por encima de la puerta preguntaron de dónde venía y qué era lo que quería. El contestó: «He comido y bebido en la presencia del Rey, ha enseñado en nuestras calles». Entonces le pidieron su rollo para entrarlo y mostrarlo al Rey. Pero habiendo registrado su seno no lo halló; no tenía ninguno. Dijéronle entonces: «¿No tienes ninguno?» Pero el hombre no les contestó palabra. Comunicado esto al Rey, mandó a los dos Resplandecientes que, atado de pies y manos, lo arrojasen fuera, y vi que lo llevaron por el aire a la puerta que había visto a la falda del collado y allí lo precipitaron.

Esto me sorprendió; pero me fue de importante enseñanza, pues aprendí que hay camino para el infierno desde la misma puerta del cielo, lo mismo que desde la ciudad de Destrucción.

En esto me desperté, y vi que todo había sido un sueño.

Al confiar en su propia naturaleza y su obras, según él buenas, Ignorancia no lucha contra la muerte; no tiene temor ni arrepentimiento, carece de fe excepto en sí mismo. Vana-esperanza, que piensa lo mismo que Ignorancia, le ofrece consuelo y ánimo mientras pasa por el umbral de la muerte, pero no causa cambio alguno en su mentalidad. Cuando llega a las puertas de cielo, al no poder mostrar pruebas de la fe en Cristo, se le niega la entrada. Incluso si con diligencia nos esforzamos por entrar al cielo y estamos muy cerca del reino de Dios, pero no nos sometemos a las verdades del evangelio de Dios, recibiremos el pago por nuestros pecados y no entraremos al cielo. Y de esta manera Bunyan termina su símil con una advertencia final: arrepiéntanse, entréguense a la gracia de Dios y crean en Jesús, el único mediador entre Dios y los seres humanos. «Yo soy la resurrección y la vida; el que cree en mí, aunque esté muerto, vivirá» (Juan 11.25).

Conclusión

Ya, lector, que mi sueño he referido,
Interpretarlo para ti procura,
Y explícale a quien puedas su sentido.
Mas muestra en entenderlo tu cordura,
Pues te daña si es mal interpretado;
 Mas si lo entiendes bien es tu ventura.
Lo exterior de mi sueño, ten cuidado
Que no te preocupe en demasía,
Como si fuera cosa de tu agrado.
Ni risa ni furor ni alegría
Te cause cual a niño o a demente,
Mira bien su sustancia y su valía.
Aparta la cortina, y fijamente
Mira lo que se esconde tras mi velo:
Es cosa que te anime y que te aliente.
Al leer este símil, sin recelo,
Tira la escoria, toma el oro puro,
Y colmado verás así tu anhelo.
El oro está con mineral impuro,
Sí; pero nadie arroja la manzana

Por tener corazón, es bien seguro.
Si toda mi ficción encuentras vana,
Y la das, por inútil, al olvido,
Me harás soñar tu necedad mañana
Lamentando el provecho que has perdido.

«El oro está con mineral impuro», nos dice Bunyan, invitando al lector a que encuentre los tesoros escondidos en su símil. De hecho, sus contemporáneos así lo hicieron y respondieron con un profundo respeto hacia su amado pastor por su sabiduría, especialmente hacia el final de su vida. En una de sus cartas escritas en sus últimos días, anima a los creyentes a que con paciencia soporten los sufrimientos. Durante un juicio que sufrió, dijo que «descubrimos quiénes realmente somos» y recibimos gracia espiritual por medio de cualquier experiencia «que nos pruebe, nos humille y nos haga postrarnos delante de Dios». Dando ejemplo de una fe valiente, dijo: «el Dios de misericordia me preparó para cumplir su voluntad. No busco el sufrimiento adrede, pero si la piedad me expone a ello, entonces que Dios me haga más piadoso; porque creo en un mundo futuro». Luego, comentó respecto a la sabiduría de 1 Pedro 4.19: «De modo que los que padecen según la voluntad de Dios, encomienden sus almas al fiel Creador, y hagan el bien».[1]

Notas

PRÓLOGO APOLOGÉTICO DEL AUTOR

1. John Pestell, *John Bunyan: Journey of a Pilgrim*, documental, dirigido por Robert Fernández, 37:03, https://www.amazon.com/John-Bunyan-Journey-Pilgrim-Pestell/dp/B000NJVZ20.
2. Roger Pooley en John Bunyan, *The Pilgrim's Progress*, Penguin Classics (Nueva York: Penguin Group, 2008), p. xxvi.
3. Robert Louis Stevenson en John Bunyan, *The Pilgrim's Progress*, 7a ed. (Londres: Samuel Bagster and Sons, Ltd., 1909).
4. Robert Louis Stevenson en Graham Balfour, *Vida de Robert Louis Stevenson*, vol. 1 (Madrid: Hiperión, 1994), vol. 1, pp. 116–17 de la edición en inglés.
5. Charles H. Spurgeon, *Pictures from Pilgrim's Progress: A Commentary on Portions of John Bunyan's Immortal Allegory* (Chicago, IL: Fleming H. Revell, 1903), p. 7.
6. J. I. Packer y Carolyn Nystrom, *Praying: Finding Our Way Through Duty to Delight* (Downers Grove, IL: InterVarsity Press, 2006), p. 42.
7. Rosalie de Rosset en John Bunyan, *The Pilgrim's Progress*, Moody Classics (Chicago, IL: Moody Publishers, 2007), p. 5.

CAPÍTULO 1: PRINCIPIA EL SUEÑO DEL AUTOR

1. Philip P. Kapusta, *A King James Dictionary: A Resource for Understanding the Language of the King James Bible* (Ashland, VA: New Covenant Press, 2012), p. 62.
2. C. S. Lewis, *Mero cristianismo* (Nueva York: Rayo, 1995), p. 85.

3. Del himno «It Is Well with My Soul», traducido al español como «Alcancé salvación», por Pedro Grado Valdez, https://historiasdehimnos.com/2017/04/20/estoy-bien-con-mi-dios-alcance-salvacion/ .

CAPÍTULO 2: LA PUERTA ANGOSTA Y LAS INSTRUCCIONES DE INTÉRPRETE

1. Cheryl V. Ford, *The Pilgrim's Progress Devotional: A Daily Journey Through the Christian Life* (Wheaton, IL: Crossway, 1998), p. 57.

CAPÍTULO 3: LA CRUZ Y EL COLLADO DIFICULTAD

1. Charles H. Spurgeon, *Spurgeon's Sermons on the Cross of Christ* (Grand Rapids, MI: Kregel Publications, 1983), p. 79.
2. John Bunyan, *Gracia abundante para el mayor de los pecadores* (Createspace Independent, 2017). Aquí, traducción nuestra a partir del original en inglés.
3. Pooley, *Pilgrim's Progress*, pp. xix–xx.
4. Ford, *Pilgrim's Progress Devotional*, p. 85.

CAPÍTULO 4: EL PALACIO LLAMADO HERMOSO

1. Bunyan, *Gracia abundante*.
2. Kevin Belmonte, *John Bunyan*, Christian Encounters (Nashville, TN: Thomas Nelson, 2010), p. 56.
3. Pestell, *John Bunyan: Journey of a Pilgrim*, 18:49.

CAPÍTULO 5: LOS VALLES DE SOMBRA DE MUERTE Y HUMILLACIÓN

1. Spurgeon, *Pictures from Pilgrim's Progress*, p. 74–75.
2. Martin Luther, «A Mighty Fortress», 1529. En español, «Castillo fuerte», traducción de Juan B. Cabrera en https://www.himnos-cristianos.com/himno/castillo-fuerte-es-nuestro-dios.
3. Bunyan, *Gracia abundante*.

CAPÍTULO 8: PERSECUCIÓN EN LA FERIA VANIDAD

1. John Bunyan, «Prison Meditations: Dedicated to the Heart of Suffering Saints and Reigning Sinners», 1665, citado en John Brown, *John Bunyan: His Life, Times and Work* (Londres: Wm. Isbister Limited, 1885), p. 179.

2. Bunyan, *Gracia abundante.*

CAPÍTULO 9: ATRÁS EL MUNDO

1. John Bunyan, *The Pilgrim's Progress*, Hendrickson Christian Classics (Peabody, MA: Hendrickson Publishers, 2004), p. viii.

2. John Bunyan, *The Pilgrim's Progress*, ed. C. J. Lovik (Wheaton, IL: Crossway, 2009), p. 235.

3. Robert Maguire, *Commentary on John Bunyan's The Pilgrim's Progress*, comp. Charles J. Doe (Minneapolis, MN: Curiosmith, 2009), p. 88.

CAPÍTULO 12: FE FALSA FRENTE A FE DÉBIL

1. Maguire, *Commentary on John Bunyan's The Pilgrim's Progress*, p. 103.

2. Charles Spurgeon citado en William Williams, *Personal Reminiscences of Charles Haddon Spurgeon*, 2a ed. (Londres: The Religious Tract Society), p. 19.

CAPÍTULO 13: EL ENGAÑO HALAGADOR Y UN LUGAR QUE TE DEJA SOÑOLIENTO

1. Bunyan, *The Pilgrim's Progress*, ed. C. J. Lovik, p. 238.

2. Pooley, *Pilgrim's Progress*, pp. xxviii–xxix.

3. Bunyan, *Gracia abundante.*

4. Bunyan, *Gracia abundante.*

5. John Bunyan, «A Relation of My Imprisonment» en *Grace Abounding and Other Spiritual Autobiographies*, ed. John Stachniewski con Anita Pacheco (Oxford: Oxford University Press, 1998), p. 98.

CAPÍTULO 14: VIAJEROS PRESUNTUOSOS QUE RESBALAN

1. Lewis, *Mero cristianismo*, p. 71.
2. Bunyan, *Gracia abundante*.

CAPÍTULO 15: UN RÍO INELUDIBLE
Y LA GLORIOSA CIUDAD DE DIOS

1. *American Tract Society Bible Dictionary and King James Bible* (Levanger, Norway: TruthBetold Ministry, 2016).
2. Derek W. H. Thomas, *The Pilgrim's Progress: A Guided Tour*, episodio 12, «The Celestial City», dirigido por Chad Stowers, Ligonier Ministries, 17:36, https://www.amazon.com/gp/video/detail/B01MTFXS49/ref=atv_wtlp_wtl_0.

CONCLUSIÓN

1. John Bunyan, Introducción a *Advice to Sufferers* en *The Whole Works of John Bunyan*, ed. George Offor, vol. 2 (Londres: Blackie and Son, 1862), p. 694.